Miss deer

[鹿 小 姐 书 系]

国民系男友

小北 著

xiao bei works

江苏凤凰文艺出版社
JIANGSU PHOENIX LITERATURE AND ART PUBLISHING, LTD

图书在版编目（CIP）数据

国民系男友 / 小北著. --南京：江苏凤凰文艺出版社，2019.10

ISBN 978-7-5594-4057-0

Ⅰ. ①国… Ⅱ. ①小… Ⅲ. ①长篇小说—中国—当代 Ⅳ. ①I247.5

中国版本图书馆CIP数据核字（2019）第216820号

国民系男友

小北 著

责任编辑	丁小卉
特约编辑	张　靓
装帧设计	周　丽　李映龙
责任印制	刘　巍
出版发行	江苏凤凰文艺出版社
出版社地址	南京市中央路165号，邮编：210009
出版社网址	http://www.jswenyi.com
印　　刷	湖南凌宇纸品有限公司
开　　本	880mm × 1230mm　1/32
字　　数	260千字
印　　张	9
版　　次	2019年10月第1版　2019年10月第1次印刷
书　　号	ISBN 978-7-5594-4057-0
定　　价	36.80元

目录
CONTENTS

目录

CONTENTS

GUO
|
MING
|
XI

第一章
CHAPTER 1

想对我负责的人多了去了

NAN
|
YOU

江桃睁开眼就觉得一阵头疼，下一秒，在看到趴在自己身上的一个人时，她就不只是头疼，简直是头大了。

这个人胡子拉碴，满嘴的酒味。江桃嫌弃地推开他时，他也醒了。

“你是谁？”

“你是谁？”

声音同时响起，彼此眼睛里都带着嫌弃之意。

江桃打量着眼前的男人，虽然他有些邋遢，长相还算帅气，但是再帅气也不能这么明目张胆地占她的便宜啊。

沈时南也扫了一眼江桃，她穿着很职业，打扮也很漂亮，但是再漂亮也不至于用这种办法来勾引他啊。

两个人都看到了对方眼里的嫌弃之意，显然目前的情况和他们想象中的有点差别。

他们又打量了一下自己身处的环境：满屋子的体育器材，显然是学校体育馆的器材室。

江桃努力让自己赶快想一想怎么会在这儿，思绪瞬间飘到醉酒前。

昨天是W大十三周年的校庆，作为W大的新任校董，江桃自然要参加。从W大毕业已经五年了，五年下来，她早已经是一个独当一面的女人，只是没想到，她还是没有躲过以前的老师和现在的同事敬过来的酒。其实她也没有喝多少，但她的酒量实在不行。

觉得自己的头有些晕的时候，江桃打算赶紧上个厕所闪人，没想到却摸到了举办校庆的教堂隔壁的体育馆器材室，她被什么东西绊了一跤，摔倒以后，再也没有力气爬起来。

江桃想到了自己一个好朋友发生过的事，瞬间头大。这W大还真是一到校庆就闹这种幺蛾子。

江桃想起了自己怎么会在这儿，沈时南却没想起来。

昨天是W大十三周年的校庆，作为学校的老师，沈时南按理说必须要参加的，但他这人散漫惯了，正好林邵硬拉着他喝酒，他便趁机躲过这种场合。可他没想到林邵这小子一肚子坏水，醉翁之意根本不在酒。林邵有事相求，他不答应，林邵就软磨硬泡不停地举杯。

等沈时南意识到情况不对时，已经喝多了。

但他不是让林邵送他回公寓吗？他怎么会在学校体育馆的器材室里？

沈时南低头看了看自己身上完整的衣服，江桃也低头看了看自己完好无损的样子。

看完之后，两个人嫌弃的脸上都有些茫然。

所以两个人穿着衣服躺了一夜，啥也没干？

见沈时南也一脸茫然，江桃急忙起身。

"没发生什么事就好……"江桃生怕喝醉了做出什么出格的事。

结果话刚说完，她就看到沈时南皱了皱眉望着她："听起来……你很遗憾？"

"你……"江桃气急，但意识到是自己瞎摸到这个房间里，她冷冷道，"放心，真有什么，我也会对你负责的，不会让你吃亏。"

说完，江桃就大步离开了，她当时只有一个想法：这W大的校庆，我以后无论如何都不能再参加了！

而愣在原地的沈时南等江桃的身影消失后才反应过来，他抬起头嗤笑："想对我负责的人多了去了，你要先排队。"

江桃郁闷地回到教研楼的办公室，她洗了个澡并换了身干净的衣服之后，心情才稍微好一些。她这个“拼命三娘”有时候工作太晚便直接不回家了，所以她特意在办公室留了备用衣服。洗完了澡，她准备去学校食堂吃点早饭再回公寓。

但是江桃没想到，她刚走进食堂，整个人就怔住了。

不远处，冯东正搂着一个打扮妖娆的学妹，两个人浓情蜜意，像一对恩爱的情侣。

江桃无法形容自己看到冯东那一刻的心情，她像是被人按住了双脚，一动不动。

她怎么也不敢相信，她和当初抛弃了她，然后消失了整整五年的男朋友，准确地说是前男友，在这里重遇。

冯东也看到了江桃，显然他也没有想到会在这里看到她。但他没有任何愧疚和尴尬的表情，反倒像偶遇一个普通朋友那样，一边搂着学妹，一边对江桃笑了笑。

“江桃，你怎么在这儿？”

江桃依旧怔在原地，五年未见，他竟用这种轻松的语气和她说话，好像五年前那个狠心抛弃她的人不是他一样。还没等她开口，他怀里的小学妹倒是一边看着她，一边问他：“东哥，这个阿姨是谁？”

冯东看着一脸阴郁的江桃，吐出了两个字：“前任。”

小学妹吸了一口奶茶，皱了皱眉：“怪不得你会甩了她，一脸怨妇样，要是我，我也会踹了她。我们走吧，东哥，我可不想看到黄脸婆。”

见江桃依旧没说话，冯东搂着小学妹准备离开。

“冯东，你就没有什么想对我说的吗？”当冯东正要越过江桃时，她终于忍不住喊住了他。

这一刻，江桃忽然又变成了那个委屈的小女孩，她的眼泪控制不住地流了出来。

冯东的这个转身，太像五年前他狠心抛弃她的背影。无论她如何挽留，如何哭泣，他连头都不回。

“冯东，整整五年……你消失了整整五年，你连个分手的理由都没给我……你浑蛋！”不知道是不是这五年来的委屈在这一刻爆发，江桃朝冯东伸出了手。

但她的手还没有碰到冯东，就被冯东伸手拦住了。

他皱起眉头，眼神有些冷：“江桃，五年不见，你长本事了，还想打我？”

“你为什么要这样对我？”江桃委屈地看着他。整整五年，自从被他抛弃，江桃再也没有谈过恋爱。言夏托人帮她算了个命，结论是：她的恋爱运被渣男全部耗尽了。

江桃不知道今天到底是什么日子，先是她喝醉了醒来发现自己莫名其妙和一个陌生男人一起躺在器材室，现在她又碰到当初抛弃她的前任。

“我为什么和你分手，你自己心里不清楚吗？我是什么身份，你是什么身份？你真当遇到真爱了？我告诉你，上大学的时候，我就是闲着没事玩玩你，你还认真了？以后你少烦我，遇见了也当不认识，碍眼！”冯东说着，拉起小学妹往外走。

江桃完全没有想到冯东会说出这样的话，她的胸口像被一块石头压住，她有些喘不过气。

“冯东，你……你就是一个浑蛋！”江桃顺手捡起地上的一只拖鞋朝他扔去。

不知道是不是正好被那只拖鞋砸中，冯东揉了揉头，弯腰捡起地上的拖鞋走了回来。

“江桃，你不要得寸进尺，我们早就结束了！”冯东皱起眉头，扬起手中的拖鞋朝江桃挥了挥，“敢打我的人，还没出生呢！”

当他的手对着江桃的头上下晃动的时候，一只手死死地攥住了他的手。

“打女人……可不像一个男人。”冯东扭头，就看到一个似乎刚刚睡醒的男人，对方的衣衫半敞着，头发有些凌乱，嘴里还叼着一根没有点燃的烟，他正皱着眉头懒散地看着冯东。

“和你有什么关系，多管闲事！”冯东说着想要挣脱，不料男人看着没有用什么力，冯东却挣脱不开。

“你手里拿的拖鞋是我的，你说关我什么事？”

听了他的话，冯东和江桃同时看向他的脚。

果然，他的脚上只有一只拖鞋。

不知道是不是被他们看得不自然，男人抬起那只没有穿拖鞋的脚，用手抠了抠脚指头。

江桃顺着他的脚往上看，眉头皱了起来：“怎么是你？”

沈时南也很郁闷。

喝了酒，莫名其妙和一个陌生女人睡在器材室就算了，他似乎还成了被负责的一方……这让他男人的脸面往哪儿放？郁闷的他来到这个点唯一开门的食堂，找了一个没有人坐的躺椅准备睡一会儿，结果才睡一会儿，他就被一阵吵闹声吵醒了。他皱着眉头起来想看看怎么回事，就看到自己的拖鞋正被一个陌生男人拿着，举在一个漂亮女人的面前晃动。

这个漂亮女人，他还很眼熟。

“怎么又是你？”沈时南也愣了愣。

“江桃，五年前咱们就没关系了，我希望你以后少烦我！”江桃还没来得及回答，就看到冯东愤愤地丢下拖鞋，然后用力挣脱被沈时南攥着的手，拉着小学妹转身离开。

江桃站在原地，看着冯东的身影消失在门口，眼泪像开了闸门的洪水一样关也关不住。

林邵走进食堂的时候，就看到一个漂亮的女人站在抠着脚的沈时南旁边哭泣。

“南哥，怎么回事？这是你的第三十九朵烂桃花？挺漂亮一个美女，你不喜欢也别把人家弄哭啊。”看着江桃哭得梨花带雨，林邵小声地在沈时南耳边咂了咂嘴。

沈时南瞪他：“滚，我就顺便救了个美。”

沈时南话音刚落，他就发现他旁边原本像一尊雕像的身影突然动了一下，江桃像突然被解除封印了一般，迈开脚大步朝食堂门口走去，转眼就消失在人群中。

直到江桃的身影彻底看不见，沈时南的眼睛还盯着前方看。

怪不得昨晚喝那么多酒，原来是一个伤心人。

林邵想到刚刚碰到的冯东，像明白了什么，冲他挑眉：“人家都走远了还看，你眼睛都看直了。南哥，就救个美，你还想让人家以身相许？”

“去，你懂什么，我这叫欣赏。”沈时南重新坐回位子上，白他一眼，“怎么，昨天你的目的没达到，今天还来？”

“哪能啊，我是担心你昨天喝了太多酒不舒服，特意来给你送温暖的。”林邵提了提手里的大龙虾，“刚一上桌，我还没吃到嘴里，我们家老爷子就让我打包给你送来，我真怀疑咱俩谁才是他的亲孙子。”

沈时南扫了一眼大龙虾，没接话：“要你瞎操心。你别再烦我就行了。”

“你说不烦就不烦。”见沈时南没兴趣，林邵把大龙虾放到桌子上就要开动，“你不吃？那我可就不客气了，这一路我可馋坏了。”

沈时南拿眼瞟他：“昨天我不是让你把我送回公寓吗？你怎么又把我送回学校了？”

“还不是你们的贺校长！”林邵边吃边说，“你的电话一直响，我一看是贺校长，就帮你接了起来。他说十三周年校庆你无论如何也要参加，我想着这可关系着你的工作大事，只好把你送过来了。到了学校，你又说自己能走，我刚好有点急事，把你放在校庆教堂隔壁的体育馆器材室就闪人了。你怎么突然问起这个？”

“没事。”沈时南看着食堂门口，把嘴里的烟吐掉，“既然来了，我交代你一件事。”

林邵一边狼吞虎咽，一边说：“但凭南哥吩咐。”

“你给我查查刚刚那个女人。”

听了沈时南的话，林邵愣了一下：“南哥，怎么，你对这种被人抛弃的怨妇有兴趣？”

沈时南头也不回：“你有意见？”

“没……”林邵嘀咕，“就是你口味……还真独特。”

林邵今天心情特别好，不但因为他昨天吃了沈时南的那份大龙虾，更重要的是，沈时南身上的千古之谜终于解开了。

自林邵认识沈时南，就知道沈时南是女孩子眼里的香饽饽。他生了一副好皮相，加上一米八六的身高，即使他这个人平时很不注意形象，穿着邋遢，又特别懒散，是个百分之百的糙汉子，也怎么都挡不住他的魅力。

不说别的，只说他自从进了W大成为体育老师还不到两年，前赴后继向他表白的女孩子就有三十八个了，只不过她们都惨烈且光荣地成了炮灰。之所以是炮灰，是因为他一般不会多看一眼。

林邵就曾经因为沈时南从小到大没有谈过一次恋爱，甚至开始担心几乎和他朝夕相处的自己……虽然后来证明是林邵自己想多了，但这两年，沈时南对女人的态度又让林邵重新开始担心。

现在好了，原来沈时南只是口味重了点，喜欢这种怨妇型的。

林邵自言自语。

江桃不知道有人正在调查她，此时她正和言夏待在言氏集团楼下的咖啡馆。

言夏发现江桃情绪不太对，在她的追问之下，江桃才和她说了昨天在W大食堂看到冯东的事。听完江桃的话，言夏皱起了眉头。

“什么？冯东那个渣男回来了？这事怎么连傅墨森都不知道？”

当年冯东和傅墨森还有另外两个富家公子被称为W大的F4。言夏和傅墨森在一起之后，冯东也和江桃在一起了，那时候言夏还为他们感到幸福。可大学毕业没多久，冯东就变了心，不但抛弃了江桃，连一个分手的理由都没有，就消失了五年。大家只知道冯家因为投资失利，一夜破产。

冯东就像人间蒸发了一样，连傅墨森都不知道他的去向。

听到江桃说冯东和一个小学妹勾搭在一起时，言夏更是气愤。

“早知道冯东是这么不负责任的人，当初我怎么也不会让你们在一起的。桃子，你放心，我一定给你讨回一个公道。”

“不用了，我自己的事自己处理。”江桃回想起冯东的样子，还是很伤心。

言夏叹息了一声：“桃子，五年了，其实早该过去了。旧的不去新的不来，这五年你把自己封闭起来，又是何必呢。”

她说着，像想起了什么：“对了，我前两天听说傅墨森有个特别帅气的远房表弟也在W市，到时候让他介绍你们认识，说不定你们干柴遇见了烈火，就燃起了爱情的熊熊大火。”

江桃用勺子搅了搅咖啡，声音有点淡：“言夏，我知道你是为我好，但是我现在没心情恋爱。”

“可是……”

“对了，和W大实验室合作的AI研究项目有了新的进展，一会儿上去我给你详细的报告。”江桃打断她，及时换了话题。

看着江桃刻意回避的样子，言夏没有再逼迫她，只是再次叹息了一声。

“唉，谁能想到当年那个萌妹子，如今成了独当一面的大总裁呢？要不是冯东，也许你也不会成长这么快。”

江桃撇嘴：“言董事长，你就是这样取笑你的员工的？”

“你可不是我的员工，”言夏对江桃挑眉，“你是我的摇钱树。”

言夏说得也不算夸张，江桃如今确实是言氏集团的摇钱树。

自从五年前被冯东抛弃，江桃就像变了一个人。她把自己完全封闭了起来，全身心投入工作当中。当时因为言夏，江桃毕业以后直接进了言氏集团。不过她没有走后门，所以只是一个小员工。但因为她负责的几次策划，便让她所在的部门业绩冲到第一。

一年的时间，她的职位就晋升到部门经理。看到了她的能力，身为董事长的言夏力排众议，扶持她成为言氏集团的执行总裁。虽然很多高层刚开始不同意，但江桃丝毫没有辜负言夏的这份信任。短短三年，在她的带领下，言氏集团的业绩翻了一倍。她也用自己的实力让那些不服的高层闭了嘴。

现在她更是主动牵线和W大合作最新科技AI研究项目，如果这个项目成功，会直接让他们公司的业绩提高三十倍左右。为了确保项目进行，她更是亲自驻扎到W大，坐镇指挥。

因为项目的合作，她也代替言夏成了W大的校董。

江桃也没有想到，自己和母校会有这样的缘分。

而她的这些信息，也正被林邵读给沈时南听。

“因为这个项目牵扯到言氏集团以后的命脉，所以她以校董的身份全程跟进项目。换句话说，身为W大体育老师的你，算是人家的员工，她是你的半个老板……”

“总裁？校董？”沈时南一边眯着眼，一边听着林邵的话，“有点意思。”

说完，沈时南发现林邵半天没了动静，拿眼瞟了瞟他：“还有呢？”

“什么还有呢？”林邵愣了愣，“就这些啊……”

见沈时南盯着自己，林邵一拍脑袋：“你是问那个渣男是谁？”

“哎哟，我把这茬儿忘了。”林邵说，“那个渣男叫冯东，也是这个学校毕业的，当年还是这W大四大男神之一，大学的时候和江桃在一起。不过，后来也不知道什么原因，他就和江桃分手了，消失了五年，这五年不知道他去哪儿了，好像是去了国外，最近也是突然才在国内出现。现在他专门哄骗那些单纯的富二代小姑娘，混吃混喝，和寄生虫没啥区别。”

“那他还真是对得起人渣两个字。”沈时南想到冯东愤怒地拿着自己的拖鞋看着江桃的样子，胃里还有点恶心。

林邵说完，好奇地朝沈时南挑了挑眉：“我说南哥，她好像比你还大三岁哦。我第一次看到你对一个女人这么感兴趣，到底怎么回事啊？”

沈时南眯了眯眼：“要你多管闲事。”

自从江桃全心全意地工作之后，跑步就成了她唯一的运动。与其说是在运动，不如说是她宣泄自己情绪的方式。

工作压力大的时候，她都选择跑一跑，让自己出一身汗。

处理完今天的工作，她换了一身运动服，戴上耳机冲进了W大的操场。

大概因为是自己的母校，江桃对W大有一种天然的亲切感。

但今天，江桃跑步不是因为工作的压力，这也是五年来，她第一次不是因为工作压力让自己放松。

一想起冯东，江桃就觉得喘不过气来。

也许初恋对每个女孩子都是这样刻骨铭心吧。

特别是被这样辜负的初恋。

看着熟悉的W大操场，江桃有些恍惚。她永远都记得，冯东第一次和她约会的地方，就是在操场……

想到这些，江桃跑得更快了。

沈时南这个体育老师不但受女学生的欢迎，男同学也很喜欢他。

因为上南哥的体育课，就两个字：自由。

加上他年纪大不了同学们几岁，大家平时也不喊他沈老师，都亲切地喊他一声南哥。

今天，沈时南依旧让同学们自由活动，他正打算找一个地方休息一下，就听到一个熟悉的声音喊住了他。

“沈老师，等一等……”听到这个甜腻的声音，沈时南眉头一皱。

他没有按对方的要求等一等，反倒加快了脚步。

可惜他低估了对方的耐心。

身后的萧晓芳一边重复地喊着“沈老师等一等”，一边同样加快脚步朝他走来。不知道情况的还以为他们在赛跑，知道情况的站在一边八卦地望着他们。

他们不能不八卦，因为萧晓芳是沈时南的第十八朵烂桃花，也是最有毅力的一个。同为W大的老师，沈时南觉得萧晓芳虽然教音乐，但在悟性这方面没有丝毫的天赋。

明眼人一眼就看出沈时南这是在躲着她，她却执迷不悟。

沈时南有点想不通，自己都刻意打扮得这么邋遢了，怎么还是桃花不断？萧晓芳搅得他有点心烦，所以他停下来准备再次开导一下她。可他还没有开张口，她已经打开手里保温桶的盖子，站到了他面前，然后对他甜甜一笑。

“沈老师，我终于追上你了。给，这是我亲自给你煲的汤。你身为体育老师，运动量大，多喝点骨头汤补补身体。”

正在沈时南想着拒绝的托词时，他一眼就看到操场上跑过来一个熟悉的身影。他对萧晓芳皱眉：“萧老师，不用了，你这样，我女朋友看到会吃醋的。”

萧晓芳愣了愣：“女朋友？你什么时候有女朋友了？我怎么……没听说呀。”

“我没告诉你吗？喏……”沈时南朝正跑过来的江桃看去，对萧晓芳扯了扯嘴角，“漂亮吧？”

萧晓芳看到穿着一身紧身运动服的江桃，然后低头看看自己……她的脸上一点一点浮现出绝望。

什么叫人比人气死人，这就是。

看到萧晓芳的脸色，沈时南很满意。

于是，刚刚跑到他们身边，完全不知事情真相的江桃，便看到一对男女正眼神各异地看着自己。

萧晓芳有些委屈地看着她，她正想问这是什么情况时，就听见萧晓芳对沈时南说：“她……真的是你的女朋友？”

江桃明白过来了，她的眉头瞬间皱了起来。

“谁是你女朋友……”

然而她的话还没说完，就听到沈时南凑到自己的耳边小声说：“美女，看在昨天的分上，帮个忙。你说过要对我负责的……”

江桃定睛一看，才发现他有点眼熟。

一想到器材室他趴在自己身上的样子，江桃就想踹他。但她还没来得及踹，就想到她昨天还拿起他的拖鞋砸冯东，他挡在自己面前攥紧冯东的手保护自己的样子……她咬了咬嘴唇，最终没有拆穿他。

可是她没有想到，就是自己的默认，反倒让自己遭了殃。

看见她默认了，萧晓芳一个失神，手里的保温桶直接掉到了地上，不偏不倚地，保温桶里的汤洒在了江桃的脚上。

“啊！”

江桃一声尖叫，萧晓芳才反应过来，她慌乱地道歉：“对不起对不起，我不是故意的，我……我……这该怎么办？”

她表情真诚，平时性格就有些呆，这慌乱的样子确实不像故意装的。

看着江桃瞬间红起来的脚，沈时南皱起眉头，拦腰就将她抱起。

江桃整个人一下子腾空，抬头看着一脸紧张的沈时南，愣了一下：“你干什么？”

“别担心，我不会非礼你。”

半个小时以后，校医务室的陈医生给江桃抹完了烫伤膏，安慰沈时南：“沈老师，别担心，没什么大事。你送得及时，加上汤没那么烫，要不然可就要脱一层皮了。”

江桃这才抓住机会对沈时南说：“我刚刚就想和你说没那么烫。”

“那可不行，万一真烫伤了，岂不是要换成我对你负责？”

沈时南的话一说完，一旁的陈医生愣了愣。她以前怎么没发现她倾慕已久的沈时南也有这么撩人的一面？

江桃也没有想到沈时南会这样说，她愣了愣才开口：“现在好了，咱俩扯平了，各不相欠。”

“昨天我帮你的时候可没受伤。你这是因工负伤，我有义务负责到底。”沈时南说着，作势要扶江桃下床。

“真的不用，你看，我还能……”那个走字还没说出来，打算推开沈时南的江桃就一个没站稳差点摔倒。

“虽然没有脱一层皮，但到底烫得不算轻，最好还是暂时不要走路，至少要休息三四天。”

陈医生的话刚说完，就看到沈时南偷偷给了自己一个大大的赞。

沈时南出了校医务室，走到已经让同学帮忙推过来的摩托车前，拿出一个头盔递给江桃。

当江桃戴好头盔坐上沈时南的摩托车之后，沈时南脚下一个油门踩起，江桃及时搂住了他的腰。

沈时南满意地勾起嘴角，一边骑着摩托车穿梭在校园里，一边大声说："正式认识一下，我叫沈时南。"

然后他听到风里传来江桃好听的声音："我叫江桃。"

江桃是第一次坐摩托车在W大校园中穿梭。当年傅墨森骑着摩托车载着言夏在校园里招摇过市时，江桃眼巴巴地看着冯东，可惜冯东不会骑。

想到冯东，江桃摇了摇头，努力让自己的脑袋清空。后视镜里，沈时南像她第一次看到他那样，依旧叼了一根没有点着火的烟。

"你的烟怎么从来不点着？"江桃打破沉默的氛围。

沈时南扯了扯嘴角："你不觉得这样有点帅？"

江桃："……"

幼稚。

"主要是有女生在。我妈说了，有女生和小孩子在的地方不抽烟。尊重女士是每一个男人的基本义务，对吧？"沈时南透过后视镜看到江桃的神情，慢悠悠地说。

江桃觉得他话里有话，刚想说些什么，一个急刹车又一次让她撞到了沈时南的背。

江桃正要怀疑沈时南骑车的技术时，就看到萧晓芳不知道从哪儿冲出来拦在了摩托车前，正一脸愧疚地看着她。

"真的很抱歉，我……我真的不是故意的。你没事吧？"萧晓芳说着，从口袋里掏出一个信封，有些紧张，"这是医药费，要是不够……我再想办法。”

江桃看了看没有说话的沈时南，对萧晓芳摆了摆手：“医药费就免了，以后别骚扰我男朋友就行。”

说完，江桃拍了拍沈时南的肩膀，沈时南心有灵犀，脚踩油门，将神情复杂的萧晓芳抛在身后。

到了江桃说的地址，沈时南下车正要抱起江桃，却被她摆手拒绝。

“不用了，我喊人下来扶我上去。”

沈时南不依：“江小姐这么快就把我这个男朋友甩了？”

知道沈时南是在说刚刚应对萧晓芳的事，江桃表情有些不自然：“好人做到底，送佛送到西，是我一贯的原则，你不用想太多。”

“我没想太多，只是有点巧，这也是我一贯的风格。”说着，他就将她抱了起来。

再拒绝就显得矫情了，好在这个时间公寓一般没什么人，江桃也就没再抗拒。

“江小姐莫不是影视学院毕业的？”沈时南低头看着怀里的江桃笑了笑，“演得太像，我差点以为你就是我女朋友。”

因为离得很近，沈时南说话时呼出的气息就在江桃的鼻间，她想到昨晚两个人也这么亲密地睡在一起，忽然觉得有点燥热，这种燥热让她第一次不知道怎么接话。

“加个微信吧，你这几天要去哪儿，我随叫随到。”到了江桃房间门口，沈时南将她放下后掏出了手机。

“不用了，医生都说了，我没什么大碍。”

“你怕我对你图谋不轨？”沈时南玩味地看着她，“我们好歹也是半天的男女朋友，连个微信都没有的话，是不是太假了？”

沈时南刻意没有提器材室的事，生怕江桃觉得自己太轻浮。

“反正本来也不是真的。”江桃说着，对沈时南挥了挥手，推门而入。

江桃的脚确实没什么大碍，抹了一夜的药，第二天起床的时候，她就觉得不怎么疼了。但是她没想到，她刚下楼，就看到门口倚在摩托车旁边的沈时南。

她还没开口，就听到沈时南说："好人做到底，送佛送到西，是我一贯的原则，希望江小姐不要拒绝。"

沈时南今天穿了一件黑色的衬衫，虽然胡子拉碴，但阳光下他的眼神有些迷离，反倒显得他有几分忧郁气质。

江桃径直走到沈时南跟前，掏出自己的手机，打开了二维码。

"你实在坚持要送我，我还是给你一个准点时间，省得你在这儿白等。不过我把话先说好了，我腿伤好了之后，我们就别再联系了。"

"放心，我不会来追着你要你对我负责的。"沈时南知道江桃害怕自己因为器材室的事缠着她。

江桃脸一红，也知道他说的意思，反倒笑了笑："没事，我不是担心有人缠着我，我这人学过擒狼术，不怕。"

"擒狼术啊，听起来很厉害，我倒是怕了……"

沈时南递给江桃一个头盔，虽然江桃没再说话，但沈时南骑着摩托车的时候，他的心里美滋滋的。

到了W大教研楼，沈时南径直停下，江桃愣了愣："你怎么知道我在这儿上班？"

沈时南笑了："你这么漂亮，一打听就知道。"

"谢谢，已经很久没有这种弟弟型的帅哥夸我漂亮了。"江桃说着往教研楼走。

看着江桃的身影，沈时南对那句"弟弟"皱了皱眉。

他一只脚支起摩托车，鬼使神差地掏出手机点开江桃的头像，看着干净的朋友圈，有些失望。下一秒，他勾了勾嘴角，发了一条朋友圈。

沈时南：“从今天起，锻炼身体。”配图是一只正在练武术的灰太狼。

一分钟以后，林邵评论：泰迪发春？

沈时南回复：滚，这是狼。

江桃刚刚走进办公室，喝了一口秘书陈妍递来的咖啡，她下意识地拿出手机，刷了一下朋友圈，嘴里的咖啡差点喷出来。

秘书陈妍呆呆地看着江桃：“江总，你笑啥？”

江桃收起手机，想起那只正在练武术的灰太狼，说：“没事，咖啡有点烫。”

秘书陈妍手心冒汗：“不好意思，下次我一定注意。”

虽然江桃的脚不怎么疼了，但她还是抹着校医给的药，所以言夏一走进办公室就看到了她还有些发红的脚。

“你的脚怎么搞的？”言夏皱了皱眉。

江桃想了想沈时南，嘴角不自然地笑了笑：“正义的代价。”

“正义？”言夏愣了愣，“你去抓贼了？”

江桃：“……”

“算是吧，不过是救了一个贼……”江桃觉得沈时南于萧晓芳而言就是一个偷心贼，偷心也是贼。她没想在这个话题上继续，所以急忙换了话题：“你今天怎么过来了？”

“两件事。第一件事，我已经让傅墨森找冯东谈过了，冯东一句分手就消失了五年，回来不但没有向你认个错，还马上另寻新欢在你伤口上撒盐。我怎么也不能让冯东这么欺负我的人，我让傅墨森无论如何要帮你出一口恶气。”言夏说着，对江桃笑了笑，“第二件事，我问过傅墨森了，他说他表弟就在W大，要不然你们先……”

但她的话还没说完，就被江桃打断了。

“我的言董事长，第一件事我谢谢你了，第二件事就算了……你来得刚好，正好有个决定我要向你请示一下……”

江桃也说不上为什么，想到言夏要给自己介绍男朋友时，脑海里会闪现一只灰太狼。

嗯，一只正在练武术的灰太狼。

GUO
|
MING
|
XI

第二章
CHAPTER 2

我只撩会擒狼术的人

NAN
|
YOU

林邵看到沈时南的时候吓了一跳。

老师办公室里，只见沈时南两鬓微白，络腮胡子好像也冒了出来。

林邵上下打量了他一圈，皱起了眉："南哥，你这是受了什么打击，怎么一夜之间这么老了？"

听了林邵的话，沈时南很得意："我这样看上去是不是年纪大一点？"

"何止是一点呀，简直就是一个糟老头……等等！"见沈时南要走，林邵反应过来，"你这身打扮是要干吗？你要去哪儿？"

沈时南对他吹了一个口哨："我去给你找个嫂子。"

林邵立马明白了过来，随即一笑："看来你的老板嫌你小。"

"什么老板不老板，是同事。"沈时南强调。

"哎，你等等我呀！"林邵急忙追出去，"我今天找你有正事。"

"有事快说。"沈时南嘴里又叼了一根烟。

"明天老爷子八十大寿，他让我来问问你去不去？"

"废话，老爷子哪年大寿我没去？"

"那我前两天和你说的事，你可不可以……"林邵说完，满眼期待地看着他。

沈时南却只给林邵三个字："想得美。"

林邵卖乖："南哥，我知道你最好了。老爷子最疼你了，他对你比对我这个亲孙子还亲，你可不能见死不救啊。"

沈时南却已经骑上摩托车，对他挥了挥手："看我心情。"

林邵望着沈时南的背影，在心里祈祷：“我亲爱的老爷子，你可千万要保佑我南哥明天心情好啊。”

明天沈时南的心情如何，无法预测。但可以肯定的是，今天沈时南的心情还不错。

原本他在教研楼被告知江桃已经下班时还有些失望，打开朋友圈却看到江桃发了一个状态：“老师说过，擒狼术的锻炼，一刻也不能丢下。”配图是W大的操场。

“脚刚不疼就这么勤奋，老师知道会奖励你一朵大红花。”沈时南评论完，嘴角一勾，心里好像被人塞进了一块燃烧的炭，暖暖的。

沈时南等了半天没有收到回复，他有点着急，索性直奔操场。

操场上，沈时南看到那道正在跑步的身影时，也慢慢追上了她的脚步。

“美女，你跑步的姿势好像不太标准。”

看到沈时南出现，江桃似乎不意外，不过她的脚步未停，语气很淡：“你还懂这个？”

沈时南耸肩：“这是一个体育老师应该掌握的最基本的知识。”

江桃愣了愣：“你？”

沈时南跑步的姿势更加标准：“不像吗？”

江桃还是不相信：“你是体育老师？”

沈时南皱眉：“这值得怀疑？”

江桃印象中见到的大部分体育老师，都是四肢发达的肌肉猛男，所以她打量了一下沈时南，嘴角一笑：“没什么，就是我第一次看到这么娇弱的体育老师。”

“娇弱？”沈时南还是第一次被人用这个词形容，“你是真遗憾那天在器材室没发生点什么吗？”

提到这个，江桃脸色一红，她真后悔自己怎么多这个嘴。

“看在我害你受伤了的分上，我指导指导你吧。”沈时南见江桃神色一紧，没再继续那个话题，说完又补充了一句，“免费的。”

江桃也说不上为什么没有拒绝他，这五年来，其实也有不少对她献殷勤的男人，但就像言夏找人给她算的命那样——她的恋爱分子好像真的被冯东消耗殆尽了。她对任何男人都提不起兴趣，即使她努力让自己尝试着和他们相处，结果却总是很不乐观。

对于沈时南，江桃唯一的感觉是不太讨厌。

所以对于沈时南的提议，她只回复了他后面的三个字：“免费就不用了，让这么一个老大爷教我，我于心不忍。”

沈时南听着江桃的语气，顿时觉得自己将粉笔灰往头发上抹的行为有点幼稚。他用手胡乱地抹了抹头，笑了笑：“我也觉得老大爷不如小年轻。”

说完，他不给江桃机会，已经开始纠正她的跑步姿势：“膝盖在抬起的时候要稍等弓一点，呼吸要有规律，对，像我这样，先呼……”

江桃跟着他的节奏跑了两圈，果然觉得比之前舒服很多。

“你真的是这学校的体育老师？”江桃还是对他持有怀疑。

“刚刚的技术没有征服你？”

“不是，我是觉得我怎么没有这么好命。以前我读大学的时候，体育老师真的是一个老大爷，所以我从来不爱上体育课。”

沈时南看着江桃说话的样子像一只小鸟一样，心情大好：“没事，现在有了我这个体育老师，不但可以让你爱上体育课，也可以让你爱上体育老师。”

江桃的脸有点燥热：“别闹，我对小孩子没兴趣。”

“我可不是小孩子。”沈时南说着，突然又从口袋里掏出一支粉笔往自己的两鬓上抹，“我是老大爷。”

看着沈时南的样子，江桃突然笑了：“你平时都是这么撩妹的？”

“没有，我只撩会擒狼术的人。”

林邵虽然嘴上一直抱怨自己的亲爷爷疼沈时南要超过自己，但他心里对此一点意见都没有。毕竟他也很喜欢这个一起穿开裆裤长大的兄弟。沈时南什么都比他优秀，每次一起拿着成绩单回家时，林老爷子就不想要自己这个孙子。分数差距实在太大了，他们老林家的智商都被林邵丢光了。一年一年这样对比下来，林邵都想主动不做这个孙子了。

因此，他常常爱嘴上抱怨林老爷子过于疼爱沈时南。

但林老爷子八十大寿这天，林邵不但嘴上没有对沈时南有任何的抱怨，还特别感激他，主动往他碗里加鸡腿。

因为林邵发现沈时南在给林老爷子拜完大寿时，主动提到了他。

“对了，老爷子，还有一件事，我帮你观察过了，林邵这臭小子这次是认真的，他不但不会祸害人家姑娘，还打算娶人家，我就压根没见过他对哪个姑娘这么上心，所以你尽管放心。要是他真负了人家姑娘，不用你出马，我亲自打断他的狗腿。”

听了沈时南的话，林老爷子一脸严肃地扫了林邵一眼。

林老爷子当了一辈子的兵，从位子上退下来以后，闲得发慌，想起自己那个不争气的孙子，决心好好管教一番。他不管不知道，一查才知道自己这个孙子多让人糟心。

自己这个孙子不学无术就算了，整天就喜欢和一些女人不清不楚，林老爷子看到前秘书查到的林邵祸害的女人那份长长的名单时，气得都想扔掉拐杖站起来走。

所以林老爷子做的第一件事，就是对他的感情生活进行严密监控。

林邵也实在是冤枉，以前的他确实有点风流，但自从遇到了夏清河，他不但收了心，还恨不得马上将她娶回家好好疼爱。无奈夏清河还没有答应他，他却先被老爷子的人拦住了。

为了得到老爷子的宽释，林邵唯一能想到的办法就是请沈时南这个老爷子跟前的红人开口帮忙。

可沈时南总是以自己不了解事情的真相推托，所以今天听到沈时南开口为自己说话，林邵就恨不得当场给他一个爱的抱抱了。

“小南子，我相信你。”沉默了半天，林老爷子终于松口，说完他又看了看林邵，“不争气的东西，小邵子，我可只给你这一次机会。”

“一定一定，爷爷，我这次真的是认真地在给你找孙媳妇。”

听完林老爷子的话，林邵感激涕零，并在和沈时南退出酒席时，真的朝他扑了过去。

“南哥，你真是我的再生父母。”

沈时南一把将他推开：“滚，叔叔阿姨听到你这么说，会把你的狗腿打断。”

林邵继续讨好：“嘿嘿，看来你今天心情不错。”

沈时南想起昨天江桃在操场脸有些发红的样子，心里又美了一下：“还行。”

“那我也祝你早点给我找一个嫂子。”

“提到你嫂子，我也有点想她了。”沈时南说着，走向院子里的摩托车，朝林邵挥了挥手，一脚踩油门冲出了林家大院，留下林邵愣在原地：“才认识几天，就这么板上钉钉了吗？这速度也太快了吧！”

江桃原本是没有专门配备司机的，但言夏那天看到她的脚伤，执意让司机来接送她上下班。

今天下班依旧很晚了，江桃出了电梯，刚给司机发完信息，一个人影就拦住了她。

江桃没有想到会再次看到冯东，更不知道他为什么此时会出现在这里。

只是当看到他的时候，她发觉自己的心跳还是骤然加快，还没等她先开口，就看到他一脸烦闷地看着她。

“我说江桃，有意思吗？我刚泡上一个富二代的傻学生，就被你搅黄了。我们的事早就过去了，你觉得这样很爽吗？”

听完冯东的话，江桃才明白他来这里的目的。

想起言夏说让傅墨森帮她出一口恶气，对于冯东的话，她没有否认。但她也不知道为什么在听完他的话后，手心里会冒出汗。

原来他大老远跑过来，仅仅是为了质问她。

“所以你当每个女人都很傻，才和她们在一起的？”江桃下意识地握了握拳头，“包括我？”

听完江桃的话，冯东有些无奈地冷笑一声：“江桃，你年纪也不小了，难道直到现在，眼睛里还只有这些爱不爱的？爱情在你眼里还那么神圣？”

“所以，以前你从来没有喜欢过我对吗？”江桃觉得自己的声音有些发颤。

“你也说了，那都是以前。我拜托你不要再打扰我的生活了好吗？你知道现在对我什么才重要吗？不是什么爱情，是命！”冯东说着，突然有些激动地朝江桃逼近。

“江总，有事？”司机不知道什么时候出现的，他突然跑到江桃面前，防备地看着冯东。

司机的称呼让冯东愣了愣，他看了看楼外面停着的加长林肯，皱了皱眉：“江总？你喊她江总？”

“这是我们言氏集团的执行总裁……你干什么的？”

冯东没有理会司机的话，他难以置信地看着江桃：“什么，你现在是言氏集团的执行总裁？”

冯东说完，连他也没有察觉自己的眼神好像亮了起来。

江桃还没有来得及回答他，一个声音就响了起来。

“对，她不但现在是言氏集团的执行总裁，还已经有男朋友了，所以麻烦你以后不要再骚扰我女朋友。”

沈时南说完话，径直走到江桃面前，直勾勾地挡着她面前的司机朋友，他的意思很明显：哥们，这是我的位置。

司机扭头看到江桃对他没敌意，这才闪到一边。

“你也是司机？”冯东愣了愣。

“司机？你的耳朵是不是聋了？我说了，以后不要再骚扰我女朋友。”沈时南冷冷地看着冯东。

冯东看着有些面熟的沈时南，这才像想起什么一样：“哦，是你。呵，江桃，你自己不是立马对别的男人投怀送抱？有什么资格说我另寻新欢？”

“她当然有资格！”沈时南比冯东略高一些，他有些刻意地俯视冯东说，“她可不像某些人渣，祸害的是一些还不谙世事的小学妹。”

“你骂谁呢！”

冯东说着就举起了胳膊，却被沈时南狠狠地按住：“你这么愤怒，不是因为我说对了？”

冯东用力甩开他的手，不屑地看了他一眼：“她找的不也是一个年轻的小白脸？”

“小白脸？”沈时南觉得自己的胸口要爆炸，正要发作，只见江桃从他身后走了出来。

“冯东，你够了！如果你今天是来质问我，那你的目的也达到了。你可以走了，我再也不想看到你！”江桃说完也不管冯东的回应，转身便离开。

“听到没有，她再也不想看到你，还不快滚。”沈时南说着已经朝江桃追了过去。

司机同样恶狠狠地看了冯东一眼，也朝江桃追了过去。但看到江桃没有坐上车，他犹豫了一下还是独自开车走了。

“有刚刚那个小白脸在，江总应该不会有事的。”

正在追着江桃的沈时南：你全家才是小白脸！

走出校门，江桃才发现沈时南默默地跟在自己身后。他保持着不远不近的距离，似乎是特意让她一个人安静一会儿。又走了几步，她终于还是示意他可以走过来。

“刚刚谢谢你。”

“没事，我很乐意假扮你男朋友。”沈时南原本想逗她笑，但见她似乎没有什么反应，急忙换了话题，“实在要感谢，你请我吃顿烧烤就行。”

烧烤摊上，沈时南点了很多肉。

只是当他大口吃肉时，他却发现江桃没什么胃口。

“我妈曾经说过，不开心的时候就吃肉，当一个人吃得很满足之后，就顾不得去想其他事了。”沈时南将肉都放到江桃面前。

见江桃依旧无动于衷，他终于轻轻叹息：“为这种渣男伤心，不值得。”

江桃看了看眼前堆成山的烤串，才缓缓地开口：“他是我的初恋。”

“嗯，想象得出。”沈时南毫不意外，“只有初恋才会这么义无反顾。”

江桃似乎没有听到他的话，或者她本来就是说给自己听：“以前他对我也挺好的，每个节日都会给我一个惊喜，还说我是他这辈子遇到过的最特别的女人。”

“呵。”沈时南冷笑一声，“可是后来呢？我告诉你，永远不要相信一个男人在恋爱时的鬼话，要看他实际做的。男人真正喜欢一个女人的时候，是决不会让她在任何时候受一点伤的。你看看你现在……”

江桃从回忆里出来，有些愣愣地看着他：“我现在怎么了？”

“你呀，现在就像我眼前的这盘羊肉，特别让人想用嘴巴呵护。”沈时南一边深情地看着江桃，一边津津有味地嚼了一口羊肉。

江桃皱了皱眉：“我觉得你真想呵护的话，还是先看清了再吃也不晚。”

沈时南虽然没有听懂江桃的话，但他忽然发现自己嘴里的“羊肉”好像味道不太对，吐出来才发现是刚刚自己擦嘴的卫生纸。

“你等等，我重新说一遍，你现在就像我嘴巴里的一张卫生纸，特别让人……呕……不好意思，我有点恶心。”

江桃：“……”

江桃所在的言氏集团和W大合作研发的AI项目，主要在科学技术方面，但也有一些苦力活需要人来做，比如帮忙搬运那些比较重的器械。这些工作一般的处理方式是交给专业的搬运公司，但江桃想起了自己以前读书时，有些家庭比较困难的学生四处寻找兼职想多赚点钱的情况，加上要搬运的次数并不多，于是她对来汇报的秘书陈妍说：“这种事找个兼职员工偶尔来帮忙做一下就行了。我们现在是在学校，学校里这么多学生，刚好给那些家庭比较困难的学生一个赚点学费的机会。不过在招聘的时候要注明能做苦力。”

结果她的批示下来的第二天，她就看到沈时南拿着他们的招聘广告到了他们的办公室。

“你怎么来了？”江桃愣了愣。

沈时南对她晃了晃手里的广告：“我来应聘啊。”

江桃皱眉：“你……你不是这里的老师吗？”

沈时南笑得好看：“老师也有家庭困难户啊。”

“但是……”

她的话还没说完，沈时南就打断了她：“你放心，我力气很大，绝对符合要求。”

说完，他就差直接露出自己健硕的肱二头肌了。

江桃的眉心跳了跳，正要说什么，又听到沈时南开口：“别担心，我不是来缠着让你负责的，真要负责，也是男人对女人负责。”

“我没担心。”江桃坐正了身子，“那你直接找面试经理面试就好，他们通过就行。”

“我已经通过面试了，我进来就是想向我未来的老板说明一下，你们的这个钱，绝对不会白花。”

江桃：“……”

因为当天就有搬运仪器的工作，所以沈时南面试完就直接开工了。

当看到学校宣传栏上的这个兼职招聘时，沈时南也说不上为什么要揭下来，就是想到那晚吃着卫生纸的倒胃口画面，他觉得一定要挽回一下自己的形象。

然而看到那一堆仪器时，沈时南登时有些目瞪口呆。这么多仪器就招一个兼职，也太狠了吧？

不过沈时南并没有后悔，也可以说他没来得及后悔。他看到一个熟悉的身影，在他的不远处出现。

第三小组的组长也不知道，平时几乎从来没有来他们这个区域视察工作的江总，今天怎么突然过来了，并且慢悠悠的，一点也不像她平日里雷厉风行的样子。

但江总来了，他还是立马战战兢兢地向她汇报工作。

江桃有点走神，毕竟连她也不知道原因。原本她是要出来上个洗手间的，不知怎么走着走着就走到了这里。

她正要借口离开时，就看到窗外，炎炎烈日下，他们新聘请的兼职搬运工突然脱掉了上衣，露出结实的六块腹肌，然后他弯下腰去，翘起屁股，一个用力，搬起了眼前如同椅子一般大小的仪器。

看到这幅画面，江桃不自然地咽了咽口水。当时她的脑海里只有一个疑问：体育老师的身材都这么好吗？

也是这个时候，第三小组的组长忽然发现他们的江总今天似乎有点不对劲。

沈时南好久没有做过这种苦力了，准确地说，他从来没有做过。所以在他搬完了那些仪器之后，他觉得自己浑身都快散架了。

不过他还是冲了个澡，换了身干净的衣服，然后再次出现在刚刚下班的江桃面前。

“我说得没错吧，你们的这个钱，绝对不会白花。”沈时南对她拍了拍自己的摩托车，“上车，那天你请我吃了烤串，今天该我回请了。”

江桃笑道：“用你刚刚从我这儿赚来的钱请？”

“难道江小姐看不上劳动人民用双手赚来的血汗钱？”

沈时南的话刚说完，江桃才发现他的手上确实有几道伤口。

“你的手好像受伤了。”

沈时南不自然地摸了摸：“小事。”

江桃顿了一下，还是从包里掏出了两个创可贴。她走到沈时南跟前，慢慢地撕开创可贴，然后给他贴上。

沈时南看着细心给他贴创可贴的江桃，心里暖暖的：“总裁包里还放这些东西？”

江桃头也不抬：“对啊，我怕不及时给你止血，到时候你血流成河，可就是工伤了，那我真要负责了。”

沈时南勾唇：“你这么一说，我还真有点巴不得血流成河了。”

江桃："……"

沈时南语气轻松，可两个人的距离太近了，加上江桃弯着腰给他贴创可贴，他说话正好对着她的耳朵。

他的气息让江桃的耳朵痒痒的，连带着她的心也有点痒痒的。

空气一时凝固在那里，沈时南听到自己的心怦怦地跳动着，像一只小鹿。

就在此时，言夏忽然打来电话。江桃借机走到一旁，她接起电话就听到言夏兴奋地说："桃子，下班有空吗？我和傅墨森一起请你吃顿饭，就在你最喜欢的青萝餐厅。"

与此同时，沈时南久未联系的表哥也给他发了一条信息：你在哪儿？晚上来青萝餐厅吃顿饭，有个姑娘应该是你喜欢的类型。

沈时南看了一眼江桃，给表哥回复短信：有事，改天再约。

江桃回头看了一眼倚在摩托车旁，深情地看着自己的沈时南，对言夏说了一句"晚上要加班"，便挂了电话

同时被放鸽子的言夏和傅墨森抬头对视。

言夏委屈："怎么回事？我第一次做媒婆就这么难吗？"

傅墨森揉了揉她的头发，温柔地安慰："不来正好，省得耽误我和我媳妇单独约会。"

W大后巷里有一家很破旧的小店，店虽小，却有一份招牌小吃异常火爆。这家小店开了十几年，只做熟人的生意，所以特别难订位子。

江桃坐下之后，才发现沈时南早就提前点好了一堆好吃的。

"这顿可不便宜吧？"江桃一边吃一边说。

她原本只是想客气一下，没想到沈时南异常认真地点头。

"嗯，确实不便宜，不过别担心，我和老板说好了，一会儿我会留下来帮他洗盘子抵债。"

江桃扑哧一笑："那我可不敢吃了，再吃下去我就成人贩子了。"

"没事，你尽管吃。被你卖，我心甘情愿。"

江桃看着沈时南勾着嘴角看她，故意认真起来："可是我们的兼职工作原本是想帮助一下贫困生的，你这种大手大脚的人不是我们招聘的对象。"

沈时南同样认真："怎么，你觉得我的工作做得不够好？"

"那倒不是，只是……"

"不是就好。"沈时南打断江桃，顺手夹了菜放到她面前的盘子里，两眼凝视着她，"江小姐一定不了解男人。这男人呀，不管是上学也好，工作也好，最终为的其实都是一个人——自己喜欢的女人。要是约漂亮的女孩子吃饭也算大手大脚的话，那我觉得钱的存在就没有任何的意义……"

从小店出来时，天已经黑了，黑不可怕，可怕的是还下着雨，下着雨也不可怕，可怕的是……

沈时南越想越觉得好笑，江桃的亲戚什么时候来不好，偏偏在他说出那么深情的话之后。

当沈时南说完话，深情地注视着江桃时，江桃忽然神情一怔，她的眉头瞬间皱了起来，然后她下意识地捂住了肚子。

沈时南瞬间凌乱了，他的情话不能撩人就算了，难道还能暗箭伤人？

"你怎么了，没事吧？"

江桃捂着肚子坐下："没事……我可能……是'大姨妈'来了。"

沈时南："……"

沈时南急忙结了账，扶起江桃。

“这怎么办？我送你回家吧。”可是他走出小店才发现外面正下着倾盆大雨。

天冷、下雨加“大姨妈”，江桃整个人都不好了。她觉得肚子疼得比往日要多好几倍，她的额头瞬间就涌起了豆大的汗珠。

沈时南看到她这样子也着急，找老板要了一杯热水给她，却发现她的痛苦没有减轻丝毫。

“你在这儿等我一下……”沈时南托老板娘帮忙照顾一下江桃，便冲进了雨里。身后江桃“你干吗去”的声音，他都没听见。

沈时南记得小巷尽头就有一家药店，开口便让店员拿最好的止痛药。

这还是江桃刚刚喝水时，他偷偷百度了一下痛经怎么办，知道可以吃止痛药以后，他才觉得自己没那么废物。

当时他只有一个想法：后悔没有平时多加锻炼，跑出刘翔的速度，那样江桃也许就能少疼一点了。

“快把这个吃了。”

几分钟以后，江桃抬头，她看着眼前落汤鸡般的沈时南，眼睛里有什么东西闪了闪。

她接过沈时南手里的止痛药，吃完以后才觉得舒服一些。

“怎么样，你还疼得厉害吗？”沈时南依旧很着急。

“好多了。”缓过来以后的江桃找老板娘借了一条毛巾递给沈时南。

沈时南擦着擦着，才发现一直盯着自己看的江桃脸色有些发红。

沈时南皱眉：“你不会感冒了吧？”

“没有。”江桃有些不好意思地扭过头。

沈时南低头一看，才明白江桃为什么脸色发红。今天，他穿了一件白色衬衫，大雨将它淋得透透的，此时衬衫贴着身子完全变成了透明的，胸前好像有点……走光。

“你没事吧？”江桃发觉沈时南神情有点尴尬，关心地问了一下。

沈时南是这样回答她的：“没……阿嚏！阿嚏……事……阿嚏！”

“你去我家洗个澡吧，不然会感冒。”已经差不多彻底缓过来的江桃找老板借了一把伞，示意沈时南走到她的伞下。

“好的。”沈时南眉眼一弯，恨不得多打两个喷嚏。

沈时南是哼着小曲在江桃的洗手间洗完澡的，他第一次觉得下大雨是一件这么让人开心的事。但是洗完澡以后，他就不高兴了。

他看着江桃给他准备的衣服——一件大领粉色衬衫、一条低腰黑色裤子，他的眉头皱了起来。

江桃走到洗手间前，对他说：“不好意思，我家从来没有男性来过，所以没有一件男士衣服，一会儿你先将就穿一下我的吧……这都是我最大号的衣服了。”

原本沈时南听了她的话还很开心：我是第一个来你家的男人？哈哈哈，没关系，就冲这一条，没有男士的衣服一点都没关系。

可是现在……沈时南穿着粉色的衬衫和低腰的裤子，看着镜子里妖娆的自己，他第一次明白什么叫恶心。

沈时南一时有点搞不清，是不是一直待在洗手间也挺好的。

江桃喝了一杯红糖姜茶，正要放下杯子时，就看到沈时南穿着她准备的衣服，一脸无语地走了出来。如果不是杯子里的茶已经喝完，她不敢保证自己会不会喷出来。

“这个造型……哈哈哈……”江桃到底还是没忍住笑了出来。

沈时南想死：“你再笑一下，信不信我当着你的面把衣服脱了？”

一想到那香艳的画面，江桃连忙摆手：“别别别，其实我想说的是，这造型……挺别致的。对了，刚刚谢谢你。”

江桃急忙换了一个话题。

“小意思。”沈时南这才笑了笑，“我刚刚冲进雨里的时候是不是特别帅？你是不是特感动？”

江桃不否认，不然她也不会开口让沈时南来家里洗澡。但看着沈时南直勾勾地盯着自己，她却摇了摇头：“没有。”

“那你刚刚说，你家从来没有男性来过，那你的衣服是不是也从来没有男性穿过？”沈时南决定换一个思路和江桃交谈，说着，他还特意朝江桃走近了一些。

“对啊，怎么了？”江桃抬头看了看近在咫尺的沈时南，愣了愣，“你嫌弃？”

“怎么会，我是感到荣幸。”沈时南眉眼一挑，“所以我是第一个穿着你贴身衣服的男人。”

沈时南说话的时候语气很轻，加上他刚刚洗完澡，浑身散发着一股江桃熟悉的香味，让江桃一时有些燥热。

江桃明白沈时南的意思，但她还是退后一步：“嗯，是，不过你也不用感到太荣幸。你一走，我就会把这两件衣服扔到垃圾桶里。”

沈时南：“……”

坐到沙发上，沈时南才得空打量了一下江桃的公寓。这是距离W大不算远的一处高档小区，这套至少有一百五十平方米的三居室，比起沈时南的一室一厅，不管是面积还是装修，都明显不是一个档次的。奢侈中带些温馨，很有家的感觉。

“你一个人住这么大的房子不害怕？”

江桃递给他一杯姜茶：“习惯就好。”

“你怎么想起买三室的？一间卧室自己睡，一间客房不就够了？”

“其实是小时候的梦想。”江桃也坐在沙发上，神情有些平静，

“以前家里住的一直是两房，当时就觉得一家人住很拥挤。那时候我告诉爸妈，等我长大了，一定买一套大房子和他们一起住。后来有钱了，我就买了。”

“他们没搬来和你住？”沈时南扫了一眼江桃桌子上的相片，那应该是江桃十二三岁的时候，被爸爸抱在怀里，妈妈就在旁边拉着她的手，一家三口在公园的门口笑得很开心。

江桃也望向那张相片，淡淡地回答：“没有。”

那晚，因为江桃的一句“要不你今晚就睡这儿”的客气话，沈时南真的留了下来。不过在客房里，他翻来覆去睡不着，不知道是不是因为身上的衣服不舒服。他索性起来准备再冲个澡，就听到江桃的卧室里传来一声尖叫。

“啊！”

沈时南想也没想就冲进了江桃的卧室，他一眼看见江桃神情慌张地躲在门后。

“怎么了？”

“蟑螂！”江桃指着床上，果然一只黑色的蟑螂正气焰嚣张地对着他们。

沈时南二话没说，伸手直接将它捏了起来扔到了窗外。

“看来这只蟑螂是公的。”

“你怎么知道？”江桃惊魂未定。

沈时南看着江桃勾唇：“好色。”

江桃顺着沈时南的目光低头，才意识到自己穿的是一件低胸粉色睡裙。她急忙双手捂胸口：“我没事了，你出去吧。”

“别怕，我要想对你做什么，那晚就做了。”沈时南说完，慢悠悠地走到卧室门口，然后回头笑着看她，“其实我要和你说不好意思的，后来我想了想，那晚好像是我先醉倒在地上，蒙眬中好像把一个人绊倒了，现在看来，只能是你了。”

江桃皱眉：“那我这不是引狼入室了吗？”

沈时南挑眉：“反正你会擒狼术，怕啥？”

沈时南说完，站在门口，带上了房门，而他还在房内。空气一时静止，江桃觉得气氛不知道怎么就变得这么暧昧了。特别是她看到他噙着一抹微笑，慢慢朝她走来时，她发现自己的心像一只欢快的小鹿，跳个不停。

“你……你要干什么？”江桃的声音有点喘。

沈时南盯着她，保持着嘴角的微笑：“我就是想好好检查一遍，你房间里还有没有别的蟑螂。”

说完，沈时南弯下腰去检查床底。

江桃：“……”

第三章
CHAPTER 3

不要再说
我是小孩子

GUO | MING | XI

NAN | YOU

江桃后来有没有把那两件衣服扔掉，沈时南不知道，但第二天他再去教研楼做兼职搬运工的时候，发现她身上的衣服穿得特别漂亮，漂亮得让他目不转睛。

“你怎么过来了？昨天我不是告诉你暂时没有活了，有了会再通知你的吗？”秘书陈妍不知道什么时候出现在沈时南身边。

沈时南露出遗憾的神情：“那真是太遗憾了，我还想多为贵公司做点事，以报答你们对我这种贫困老师的救助。”

秘书陈妍看到沈时南一副认真的样子，顿时被他的诚意感动：“要感谢，你就谢谢我们江总吧，这都是她的功劳。”

“要感谢，一定要感谢。”沈时南目不转睛地看向办公室里面认真工作的江桃，“那我现在过去感谢一下她？”

江桃原本是拒绝沈时南这种感谢的，理由是一个出钱，一个出力，这是最基本的等价交换。可是耐不住沈时南目光温柔地一直盯着自己看，最终她还是缴械投降。

“那你想怎么感谢我？”

沈时南面带微笑：“那当然是用我最好的方式感谢。”

江桃想起他那套钱就是给喜欢的人花的说辞，想要拒绝，却意外扫到办公室外面，员工们八卦的眼神。

江桃想起有一次在卫生间，意外听到员工说她没人要的流言，对沈时南低头一笑：“那就走吧。”

当江桃和沈时南从她办公室里缓缓走出来时，言氏集团的驻校员工第一时间开始交头接耳。

“瞧你们把咱们江总逼的，天天在背地里说她老，没人要……逼得江总都要花钱请人来骗人了。”

“这男的是哪个明星？还挺帅的。”

“江总也太着急了，要不是今天是愚人节，我可能真信了。”

江桃：“……”

大家对他们的这位单身女总裁议论纷纷，结论是没有一个人相信有男人约她。

这也不能怪他们，凡是言氏集团的员工，都知道他们这位总裁虽然长得漂亮，不工作的时候性格也还算温柔，但她是一个完全没有恋爱运势的女人。

没有恋爱运势的意思就是，从来没有人见过有一个男人追她，因为有传言说，凡是想要追她的男人，在有了这个念头的第二天就开始莫名其妙地倒霉。

“这不是我们搬运器械的兼职员工吗？江总缺男人缺到这个地步，都要开始对自己的兼职员工下手了？”有人看到过沈时南搬器械。

“这人好像是这个学校的体育老师吧，长得还挺帅啊。”有人认出了沈时南。

“等等，我好像懂了……”有人认真起来，“这兼职员工是江总拍板一定要在这学校里找的吧？看这沈老师的穿着不像什么有钱人……那么有没有这种可能——咱们江总一次意外看到英俊、帅气但稍显落魄的沈老师，立马被其惊人的相貌迷倒。于是她开始驻校办公，又出了一个高薪兼职招聘的通知，特意让这个不怎么富有的沈老师看到，于是沈老师就一步一步走进江总的怀抱……”

江桃是怎么被自己的员工编派的，她不知道。她正坐在沈时南的摩托车上，穿行在校园的梧桐道上，恍然间，她有一种回到学生时代的感觉。

“你大学在哪儿读的？”

沈时南没想到江桃主动说话，心下愉悦：“Z大。”

“Z大啊！”江桃说着有点不敢相信，“你读Z大那么厉害的大学，怎么出来做体育老师了？”

沈时南扯了扯嘴角：“听江小姐这话的意思，你有点看不起人民教师？”

“我可不敢，以前我最怕老师了，从来不敢迟到旷课。”

“没看出来你还是乖学生。”

“也不是，我觉得读书挺好的，对于有些人而言，读书是唯一改变命运的机会，怎么能不珍惜。”

听到江桃话音有些落寞，沈时南把车停在了路边，几分钟以后回来，手上多了一个冰淇淋。

“给我的？”江桃愣了愣。

“你尝尝，甜的，可以把心里的苦味压下去。”

“谁心里苦了？”江桃大口吃了一口冰淇淋，有点想笑，“老实交代，你用这招套路过多少无知的少女？”

“我向这个冰淇淋发誓，你绝对是第一个。”

“是吗？”江桃撇嘴，“那可惜你看走眼了，我已经不是少女很多年了。”

“那好办，我就带你变回少女。”沈时南说完，重新骑上摩托车，脚底踩油门。

当摩托车停在电影院门前时，江桃愣了愣：“你说的感谢，就是要请我看电影？”

沈时南温柔地看着她：“不喜欢？”

江桃摇头：“倒也不是，只是我们看起来像在约会。”

沈时南嘴角勾起：“你要这么认为也不是不可以。”

看着沈时南温柔中带点调戏的眼神，江桃觉得自己的心情有点迷乱，但最后理性还是战胜了那点感性。

她对沈时南说："如果你是在约我，那我觉得我还是有必要和你说清楚，我对小孩子没兴趣。"

"真的吗？那在办公室的时候，你怎么那么迷恋地看了我一眼？"

江桃："……"

"难道你真的只是想做戏给你的员工看？"

原来他都看到了。

"要是你觉得我利用了你，我道歉，但约会……我们真的不合适，你还是别在我身上浪费时间了。"

见江桃态度坚决，沈时南也没再勉强："不过我真的好奇，你这么漂亮，会没人追？"

江桃不太愿意回答这个问题，沈时南也发现了，他笑了笑："既然看电影让你觉得有压力，那我带你先解解压吧。"

沈时南说着，走向不远处的摩托车，还没有走到，却听见江桃一声惊叫。

"啊……我的包！"

盯着江桃的名牌包包都快望眼欲穿的飞车贼得手之后，脚踩油门，瞬间冲进人群中。

"你在这儿别动。"沈时南反应过来，跳上摩托车，脚一踩，摩托车就朝飞车贼冲了过去。

飞车贼发现沈时南之后，他抢到包的喜悦瞬间没有了。因为他发现自己遇到高手了，沈时南的速度不仅快，而且稳，更像会判断他的路线一样，有两次他险些被沈时南抓住。

没过多久，两台摩托车就冲出了闹市区，蹿进了一片开阔地区。

"在太岁头上动土，你真是活得不耐烦了。"沈时南加速，他找准时机，看清了前面的臭水沟，就朝飞车贼撞了过去。

当飞车贼从那条臭水沟爬出来时，他觉得他这辈子都会后悔今天抢了这个包。更可恨的是，包在他落水的前一秒还被沈时南抢回去了。

沈时南重新出现在江桃面前时，江桃已经急得不行。

"沈时南，你没事吧？"

"没事。"沈时南把抢回来的包递给江桃时，才发现包上被溅了一些臭水，有些不好意思地说，"就是把你的包搞得……有点臭。"

江桃接过包看也没看，她看着同样被溅了不少臭水的沈时南，声音很淡："你确定只是有点臭？"

那件粉色的衬衫和低腰裤子再次穿在沈时南身上时，他心里有点得意。

"还说会扔掉，小骗子。"

因为电影院离江桃的公寓比较近，看到他一身臭水时，江桃还是提议他到她家，赶紧先洗个澡把沾了一身臭水的衣服换掉。

沈时南当然不会拒绝。

"又没多少钱，你那么拼命干吗？"看着沈时南盯着身上的衣服出神，江桃递给他一杯水。

沈时南微笑："又没多少钱？香奈儿最新款，十几万吧？"

江桃没想到沈时南还认得包，正不知道怎么接话，又听到他的声音响起："再说了，你的东西不管多少钱，我都要抢回来。不然我连你的东西都保护不了，又怎么保护你这个人？"

江桃更不知道该怎么接话了。

"现在按你的逻辑，你帮了我，该我感谢你了。"江桃在沈时南的注视下，也保持微笑。

沈时南知道，江桃这样说，是不想欠他什么。

“行呀，不过既然是感谢我，我可不可以选择怎么被感谢？”

“那请问你想怎么被感谢呢？”

沈时南故意不高兴：“不要再说我是小孩子。”

江桃：“……”

“这算什么感谢，不行。就算我不说，你也本来就比我小。”江桃说。

“只小三岁而已。”

“一岁也是小。”

见江桃如此坚持，沈时南也不再争辩。他看了看江桃异常干净的厨房，勾起嘴角一笑：“非要来点实质性感谢的话，要不然你亲手做饭？”

原本以为江桃会很为难，没想到她像看穿了沈时南的心意一样，大方一笑：“没问题。”

一个小时以后，当江桃把香味扑鼻的青椒土豆丝、辣椒炒肉、糖醋排骨、玉米排骨汤等菜端到沈时南面前时，沈时南惊讶得张大了嘴巴。

“这……你是用魔法变出来的吗？”

江桃淡淡一笑：“你刚刚亲眼看见了，这些是靠我这双手做出来的。最近比较忙，我一直没来得及采购，冰箱里食材有限，你将就吃吧。”

沈时南还是不敢相信：“你还有这厨艺？”

“我的厨房虽然干净，但不代表我不会做饭，只是我平时比较忙，没时间做而已。”江桃盛了一碗饭递给他，“顺便说一句，以前在家的时候，都是我做饭。”

当沈时南狼吞虎咽地吃干净了桌子上分量不多的菜时，他才彻底相信江桃没骗他。

吃饱喝足后，沈时南看着江桃在厨房洗碗的身影，嘴角不禁上扬。

“这么贤惠、漂亮又能干的女人，真是不多见啊。我可真幸福。”

刚嘀咕完，江桃的声音就从厨房飘过来：“你鬼鬼祟祟在那儿嘀咕什么？”

沈时南这次放开了喉咙说：“我说，这么贤惠、漂亮又能干的女人，以后不知道会便宜哪个臭男人。”

他特意把臭字加重，似乎在提醒江桃他没洗澡前身上的味道。

听了他的话，江桃愣了一下没作声。

“我来帮你吧，”沈时南说着朝她走来，“都说女人做饭，男人洗碗，男女搭配，干活不累。”

江桃给他看手里的最后一个碗：“我都快洗完了你才想起来帮忙？”

“那我扫地吧。”沈时南有点尴尬，拿起厨房角落里的扫把，嘴里再次嘀咕，“这样才像一家人……”

江桃没说话，但也没阻止沈时南拿起扫把扫地。

两个人全部收拾完毕，坐回沙发上看电视。江桃看着沈时南身上的衣服，还是想笑。

“要不你在家等我一下，我去给你买身合适的衣服吧。”

“不用。”沈时南急忙拦住她，“我现在觉得穿这身衣服挺好，很有……主人的感觉。”

江桃没有忍住，扑哧一笑：“女主人？”

沈时南挑了挑眉：“我说江小姐，在你眼里，我真的就这么娇弱？”

沈时南说话的同时，坐起身朝江桃靠近。

看着近在咫尺的沈时南，江桃情不自禁地咽了咽口水，她也不知道怎么在面对沈时南时，经常会出现这种小鹿乱撞的感觉。

五年来，他是第一个能让她有时候感觉到意乱情迷的人。

沈时南也发现了江桃慌乱的眼神，这个眼神让他很兴奋，所以他又朝江桃凑近了一些。看着她红润的嘴唇，他感到体内的荷尔蒙在不断冲撞。可当他离她不到十厘米时，还是被她一把推开了。

“我去上个厕所。”江桃逃之夭夭。

江桃从厕所出来时，看到沈时南又在看她的那张全家福。

“有这么好看？”江桃打趣他。

沈时南点头：“有。”

“才怪。”江桃也盯着那张照片说，“小时候我家都叫我龅牙妹，以前我的两颗大门牙有点翘，说话都露风。有好几年我一直戴着牙箍，特别自卑。”

“嗯，你确实和以前不太一样了。”沈时南认真地打量着江桃。

江桃被沈时南盯着看有些不好意思，她正要说些什么岔开话题，门铃突然响了起来，她借口离开去开门。

片刻之后，沈时南见江桃还没有回来，他走过去才发现江桃怔在了门口。

他疑惑地走上前，顺着江桃的视线望过去，就看到冯东不知道什么时候出现在门口，冯东的手里还有一束鲜花。

“桃子，对不起，一直以来都是我不好。这两天我一直在反思自己，你打我也好，骂我也好，希望你能再给我一次机会……”

但是他话还没说完，就看到了穿着江桃衣服的沈时南，他的脸色顿时不好了。

“你怎么在这儿？”冯东皱了皱眉。

沈时南看到冯东盯着自己身上的衣服时，嘴角一勾：“这难道还不够明显吗？”

江桃看到冯东铁青的脸色时，也不知道为什么有些慌乱。她看到身后沈时南穿着自己衣服的样子，更是彻底笑不出来了。

但沈时南显然对冯东的反应很满意，不仅满意，他还想更加满意，所以他笑着对冯东说：“桃子的衣服很舒服，床也很软，我很喜欢。”

不过沈时南没有想到，打断他的不是冯东，而是江桃。

“沈时南，你住嘴。”

沈时南听到了江桃的声音，在他愣住的片刻，江桃已经皱着眉头看向冯东。

“你怎么知道我住这儿？”

“因为我是真心想对你认错，所以不管你在哪儿，我都要找到你。”冯东对江桃举起了手里的鲜花，“桃子，你以前最喜欢我送你的玫瑰，你说你最喜欢红、白、黄三种相间的玫瑰花搭在一起……你看，今天这束花是我亲手给你包装的。”

江桃看着递到眼前的玫瑰花，她感觉时间仿佛一下子就回到了五年前，那时候冯东还对她极其温柔体贴。

当她犹豫不决时，一只手抢到了她的前面，将那束玫瑰扔到了地上。

“什么狗屁红、白、黄相间的玫瑰花，人渣，你还嫌伤害她伤害得不够是吧？”沈时南将玫瑰花扔到地上以后，一把抓起了冯东的衣领，将他往后推了一步，“你少来骚扰她。”

“小白脸，你少给我动手动脚！”冯东看着沈时南本来就很来气，现在这一动手彻底成了导火线，于是江桃看到冯东再次往前走过来时，已经挥着拳头朝沈时南砸去。

可惜冯东比一米八六的沈时南到底矮了几厘米，加上沈时南是体育老师，又被他那句“小白脸”激怒，所以他的拳头还没有落到沈时南身上，就被沈时南挡住，并且再次被往后推了两步。

“你再叫一句试试？”

冯东愣了愣，知道自己不是沈时南的对手，本着好汉不吃眼前亏的心态，没有再上前，只是站在原地望向江桃。

“桃子，我不相信你真的喜欢这种只会动粗的小白脸，我真的错了，咱们再回到过去好不好？”

“再回到你……”

“沈时南，你够了！”沈时南愤怒的话还没说完，江桃就厉声打断了他，“这是我的事，请你不要再插手了。”

沈时南完全没有想过江桃会这样说，他愣了一下，看了一眼略带挑衅的冯东，一时竟有些不知所措。

“行，算我自作多情，那我就不打扰你们了！”沈时南说完推开眼前的冯东，穿着那身不合身的女装便头也不回地下了楼。

江桃说完那句话，才发觉自己的语气有些重，她看着沈时南那别扭的背影，心里更是五味杂陈。她原本并不是针对他，只是被眼前的争吵搅得心烦，但她还没有来得及张口喊住他，冯东已经再次走上前来。

“桃子，我真的是来向你道歉的，我……”

“你走吧！”他的话没说完，江桃就厉声喝住了他，“我今天不想看到你。”

“今天……”冯东重复着，心里一紧，“行，那我等你，我改天再来找你。”

冯东张了张嘴还想再说些什么，终于还是不甘地下了楼。

江桃看着地上一地凌乱的玫瑰花，愣在原地一动没动。

她的心情从来没有像今天这般凌乱过。

心情同样凌乱的，还有W大今天上体育课的同学们。

今天，他们再对亲切的沈老师喊着南哥，想像往日一样溜出去谈情说爱自由活动时，却发现他一脸严肃。

“南哥，这是怎么了？”有大胆的同学凑上前去和沈时南套近乎，企图打听一下。

可惜他得到的答案是：“全体跑步十圈。”

同学傻了眼：“南哥，你说什么？”

沈时南面无表情地重复：“全体跑步十圈。”

同学们：“……”

这是要命啊！

半个小时以后，同学们气喘吁吁地跑到他跟前，以为完事了，心情恢复了一点小忐忑。

“报告沈老师，十圈已经跑完。”

沈时南坐在椅子上，依旧面无表情：“那就再跑十圈。”

同学们：“……”

这是要了我们的命啊！

“怎么回事，沈老师今天怎么这么反常？”从沈时南眼前闪开时，大家立马发出了共同的疑问。

“我知道，沈老师谈恋爱了。前两天我还见他骑着摩托车，载着一个美女在学校里招摇过市。不过她戴着头盔，我没看清长什么样。”有同学嘀咕，最后断定，“搞不好沈老师失恋了。”

有同学反驳：“就算全世界的男人都会失恋，沈老师也不会。你见过这么英俊帅气的男人会失恋？要真像你说的沈老师恋爱了，最多是吵架了。”

“吵架了，没错，应该是吵架了。”大家对这个答案很认同。

“同学们，发挥你们爱心的时候到了，你们不都很喜欢沈老师吗？特别是你们几个女孩子，看到沈老师都走不动了，现在沈老师需要安慰，你们表示不……”有同学开始出谋划策。

“我！”有个女同学举手，“只要能让沈老师笑一笑，我愿意给他表演我刚学的肚皮舞。”

“你想得美，沈老师再看就要吐了。”

女同学很委屈：“那怎么办？”

“我有个主意……”刚刚说话的男同学示意大家围过来。

十分钟以后，已经面无表情坐在椅子上将近一个小时的沈时南被突如其来的声音吓了一跳。他一抬头，便看到同学们围成了一个心形，对着他齐声高喊：

“南哥南哥，笑一笑，W大里你最俏！”

“南哥南哥，看过来，这里的姑娘排成排！”

“南哥南哥，别难过， 我们只想看你笑！”

说完，他们全部将手放在胸口，每人对沈时南比了一个心。

沈时南皱了皱眉，从椅子上站了起来。

“你们闲的是吧？再跑二十圈！”

同学们：“……”

我们一片好心，招谁惹谁了……妈妈，我要退学回家！

林邵打来电话时，沈时南正在公寓里翻着手机。他对着江桃的头像点开、关掉，点开、关掉……重复无数次，他终于烦躁地将手机扔到了床上。

所以电话一响，他看都没看人名，便接了起来，脱口而出的是：“我原谅你了……”

“你原谅谁？”

林邵嬉笑的声音传来，沈时南才皱了皱眉：“你打电话干吗？”

“当然是好事。”林邵说，“前两天，你在老爷子面前替我说好话，我还没来得及感谢你，过来霆皇，我请你喝酒。”

“滚，我没兴趣。”沈时南说着要挂电话。

“别挂电话呀，主要是夏清河想请你。南哥，你就不好奇是一个怎么样的姑娘把我迷得神魂颠倒的吗？”

“没兴趣。”沈时南继续要挂电话。

“好吧好吧，但是我真的有你想要知道的消息。”林邵不再卖关子，“关于冯东的。”

听到这个名字，沈时南神经一紧。

“半个小时到。”

霆皇KTV算是W市最好的店，沈时南已经很久没来过这种地方，他嫌吵。当他轻车熟路地推开林邵的包厢的门时，就看到林邵坐在一堆人里，正拿着一个麦克风对着他旁边的一个姑娘深情地唱《我不做大哥好多年》。

有人眼尖，看到沈时南惊呼：“这不是南哥吗？好久不见……”

“南哥，真的是沈时南？这两年你去哪儿了，怎么不见了？”有人看到沈时南也愣了一下。

“去去，玩你们的，别打扰我们南哥。”林邵推开那几个好奇地朝沈时南围过来的人，拉着刚刚旁边的那个姑娘对沈时南说，“南哥，这就是清河。快叫南哥，这是咱俩的恩人，再生父母，要是没有他，你可就没有机会拥有我了。”

“行了行了。”沈时南摆手，不想再听他胡扯下去。

“南哥好。”夏清河甜甜地对沈时南一笑。

这是沈时南第一次看到夏清河，两个月前，林邵天天在他耳边清河长清河短的，他还以为她是什么狐狸精，把林邵这个单纯的痴情种勾搭跑了，没想到她却素面朝天，扎着一个简单的马尾，穿着简单的T恤和牛仔裤，像一个小学老师。

“你好。”沈时南对她点了点头，便径直看向林邵，“冯东怎么了？”

“这里人多太吵，咱们换个地方。”

隔壁包厢里，林邵煞有其事地对沈时南说：“我一个哥们刚好认识冯东，冯东这两天和他一起喝酒，吹牛自己要再登辉煌。我哥们知道我前段时间找人打听过冯东，便留了心，和冯东套话才知道，这小子之所以回国，是躲债。听说这几年冯东在外面豪赌，现在好像在外面欠了有这个数。”

林邵说着，伸出了两根手指头。

“他说，没想到当初被他甩的一个不起眼的小姑娘对他还不死心，现在更是混成了大集团的总裁，只要把她重新弄到手，什么欠债不欠债，还不是分分钟就摆平的事。”

听了林邵的话，沈时南第一次把嘴里一向叼着的烟点了起来。

怪不得他前几天还埋怨江桃搅黄了他的小学妹，这两天就开始重新献殷勤。

“果然这小子没安什么好心，无事献殷勤，非奸即盗。”

“对了，南哥，你刚刚在电话里说‘原谅你了’，怎么，你和嫂子吵架了？”

见沈时南没说话，林邵摆起了情场王子的派头：“这女人啊，就要哄。爷们嘛，不管是不是自己的错，一定要先认错。难不成你还想等着女人向你认错？我告诉你南哥，这吵赢女人的男人呀，最后都光棍了。别看你从小到大桃花不断，这论实战经验，还是要数我……哎，南哥，你去哪儿？”

他的话还没说完，就见沈时南突然起身。

沈时南将手里的烟在桌子上摁灭：“我去哄你嫂子。”

秘书陈妍发现今天江桃有些心神不宁。

一向在工作中雷厉风行的江总今天看文件都能走神，秘书陈妍提醒了不下十次。对于这么反常的江总，秘书陈妍第一次无解地挠了挠头。

公司里甚至流传出江总单身太久，又勾搭小鲜肉失败，搞得月经不调的传言。

不知真相的江总打了个喷嚏。

其实江桃也说不上怎么总是失神，她只知道沈时南那张脸总是莫名地蹦进她的脑海，侵占她的心脏。特别是他那天穿着她粉色的衬衫和低腰裤子愤怒离开的背影，挥之不去。

五年了，江桃从不敢说自己忘记过冯东。

而且她也明确地知道，她忘不掉冯东并不是因为他是她的初恋，也不是因为他将自己没有理由地抛弃觉得不甘心。是喜欢，当初看到他的时候，她清晰地听到她心里悸动的声音。

可是她不知道为什么沈时南闯进她生活不过短短半个月，却搅得她在同时面对两个人时有些恍惚。

办公室里，江总拿起手机又放下，最终还是喊来了秘书陈妍。

“今天还有仪器搬运吗？”

“有啊。”秘书陈妍回答，“那天聘请的那个沈老师正在搬。”

“什么，他正在搬？”听到秘书陈妍的话，江桃径直从椅子上站了起来。

江桃几乎小跑着再次前往第三小组工作的办公区，这一次眼尖的第三小组组长第一时间赶到她面前，还特意将未打开的窗帘全部拉开。

“江总，我们这边的风景今天确实漂亮啊。”第三小组组长说话的时候，眼睛瞟向的是窗外正在搬运仪器的沈时南。

和那天一样，沈时南也弯下腰去，翘起屁股，一个用力，搬起了眼前如同椅子一般大小的仪器。只不过今天他没有脱掉上衣，露出他的六块腹肌。

江桃犹豫了一下，还是朝他走了过去。

她能感觉到沈时南知道她就在身后，但沈时南没有转身的意思。她知道他还因那天的事生气，咬了咬嘴唇：“不好意思，那天……我不该那么说你。”

沈时南手上的动作没停，声音很淡：“知错能改，善莫大焉。”

江桃：“……”

接受得还挺理所当然，让江桃反而不知道怎么接下去了。

“你在这儿别动，等我搬完最后一个。”沈时南依旧没有拿眼看她，搬起最后一个仪器就走。

江桃站在原地，走也不是，留也不是，完全不知道沈时南是什么意思。

江桃正怀疑她是不是有点自作多情，不该跑过来道歉时，就看到再次出现在她面前一身臭汗的沈时南。

“对不起。”沈时南凝视着她，声音有点轻，“那天是我不对，我不该擅自插手你的事。毕竟，你还不是我女朋友。”

江桃听懂了最后一句“还不是”的意思，咬了咬嘴唇：“什么叫还不是，你想得有点多吧。”

“是吗？我就是想得多。”沈时南目不转睛地看着她，“对于我喜欢的人，我就是这么贪心。”

江桃没有再理他，就是心里……忽然有点甜。

GUO
|
MING
|
XI

第四章
CHAPTER 4

这是我的独家珍藏

NAN
|
YOU

“反正你没生气就好，我还以……”

“谁说我没生气？”沈时南打断刚刚放松一些的江桃，“我特别生气老天为什么没有让我早点遇到你。如果我早一点遇到你，你的生命中一定只有和我甜蜜的回忆了。”

江桃看着沈时南，嘴角扯着笑：“沈老师，我打听一件事，你到底是教体育的还是教文学的？现在体育老师说话都是这个味吗？”

“这主要分人。”沈时南心情大好，“为了体现我道歉的诚意，我请江小姐吃饭吧。”

江桃拒绝：“每次都是你带我，看在沈老师没生我气的分上，给我一个机会，今天我带你吧。”

听了江桃的话，沈时南眉眼一挑：“虽然男人让女人请客不太好，但从劳动人民榨取一下老板的角度看，也是一件美事。”

江桃看他：“没看出来，沈老师还是一个有大男子主义的人。”

“谈不上大男子主义，主要是我赚了钱不给喜欢的人花，留着没用啊。”

江桃：“……”

论不要脸和说情话，她甘拜下风。

沈时南没想到江桃会带他来酒吧，坐下后，两人各自要了一杯鸡尾酒。他抽出一根烟叼在嘴里，斜眼笑：“江小姐带我来这种地方，还喝酒，就不怕喝多了……”

“怕，所以我不打算喝多。”江桃打断沈时南的话，知道他说的是那次器材室的事，脸上又有些发烫，幸好灯光太暗。

沈时南察觉江桃的眼神有些不自然，也不再调戏她：“你应该不是一个经常喝酒的人，为什么带我来这里？”

江桃愣了愣：“你怎么知道我不经常喝？”

“因为你点的是一杯烈焰鸡尾酒，喜欢喝酒或者会喝酒的人一般都不会点这个。”

“我确实不太喜欢，也不太会喝酒。”江桃不否认，“不过有时候我会来酒吧坐坐，听听吵人的音乐，反而可以让自己静下来。”

沈时南来了兴趣：“这个办法倒是挺特别的，我还是第一次听说。那么江小姐，请问是什么事扰得你心里静不下来呢？也许我可以为你排忧解难呢？”

“其实就是……”

“美女，不好意思，可以帮我一个忙吗？”江桃的话还没说完，一个醉醺醺的男人就跑到了她的面前，“我们在玩游戏，我输了，要惩罚我选全场最漂亮的女人亲一口……”

“滚。”沈时南一把将男人从江桃面前拽开，“玩游戏找别人玩去。”

“不是，就亲一口，真的，就一口……”男人对着江桃不依不饶，再次冲上来。

江桃皱眉，当她不耐烦挥手的时候，男人眼疾手快，一把抓住了她伸过来的手亲了一口。

“实在不行，亲手也是可以的。”

“你这个……”江桃挣开他，嫌弃地看着他，话还没说完，沈时南已经一拳打在了他脸上。

“耍流氓耍到这儿来了，你是来故意找事的吧。”

不知道男人本来就是装醉，还是被这一拳打得瞬间清醒了，他眼神变得犀利，身后一堆人已经围了过来。当男人摩拳擦掌时，他的身后一个浓妆艳抹的女人走了出来。

“怎么了，就是来调戏你的，不服气啊？”女人的话说完，又瞪了男人一眼，“废物，让你亲她一口都亲不到。”

江桃看着女人挑衅的眼神，才发觉她有些眼熟。

沈时南却已经认出她来，这是冯东在学校食堂里搂的那个小学妹。

“还真是来者不善。”沈时南第一时间将江桃拉到身后，不屑地看着女人，“所以你到底想怎么样？单挑还是一起来？”

江桃此时也认出了女人，她明白了他们故意找碴的原因。但是她还没来得及说话，小学妹已经看着她咬牙切齿。

“冯东是因为你才离开我的吧？你说你一个黄脸婆不在家好好待着，没事跑出来瞎祸害什么男人。怎么，祸害完东哥，现在又来祸害小白脸？”小学妹说完，看着沈时南冷笑一声，“你还真愿意为这个黄脸婆出……”

“啪！”

小学妹的话还没说完，就觉得自己的脸立马肿了一样。

“你这个连毛都没长齐的黄毛丫头，一口一个黄脸婆，是不是没有一点教养？”

“你敢打我！”小学妹被这一巴掌彻底激怒，她两手一挥，“你们给我弄死他！”

被沈时南打了一拳的男人早就跃跃欲试，小学妹的话音一落，他就和身后几个男人一齐朝沈时南挥拳砸去。沈时南将江桃护在身后，一连接了几拳。

酒吧瞬间乱了起来。

虽然沈时南是一个体育老师，打架也挺狠，但这几个男人明显不是吃素的，特别是一个领头的男人，眼看着就要将摔倒在地的沈时南狠狠地踹上一脚。

就在这时，一个声音突然响起。

“什么人在这里闹事？”

从二楼包厢走下来一个身材高挑的年轻人。看到来人，小学妹身边领头的男人顿时傻了眼，脚哪里还踹得下去。

“傅先生。”

“他是谁啊？”小学妹不知道男人怎么看到这个年轻人像老鼠见到猫一样，皱了皱眉。

“别多嘴。”之前还对小学妹讨好的男人目不转睛地看着朝他们走过来的傅墨森，小声呵斥。

男人怕傅墨森是有原因的，作为W市龙头企业傅氏集团的董事长，傅墨森的名声早就如雷贯耳。加上他又爱玩，这家酒吧也是他作为大股东的产业之一。常混这个圈的人，谁不知道他。

沈时南和江桃此时也看到了傅墨森，还没等沈时南说话，江桃已经看向他：“傅先生，你怎么也在这儿？”

“和朋友谈点事。”他看了江桃，又看了看沈时南，“你们一起来的？”

沈时南也走到了傅墨森面前，抢在江桃面前回答：“一起。”

“你没事吧？”傅墨森看了看他。

还没等沈时南回答，领头的男人已经走过来赔笑地看着傅墨森。

“哎呀，原来这是大水冲了龙王庙，一家人不认一家人。误会，看来真是一场误会。”

小学妹还要说些什么，被男人死死地拉住了。

傅墨森这才瞧了他一眼：“谁和你是一家人，你也配？在这里闹事，我看你是不想混了。”

傅墨森的话刚说完，他身后就有人出来强行将那些人拖了出去。

那些人后来会怎么样，江桃不知道，但以她对傅墨森的了解，他肯定会帮她出气的。

“谢谢你，傅先生。”江桃感激地对他说完，又看向沈时南，“你没事吧？”

"小意思。"沈时南揉了揉手臂，挨了几下，还确实有点疼。

"都青了。"江桃看了看沈时南的胳膊，又抬头对傅墨森说，"傅先生，你先忙，我先带他去下医院。改天我再请你吃饭啊。"

"嗯，正好我还有点事，你们忙。"

沈时南还没来得及和傅墨森再说一句话，就被江桃拉走了。

看着沈时南和江桃的身影，傅墨森勾了勾嘴角，给言夏发了一条信息：媳妇，告诉你一件悲伤的事，你想做媒婆没希望了。

言夏迅速回：为什么？你和你表弟说了江桃，他不同意？

还没等傅墨森回答，言夏的信息又发过来了：你表弟是不是也太过分了？他连桃子的面都没见过就不同意，是不是也太飘了？

傅墨森嘴角上扬：人家俩人，不需要帮忙，自食其力。

下一刻，傅墨森收到信息：天哪！

江桃在药店买了一些碘酒给沈时南擦好之后，十分愧疚地看着他。

"感觉现在我欠你的越来越还不清了。"

沈时南挑眉一笑："没关系，别怕，我不会天天找你要债的。"

江桃却没心情和他说笑："刚才那么危险，要是傅先生没有及时出现，后果真是不堪设想。"

"你应该觉得要不是今晚我陪在你身边，后果才不堪设想。"沈时南说完又看向她，"对了，你和那个傅先生很熟？"

"我和他老婆熟，我们是闺密。"

"原来如此。"沈时南了然地点了点头，"现在怎么办，要不然我们换家酒吧继续？"

"还喝啊？你都伤成这样了。"

"怎么，你心疼我啊？我这皮糙肉厚的，明天就好了。"沈时南说着，不等江桃拒绝便拉她上了摩托车，风驰电掣地跑了起来。

大概是这场酒喝得比较舒心，沈时南在上课的时候，嘴角会连他自己都没有察觉地上扬。

有了上一次被罚跑二十圈的经历，这次同学们看到开心的沈时南，上课前那颗悬着的心彻底放了下来。

他们心里只有一个声音想要呐喊：开心的体育老师，万岁！

后来他们真的喊了出来，因为开心的沈老师不但让他们自由活动，还亲自参与了同学们的一场篮球比赛。在他的带领下，获胜的那一方将憋在心里的那句话高声喊了出来。

听到这样的夸赞，沈时南很是受用。

和开心的沈时南享受的待遇不同，江桃一到公司，就发现言夏正坐在她的办公室里等她。

“言夏，你怎么这么早来这边，有事？”只有两个人的时候，她们两人都像在学校的时候一样直呼其名。

“当然有事。”言夏玩味地看着江桃，“老实说，你准备什么时候交代？”

江桃一脸蒙：“交代什么？”

“装，继续装。”言夏装作不满，“你都绕过我这个媒婆，和傅墨森的远房表弟勾搭到一块了，还在这儿给我装低调？”

江桃更加蒙：“你在说什么啊？”

“行，看来我不拿出点证据，你是不打算承认了吧？”言夏看着她，一个字一个字地说，“沈时南。”

江桃像反应了过来一样，她难以置信地看着言夏：“什么，你说沈时南就是你提过的傅墨森的那个远房表弟？”

言夏对江桃说：“怎么样，傅墨森这个表弟，您老还满意吗？”

“怎么会这么巧？”江桃还是不敢相信，说完她像想起了什么，

“这该不会是你们串通好的吧？”

言夏白她一眼：“你当我天天闲的？这只能说，你们是真的有缘。”

说完，她无不惋惜地补充：“唉，可惜了，我人生第一次有当媒婆的冲动，就这样死得悄无声息。”

她说得很专注，没发现江桃眼睛里有光闪烁了一下。

“这缘分来得也太不可思议了。”

“是不可思议啊。所以你们已经到了哪一步了？”言夏八卦地看着江桃。

“什么哪一步，我们也刚认识没多久。”

“这和认识的时间长短有什么关系啊？你看我和傅墨森，当初还是先婚后爱的呢。”

听到言夏的话，江桃瞬间想到了自己和沈时南在学校器材室的事，顿时脸上发烫。

“哟，脸红了，你们不会已经……”

“才没有。”江桃急忙反驳，说完，她又认真地皱了一下眉，“其实，我没打算和他怎么样。”

言夏怔住了：“嗯？”

“你也知道，我比他大三岁。而且……”

“女大三，抱金砖啊。”言夏直接打断她，“哦，不对，你是女的，要抱也是他抱。不过都是一家人嘛，谁抱不是抱。”

“不是，我主要是……”

“怎么，你还忘不掉冯东那个人渣？”见江桃吞吞吐吐，言夏突然严肃地看着她，“那我可把话在这儿说清楚了，桃子，冯东到底是一个什么人，你也看清楚了。五年前，他一个理由没有就把你甩了，要是你还执迷不悟，就是真的无可救药了。”

“我……”

“行了，今天是一个开心的日子，我们不提他。”言夏给了江桃一个温暖的抱抱，“桃子，你是我最好的朋友，能看到你早日幸福开心起来，是我一直以来的愿望。墨森和我说了你和沈时南在一起的样子，我相信你也对他有感觉。我不是强迫你非要和谁在一起，我只是希望你幸福。你好好想一想，真诚地面对自己，好吗？”

言夏离开之后，江桃坐在椅子上怔了好一会儿，她的心情有些凌乱，打开手机刚好刷到一条朋友圈。

沈时南：同学们说希望多看到开心的体育老师，我告诉他们，我一吃桃子就开心。结果他们送来了这个……

配图是一堆桃子。

沈时南发完朋友圈，就开始大口吃桃子，收到评论信息时，急忙点开，结果很失望。

林邵：给我留点，我女朋友也喜欢吃桃。

沈时南：滚，想吃自己买。

沈时南隔了一会儿再点开手机，又有评论信息，他再次急忙点开，嘴角才浮现一丝笑意。

江桃：老板，请问这桃子多少钱一斤？

沈时南：多少钱都不卖，这些都是我的独家珍藏。

江桃：那吃不完，都烂了怎么办？

沈时南：那就烂在我心里一辈子。

此时，进来汇报工作的秘书陈妍看到他们的江总正抱着手机笑得异常甜蜜。

“江总，什么事这么开心？是不是昨天开会的那个项目难题有了新的进展？”认真工作的秘书陈妍想不出他们的江总除了因为工作，还能有什么事这么开心。

江桃一阵尴尬，急忙收起手机。

“不是，我刚好看到一个笑话。”

“啊，什么笑话呀？”跟了江桃两年的秘书陈妍第一次知道江总有看笑话的习惯，也跟着放松起来，“给我分享一下，让我也乐一下呗。”

江桃拒绝：“不行，这是我的独家珍藏。”

不知道是不是因为言夏的一席话进了耳朵，江桃这天中午去食堂吃饭的时候，特意路过教学楼，就看到沈时南正和几个老师从教学楼下来，往食堂方向走。

看到江桃，沈时南眼前一亮，甩开一起说话的老师就朝她跑来。

“来找我？”

江桃淡定地望向食堂：“去吃饭。”

“原来江大总裁也吃食堂的饭，这是与民同乐？”沈时南说完，对她眉头一挑，“不过我怎么记得你的办公室在那边，离食堂更近一些？”

江桃的眼睛闪了闪：“我发现这边的风景不错。”

沈时南慢悠悠地走到江桃面前，挡住她乱看风景的眼睛，摆出一个自认为很有派头的造型，低头看着自己：“嗯，相当不错。”

“谁说你了，臭不要脸。”说着，江桃还是被他带点滑稽的造型逗笑了。

沈时南也不拆穿她，就是心情突然特别好。

“你来得正好，本来我打算吃了饭去找你的。”沈时南说着，像变戏法一样从提着的纸袋里掏出一个又大又新鲜的桃子递给江桃。

“给我的？”江桃一边接桃子一边说，“某些人不是说多少钱都不卖的吗？”

“对啊，多少钱都不卖。”沈时南把整个纸袋子都递给江桃，“这是独家提供，私人专享。”

江桃看着满满一袋又大又新鲜的桃子，咬了手上的桃子一口，顿时眉开眼笑：“嗯，确实很甜。”

沈时南却直勾勾地看着江桃，嘴角一扯：“再甜也没有你的笑容甜。”

江桃：“……”

为了感谢沈时南的桃子，江桃请沈时南去食堂吃了饭，偏巧就坐在那天她捡到沈时南的拖鞋的那个位子上。

沈时南执意为江桃打好饭以后，江桃特别不好意思。

“我请你吃饭的，全让你忙活了。”

沈时南递给她筷子：“为你这么漂亮的美女效劳，我非常乐意。何况是在这种连我的拖鞋都帮助过美女的地方。”

江桃知道他说的是那次她拿起他的拖鞋砸冯东的事，眼神尴尬地闪了闪，急忙转移了话题：“对了，你的伤不疼了吧？”

“早就没事了。”沈时南对江桃笑笑，“不过要是知道你这么关心我，再疼我也能接受。”

沈时南说完，才发现刚刚还浅笑着的江桃脸色不太好，顺着她的视线望去，就看到不远处小学妹气鼓鼓的眼神。

沈时南回来就打听清楚了，小学妹叫陈好，家里有点小钱，感情生活一团糟。在冯东之前，她不知道谈过多少个男朋友，没想到倒是对冯东那个渣男上了心。

“别担心，她就是一时鬼迷心窍，小孩子不懂事，过段时间就好了。”担心江桃害怕陈好再找她麻烦，沈时南安慰她，“要是你不放心，我随时保护你。”

江桃却在他的话里找出了别的重点：“她是小孩子，过段时间就好了。那你呢？”

听到江桃的话，沈时南当然知道她指的是什么，满眼正经地看着她回答：“我不一样，我不是小孩子。”

江桃早该知道自己多问了，想起言夏的话，她又看了看沈时南。

“傅先生是你表哥？”

“算是吧，远房表哥，几年见一次的那种。”沈时南显然不愿意多提他这个表哥，看着江桃笑笑，“他前几天和我说过介绍女朋友的事，不过这种事，我喜欢自己动手。”

“我也觉得你表哥是多操心，你瞧瞧周围女孩子看你的眼神……你哪里是需要介绍女朋友的人。”

沈时南没有看那些女孩子的眼神，反倒是看着江桃扯了扯嘴角：“江小姐，你说这样的话，我可不可以理解为，这是在吃醋，没有安全感？”

江桃急忙低头吃饭：“你想多了。”

“不对，”沈时南突然像想到了什么，玩味地看着江桃，“我表哥的老婆是你的闺密，你也单身，我表哥介绍的那个对象，该不会就是你吧？”

江桃尴尬了一下：“不是。”

“是不是，证实一下不就行了？”沈时南说着掏出了手机，“表哥，忙什么呢？没什么，就是我想起来你上次不是说要给我介绍一个女朋友吗？”

傅墨森听到沈时南的话愣了一下，但他随即反应了过来：“好，我来安排。”

沈时南一挂掉电话，就高兴地盯着江桃看。

江桃皱了皱眉：“你刚刚给傅墨森打电话，你要干吗？”

沈时南笑得好看：“你不是对我不放心吗？我给我们找一个正经

媒人。”

江桃：“……”

她真是给自己找了一个火坑跳。

傅墨森的安排还没来，当晚下班时，江桃又看到了在楼下等着她的沈时南。

江桃还没有走上前，身边的员工已经开始用异样的眼光看向她。

这也难怪，单身女总裁终于有男人约，不吃惊才怪。特别是他们又都见过沈时南，那眼神似乎在说，他们江总的个人问题这下看来是解决了。

江桃没理会他们，径直走向沈时南。

“不要告诉我，你也是觉得这边风景好看特意路过这儿。”

“我不是路过，我是特意来找你的。”沈时南挑着眉，开门见山，“我可不像某些人敢做不敢当，明明是来找我的，偏偏说来看风景。”

江桃轻轻嗤笑：“说吧，什么事？”

沈时南却不说话，他咬着嘴巴里那根没有点燃的烟，玩味地看着江桃，江桃终于被他看得急了。

“你要没什么事我可回家了。”说话间，她已经朝前继续走去。

沈时南笑着喊住她：“真的有事，我来求您收留。”

江桃一脸疑惑地看着他：“什么意思？”

“就是字面上的意思。”沈时南勾了勾嘴角，“我无家可归了。”

“无家可归还笑得这么开心？”江桃皱着眉，“到底怎么回事？”

这事要从三个小时前说起。

下午沈时南接到电话，是他的房东老纪打过来的。

“沈时南，你一年前签的合约今天到期了，你要是还继续租下去，晚上咱们续签合同，不过我可先说好了，房租要涨百分之二十啊，你提前准备钱。”

沈时南愣了愣：“这么快就到期了？”

老纪后面还说了什么，沈时南没听到，当听到到期时，他就情不自禁地笑了笑。

有人好像有个三室两厅还闲置了两个房间，他是时候搬搬家了。

“房东把我赶出来了。”沈时南嘴角继续保持着微笑，“说要把房子卖掉，二话不说就把我的行李扔出来了。”

沈时南说完，视线投向不远处的摩托车，后座上绑着一个黑色的行李箱。

“赶出来了？”江桃看着他的行李愣了愣，“你这房东也太冷血了吧！”

“可不是嘛，简直相当冷血啊。”沈时南说着，脑海里响起的是老纪为了挽留他继续租下去，可以不涨房租的声音。

“那你怎么还笑得出来？”

“我哪里笑了，明明是哭。”沈时南说着就差笑出声来了。

江桃一脸“我信了你的邪”的表情：“那你打算怎么办？”

“我来求您老收留啊。你家不是还空着两个房间吗？一个女孩子家，住这么大的房子，夜里万一再有蟑螂什么的，还有一个男人保护你啊。”沈时南说完，不等江桃说话又补充，“放心，房租绝对不会少你的。”

“你要住我那儿？不是，我……”

“而且你也不会开车，我每天还可以接送你上下班，免费的。”沈时南打消江桃的疑虑。

“我不是不会开车，我是还没时间考驾照。”江桃轻哼一声，“哦，我知道你为什么这么开心了，从你被房东赶出来的那一刻起，你就打定主意来找我，让我收留你了吧？”

沈时南眉目放松：“对呀，我知道你不会见死不救。这难道不值得开心吗？”

“谁说我一定会见死就救。你可以先住宾馆，明天再找房子住。”江桃说着，对他挥手继续回家。

“你真这么狠心啊？”沈时南见势不妙，立马吐掉嘴巴里的烟，“我这个人从小到大最讨厌的就是住宾馆，我就是流浪街头也不会去的。要是你不收留我，看来我今晚只好睡在街头了。我刚刚看了，今天好像有大暴雨。”

“行行行。”他的话还没说完，江桃无奈地回身看向他，声音有点冷，“就住两天，等你找到了房子，马上就搬走。”

“我就知道江小姐最好了。”沈时南立马像变脸一样，眉开眼笑，拉起她的包往自己的摩托车方向走，“先住进去再说吧。走，我送你回家。”

江桃：“……”

她是不是就不该心软啊？

江桃看着沈时南把行李箱里的衣服一件一件挂到衣柜里时，她才后知后觉地意识到一件事——她怎么莫名其妙就和沈时南“同居”了，这不是引狼入室吗？

原本江桃是想问问沈时南还有没有别的朋友可以借住，可是话到嘴边，却变成了：“你怎么就这么点行李？”

“孤家寡人一个，要那么多没用的东西干吗？我得省着钱到时候娶媳妇。”沈时南合上行李箱，直勾勾地看着江桃，“开个价吧，老板，多少钱一晚？”

沈时南突然投过来的眼神，让江桃有点慌乱。

“什……什么多少钱一晚？”

看着江桃凌乱的神情，沈时南很是享受：“想什么呢？我是问房租多少钱一晚？”

“谁要租给你了，我说了就借住两天，你这两天还是赶快找房子。”江桃说完就退出了房间。

“既然这样……那好吧。”沈时南追了出来，“对了，你今天买菜了吗？”

江桃皱眉：“你要干吗？”

“你都不收我房租，我总得表示表示嘛。”沈时南说着，已经打开冰箱门，看到了满满的食材，“不错，等着，哥哥给你做好吃的。”

沈时南就是在江桃震惊的眼神中做出了安东鸡、红烧肉、香麻豆腐、酸辣四季豆。不管是择菜、切肉还是翻炒，他的手法都相当专业，江桃完全看傻了。

江桃看着餐桌上散发着香味的菜时，还是不敢相信。

“这……真的都是你做的？”

“你的眼睛要是没问题的话，应该已经看到了。”沈时南解开围裙坐下，递给傻了眼的江桃一双筷子，“正宗湘菜，尝尝味道怎么样？”

江桃吃了一口，然后……又吃了一大口。

看着江桃的神情，沈时南很受用。

“不用太着急，你喜欢我可以天天给你做。”

“没看出来你还有这手艺。”江桃继续狼吞虎咽。

“不要意外，这些年为了疼爱未来的老婆，我早就练就了一身厨艺。”

“不是媳妇就是老婆的，你是有多想成家？”

“你说对了，遇到你以后，我确实很想结婚有个自己的家。”

江桃：“……”

她觉得自己还是适合默默吃饭。

沈时南不仅炒菜做饭，江桃一吃完饭，他就开始收拾碗筷准备清洗。

江桃再次愣住：“你这是打算自己洗？”

“难道不洗直接扔了？江小姐不会这么浪费吧？”

江桃挽了挽袖子：“我来吧，我记得上次我做饭的时候，你说过什么男女搭配……”

沈时南示意她走开：“就当我把你的活干了。替你洗碗，我心甘情愿。”

江桃看着沈时南再次系起围裙洗碗的样子，嘴角有笑。

不知道是不是晚饭吃得好，江桃这晚睡得特别好。第二天一起床，她感觉神清气爽，但一打开房门就吓了一跳。

沈时南已经穿戴整齐，还弄了面包和牛奶在餐桌上。她吓了一跳的原因是，餐桌好像移了位置，更加靠近她的房间了。

“你干吗把餐桌移到这儿来？”

“没什么，离近点，我可以随时在听到你的叫喊时第一时间冲进你的房间去。你别多想，我怕再有好色蟑螂骚扰你。”沈时南上下打量了一下已经穿戴整齐的江桃，“不过看来我多虑了。”

“谢谢，那天你走之后，我已经叫了灭鼠专家过来清理房间了，蟑螂是不会再有的。”江桃看着沈时南打量自己的眼神，勾了勾嘴角，“不过，色狼倒是很可能出现。”

“在哪儿？我一样帮你揍他。”沈时南假装东张西望。

江桃轻笑着，没空陪他演戏，看了看餐桌上的牛奶和面包：“你弄的？”

“都是现成的，加热一下就好了。吃吧，吃完我送你上班。”沈时南说着，已经拿起一块面包放到嘴里。

“送我上班……”江桃有点犹豫。

“怎么，你嫌弃我的车子没有挡风玻璃？”

“不是，我觉得我们还是不要一起进出的好。”

“嗯？”沈时南听出了江桃话里的意思，“你怕人家误会咱俩的关系？”

“你……”

“你身正不怕影子斜，怕什么。”沈时南打断她，“要不然，我在我胸前挂一块牌子，告诉大家一下？”

“告诉什么？”

“牌子就写上：沈时南还不是江桃的男朋友，大家请不要误会。”

江桃扑哧一笑：“你又在瞎扯。”

江桃说完，抿了抿嘴还是投降了：“好吧，但是你今天还是要早点找房子。”

沈时南不说话，只是笑着给她开门。

然而，下一刻江桃和沈时南就同时怔住了。

同时怔住的还有门外正举着手要敲门的言夏，她的身后，还有一个可爱的小男孩。

言夏在傅墨森那里见过沈时南的相片，当时就是因为看到沈时南长得很帅，才想起把他介绍给江桃的。看到眼前这一幕，她愣了愣。

“什么情况？你们……已经住在一起了？”

江桃没想到言夏这个时候会出现在自己的家门口，更没想到她会看到自己和沈时南一起出门，一时间竟然有些凌乱。

“言夏，你怎么来了？”

沈时南听到言夏的名字，也反应了过来。

“你就是表嫂？”

沈时南并没有见过言夏，知道言夏也是以前从家人口中听说过一些她和傅墨森的事。

“对对，表弟你好。你比照片还要帅。”言夏有些兴奋地拉着她的儿子小西瓜说，“这是什么情况？你们住到一起了，怎么还要傅墨森给你介绍男朋友？”

“这个……”江桃一边请言夏到房间里，一边说，“这个说来有点话长。”

当江桃一五一十将沈时南怎么来她家的事说完以后，言夏偷偷给沈时南竖起一个大拇指。

“就是说嘛，我早就说你一个人住这么大的房子难免显得清冷，现在好了，这才像一个家嘛。”

江桃知道言夏是和沈时南一条战线的，急忙转移话题：“你还没说过来干吗。”

“还不是小西瓜说想他的桃子阿姨，非要过来看看你。”言夏说完，转头看向小西瓜，却发现他正目不转睛地盯着沈时南看，“小西瓜，还不过来叫桃子阿姨，你在看什么？哦，对了，我忘了，这个是你的……应该是舅舅吧？快叫舅舅。”

六岁的小西瓜听完言夏的话，乐开了花：“舅舅？怪不得我觉得看到你感觉有点亲切，原来你是我舅舅。舅舅好。”

“你就是小西瓜啊？”沈时南摸了摸小西瓜的头，“长得确实和你爸小时候很像。”

小西瓜朝沈时南笑了笑，就走到江桃面前：“桃子阿姨，我不想你做我的阿姨了，你做我的舅妈吧？”

说完，还没等江桃反应过来，他一把扑进江桃的怀里对她甜甜一笑：“舅妈好。”

小西瓜鬼灵精怪的样子逗得言夏和沈时南哈哈大笑，沈时南一把抱起小西瓜：“小西瓜，真乖，一会儿舅舅给你买糖。”

江桃羞得一脸发烫：“讨厌呀，你们一家人都欺负我。”

GUO
|
MING
|
XI

第五章
CHAPTER 5

再骚扰我老婆，我就打电话报警

NAN
|
YOU

“好了，说正经的，其实我今天来，是因为傅墨森交给我一个任务。”

言夏说完对江桃神秘一笑，同时从包里掏出两张门票：“这是郑杰伦的演唱会门票，原本他要我先过来给你一张，另一张我再送到学校里给你，”言夏看了沈时南一眼，“让你们以这样的方式见见面的，但是现在我感觉我和傅墨森十分多余。”

“不多余，一点都不多余。”沈时南从言夏手里接过演唱会门票，“我也是刚打听到江小姐是郑杰伦的超级粉丝，正托人帮忙买两张门票，结果郑杰伦实在太火了，根本买不到票，现在好了。”

沈时南说着，对着江桃晃了晃手中的门票。

其实沈时南后来说了什么，江桃根本没有听见，因为看着那两张郑杰伦的演唱会门票，她的眼睛早就发直了。

她指着沈时南手里的门票说：“那是我的。”

从大学认识江桃，言夏就知道江桃是郑杰伦的忠实粉丝。她的床头贴的是郑杰伦的海报，手机铃声是郑杰伦的歌曲，而且郑杰伦一来W市开演唱会，她就想尽办法买票去看。那时候她的生活费没多少钱，但只要提前知道郑杰伦有演唱会，她都会提前一点一点把钱节省出来。

言夏知道，江桃不是一般的脑残追星。江桃最难过的那段日子，就是因为每天听郑杰伦的歌，她才能平静下来安然睡去。

“我知道这是你的，我先替你保管。”沈时南怕江桃一拿走票就另约他人去看了，坚决不给。

可是江桃也很执着：“不行，我一定要亲自拿着。”

“票放在我这儿，你还有什么不放心的吗？”

“不行，快给我。”

一旁的小西瓜十分不解地看着两人，他抬头对沈时南说：“舅舅，既然都是一家人，我觉得作为男人，以后重要的东西都应该交给舅妈来保存。”

着急的江桃听到小西瓜为自己说话，在沈时南发愣的瞬间一把将票抢了过来：“就是，你看小西瓜都说了……”

话还没说完她就反应了过来，假装生气地看着小西瓜：“好呀，小西瓜，谁是你舅妈？”

沈时南却一把将小西瓜抱起来，捏了捏他的脸，对他的表现十分满意：“小西瓜，你还真是舅舅的吉祥物，舅舅以后给你买糖！”

小西瓜没有拒绝，他伸头到旁边的江桃耳边小声说：“到时候我分一块给你，舅妈。”

江桃：“……”

傅墨森出手就是不一般。第二天晚上，沈时南和江桃坐在VIP最好的位置时，他们才知道这位置一般有钱也买不到。不仅离舞台近，据说郑杰伦还会下来让这个位置的人现场点歌。听到这个消息的江桃，差点幸福得要窒息了。

而当演唱会开始，郑杰伦出现在舞台上又跳又唱时，江桃和周围站起来跟着节奏一起唱的人又显得不一样。

她就默默地站在那里，也跟着音乐的节奏一起挥动着荧光棒，可是无论郑杰伦唱的是欢快的还是悲伤的歌曲，她却都不开口跟着唱。

趁着换曲的空当，沈时南纳闷地看着她：“不是说你是忠实粉丝吗？你一句也不会唱？”

江桃头也不回地盯着舞台：“他的歌我全部都会。”

“那你怎么不唱？”

“我就想这样听他唱。”江桃说话的时候嘴角有笑，“就这样静静地看着他唱歌，再没有什么比这个幸福的了。”

看着江桃花痴的眼神，沈时南看着换了一身造型重新登上舞台的郑杰伦皱了皱眉：“有这么迷人？”

江桃目不转睛地看着郑杰伦的身姿，回答道：“确实很迷人。”

沈时南：“……”

“好了，又到了我们的点歌环节了，这位美女，哎哟，真是幸运哟，对，就是你。”郑杰伦的声音突然在沈时南旁边响起，不知道什么时候他已经走到了江桃面前，微笑着对她说，“你想听什么歌呢？”

“我……我……”虽然早就知道会点到自己，但刚刚还淡定安静的江桃看到近在咫尺的偶像却还是激动得语无伦次。

“那个，我可不可以帮她点一首歌？”沈时南微笑地看着郑杰伦说，“《你可不可以安静地走开》？”

“哎哟，这位朋友你很幽默哦。你是这位美女的男朋友吧？美女真是好福气哦。男朋友又帅又幽默，不过这位朋友，点歌只能点自己的歌哦。”

“我想点《回到以前》，谢谢你的歌在我最艰难的那段时间陪伴着我，可以吗？”就在沈时南想一脸醋意地说这主要是他的心里话时，已经缓过来的江桃大声地对郑杰伦说。

当郑杰伦望着江桃二话不说地开唱时，一旁的沈时南心里在呐喊：哥们，唱完你就快点上台去吧，她是我的。

郑杰伦一曲深情的《回到以前》唱完，沈时南正想对江桃说他以后要给她唱一首自己胡诌的《和你一起到未来》时，扭头却发现听得入迷的江桃眼睛有些蒙眬。

“你怎么了？”

“没事。”意识到自己失态，江桃急忙抹了抹眼泪。

沈时南没想到江桃听歌会听到有这种反应，正要再说点什么，一个熟悉的声音突然在他耳边尖叫了起来。

“南哥？真的是你啊！我还以为我眼花了，你不是最讨厌这种场合的……”话还没说完，他就看到了沈时南身边的江桃，脑子反应极快的他瞬间就明白了过来，立马对江桃点头，“嫂子？你好啊，我是南哥的朋友。”

江桃对他那句“嫂子”很想听而不闻，最终还是对他微笑地点了点头，然后继续扭头恢复了笑脸，跟着郑杰伦的音乐挥动着荧光棒，但她的脑海里却响着林邵的那句话：“你不是最讨厌这种场合的……”

沈时南也没想到会在这里碰到林邵：“你怎么在这儿？”

“我女朋友是郑杰伦的粉丝。”林邵将身后的夏清河拉到前面，“叫南哥。”

夏清河依旧像上次见到沈时南一样，对他淡淡一笑：“南哥好。”

沈时南对夏清河点了点头后，又将林邵往他来的方向推：“哪儿来的赶紧去哪儿吧，不要影响我和你嫂子促进感情增长。”

林邵心里苦：“南哥，你这见色忘友的，是不是太明显了？”

郑杰伦演唱会结束的时候已经很晚了，江桃顺着人潮往外走的时候，沈时南张开双臂紧紧地护着她，生怕她被人挤到。

终于走到人少一些的地方，江桃看着沈时南的样子笑了笑。

“你这么贴心？”

“那当然，按照你的闺密和我表哥的意思，这场演唱会其实算是我们相亲的，怎么样，我的第一位相亲对象，你对你的相亲对象印象如何？”沈时南没等江桃回答，自己又补充，“我反正对我的相亲对象特别满意。”

江桃轻笑一声，却答非所问："你不喜欢这种场合怎么还勉强过来？"

"勉强？你哪只眼睛看到我勉强了？"

"刚刚你朋友说你最讨厌这种场合。"

沈时南没想到刚刚那么吵，她还是听到了林邵的话："唉，他嘴巴里从来就没有一句真话，你别听他乱说。"

"我听到有人在说我的坏话。"沈时南的话音刚落，耳边就再次响起了林邵的声音。

看到阴魂不散的林邵，沈时南皱眉："你怎么还在这儿？"

"对呀，我在这儿等着向嫂子揭发你见色忘友的真面目。"林邵说着对江桃一笑，"嫂子。"

"别，我可不是你嫂子。"江桃打断林邵的话，看了看沈时南说，"我和他就是普通朋友关系。"

"是吧？我也觉得你们的关系还没有到那一步，"林邵对沈时南噙着一抹笑，"这样吧，为了惩罚我说错话，我请你们吃夜宵吧？"

"你当然得请了。"还没等江桃说话，沈时南抢在前面回答，"乱说话，什么嫂子，根本不是好吗！是未来的嫂子！"

江桃："……"

沈时南说完，对江桃做了一个请的手势。

看着一旁同样期待地望着她的林邵和他的小女朋友，她有点发愣。

她怎么觉得有人在这儿演双簧啊？

等一行四人坐到了霆皇KTV的包厢里，江桃更加愣住了。

"不是吃夜宵吗？怎么来这儿了？"

沈时南也有点搞不清状态："林邵，你搞什么？"

林邵却凑到沈时南耳边，小声对他说："南哥，你等着吧，好戏在后头。"

说完，林邵立马对江桃赔了个笑脸：“江小姐，这不刚听完郑杰伦的演唱会吗，当然要赶紧重温一下他的歌了。而且我告诉你，这里可不只是唱歌的地方，夜宵那也是一等一的棒，而且应有尽有！”

等服务员把香喷喷的各类烤串和水果搬上来时，江桃才相信林邵没骗她。

江桃吃着味道还算不错的烧烤，保持怀疑的态度：“这真不是你从外面买回来的？”

林邵听了哈哈大笑：“江小姐还真是幽默，你以前没来过这里？”

“来是来过，不过我从来没有在这儿吃过夜宵。”江桃说的是实话，言夏倒也带她来这里唱过歌，不过在KTV吃烧烤，还真是第一次。

“那以后让南哥多带你玩，他知道的好玩的地方比我多哦。”说完，林邵对沈时南挑了挑眉毛。

沈时南丢给他一块橘子皮：“在这儿废什么话，还不快陪你的小女朋友唱歌去。”

林邵一边对沈时南挤眼，一边识相地朝正在唱歌的夏清河走去，然后给了她一个大大的拥抱。在夏清河的尖叫声中，林邵更是兴奋地将她抱起来转圈圈。

沈时南的橘子皮再次朝他丢了过来：“你们注意点影响，这边两个单身人士呢。”

沈时南没想到，林邵正好接住橘子皮，然后以迅雷不及掩耳的速度撕成了一个戒指，手法一看就很老练，然后突然单膝跪在夏清河面前，将手中的橘子皮戒指递给她说：“夏清河小姐，本人看到你的第一眼就失去了人生的方向，你愿意将我从迷途中引导出来，顺便多刺激一下那两位单身朋友吗？”

夏清河脸蛋发烫，朝目瞪口呆的沈时南和江桃看了一眼，迅速地戴上了戒指，羞涩地说："我愿意，你快点起来。"

林邵便起来一把将她再次搂在怀里。

沈时南和江桃："……"

有些情侣的行为过分了！

说话间，林邵顺手拿起话筒，唱起了一首《甜甜的》。他的声音带着几分深情，居然有郑杰伦的味道。

江桃一下子就被他的歌声吸引了："你朋友不光长得帅，唱歌也挺不错的。"

沈时南听到"长得帅"那三个字，眉头一拧："江小姐，你的眼睛是不是需要看看眼科？这也叫帅？那按你的标准，我岂不是帅到人神共愤的地步了？"

江桃扑哧一声，没忍住笑了出来："我觉得可能是你需要看看眼科，需要对自己有一个正确的认识。"

"我……"

"说什么笑话呢，这么开心，说出来也让我们乐一乐？"沈时南还没开口，林邵不知道什么时候已经拉着夏清河重新坐到他们这边。

"你的桃子姐说想看你跳舞。"沈时南故意刺激林邵，因为林邵以前在他面前跳过钢管舞。他原本以为提到林邵以前最不想提到的东西，林邵会主动走开，没想到林邵听了他的话却很激动。

"真的吗？我终于找到知音了。江小……什么江小姐，多见外，以后我就叫你桃子姐吧。桃子姐，你不知道，我多渴望遇到一个懂得欣赏我跳舞的人，我现在马上跳给你看看，走起。"

林邵说着，已经激动地走到点歌屏幕旁边，抱着话筒支架开始摆弄舞姿。

虽然话筒支架不能当钢管，但林邵却乐此不疲。

夏清河看得眼珠子都要掉下来了："这怎么跳得比我一个女生还妩媚？"

“别说，动作还真挺标准的。”江桃也看傻了眼，嘴角都笑歪了，“你们这些年轻人越来越会玩了，我真是老了，跟不上时代了。”

“我在你眼里就这么小？”沈时南不太高兴，“看来我又要找服务员借一下粉笔了。服务员……”

江桃想起沈时南用粉笔抹鬓边的那次，又忍不住笑了一下：“好了好了，我们都是年轻人。”

“桃子姐，你也来唱一首吧。”当江桃说完话时，一旁的夏清河突然将话筒递给她，“刚刚在现场，我看你特意点了这首歌，相信你也唱得很好吧。”

江桃抬头，看到大屏上正显示《回到从前》。

继续搔首弄姿的林邵也跟着起哄：“一起唱一起唱，我给你们伴舞啊。”说完，他跳得更起劲了。

沈时南原本以为江桃会拒绝，没想到她接过了话筒。

然后在江桃开口的时候，沈时南完全愣住了。

原来她真的都会唱，还唱得那么好。

她的声音很有质感和辨识度，和说话的样子完全不同，还有女性特有的味道。沈时南忍不住赞叹：“真好听。”

早在夏清河和江桃同唱的时候，重新坐回沈时南旁边的林邵听到他的赞叹，也跟着情不自禁鼓掌：“清河唱得是不错。”

“滚，谁说你的清河了，我在说我的桃子。”沈时南说完像想起了什么，凑到林邵耳边说，“你小子还没说吃夜宵跑到这儿来到底卖什么关子？”

“之前走出演唱会现场的时候，我上次和你说的那个朋友告诉我，冯东又在这边请他们吃饭吹牛，所以就想带她来亲耳听听。”林邵一本正经起来，“让她早点看清冯东那个人渣的真面目，就会早点忘了他。”

听到这里，沈时南皱了皱眉：“冯东也在这边？”

“就在隔壁包厢。”林邵说完，手机忽然响了，他点开微信，打开朋友传来的视频给沈时南看，“来了，你看。”

视频里，三五成群的男女在和他们同样的包厢里坐着，其中有个男人在冯东醉眼蒙眬说话的时候示意大家安静。

“东哥，你刚刚说你那个女人怎么了？我没听清，你能不能再说一遍？”

“嗨，就是言氏集团的总裁。言氏集团你们知道吧？他们那个江总裁，大学的时候主动往我身上贴，甩都甩不掉。我看她可怜陪她玩玩，没想到她倒认真了，甩了她五年了，到现在还阴魂不散，看到我还哭着跪着求我复合……你们信不信，我只要一个电话，她立马飞奔过来跪在我面前。”

冯东有些吐字不清的话还没说完，沈时南忽然愣住了。因为他恍然发现包厢里的音乐不知道什么时候停了，一抬头，果然看到拿着话筒的江桃正目光发凉地看向他们。

她像从冰窖里走出来，眼神沉郁而又冰冷。

很显然，冯东的那些话她也听到了耳朵里。

“江小姐……”

沈时南正想对她说些什么，她的电话忽然响起来，她看了看，来电显示的名字是：冯东。

江桃想也没想就按了免提，然后大家就听到冯东的声音从电话里传过来：“江桃，我在霆皇405……”

冯东的话还没说完，江桃就挂掉了电话。

“桃子姐，这是他们闹着玩。”林邵也感到江桃的眼神有些不对劲，急忙站起来解释，可江桃却看都不看他。

她径直朝门口走去，路过桌子时，将话筒放下，端起了一杯酒。

等沈时南反应过来时，江桃已经打开门走了出去。

然后，405包厢的一众不明人员便看到一个端着酒杯、气场强大的女人推开门走了进来。还没等他们开口询问，还有几分意识的冯东却蒙了。

“桃子，你来了？怎么这么快？”

当大家恍然明白的时候，冯东的话却说不下去了。

江桃在他说话的时候，将酒杯里的酒全部泼到了他的脸上。

“冯东，你就是一个浑蛋。”

下一刻，追到405包厢的沈时南便看到冯东被泼了一脸酒。

“你……”冯东瞬间被泼醒，可是他还没有开口，沈时南已经拿起桌子上的酒杯朝他泼了一下。

“你什么你，人渣，再在外面胡说八道，我废了你！”

沈时南说着，对冯东竖起了两根手指，正想拉着江桃离开，却发现江桃已经拿着空酒杯一言不发地离开了。

看着江桃决绝的背影，沈时南想象着她刚刚泼冯东酒的样子，心里有几分开心。当时他心里只有一个疑问：“今晚的江总裁怎么这么帅？”

“冯东包厢里有林邵的朋友，他们刚好听到就录了下来，林邵怕你被他一直……”沈时南急忙追上前解释，话还没说完，却发现江桃站在包厢门口一动不动。

沈时南发现江桃握着空酒杯的手有些颤抖，她的双眼如同被蒙上了一层薄薄的雾。

“桃子姐，你没事吧？”追出来的林邵正要安慰她，还没走上去就被沈时南又推了回去。

沈时南挥手和他们告别，将江桃手里的杯子轻轻地拿下来，然后紧紧地握了握她的手。

“桃子，咱们回家吧。”

回家后，沈时南给江桃煮了一杯咖啡，递给坐在沙发上的江桃。可江桃只是看也不看地接过去，目光呆滞，一言不发。从霆皇回来的路上，江桃便是这般模样了。

沈时南觉得势头不太对，越想越觉得不是滋味。

“一个渣男值得你这么为他难过？”沈时南坐到她旁边，声音有些着急，“你倒是说句话啊，要不然我找人去揍他一顿？”

可是江桃回应给他的，依旧是沉默。

“我最害怕女人难过了。”沈时南急得从沙发上坐起来，“我不知道他有哪点好，值得你这么为他难过，你气坏了身子，到头来伤害的是你自己。好，你不说话，那我就当是你同意我去揍他了。”

沈时南说着朝门口走去。

可路过江桃时，他的手被她一把拉住了。

“不要。”江桃终于开口，可目光依旧有些呆滞，声音有点轻，“我只是一直以为，那是我人生中最美好的一段时光，没想到在别人眼里，是那么一文不值。”

“值。谁说你不值了？你值得全世界最好的爱。”沈时南顺势握住她的手，激动地说，“江桃，我喜欢你，做我女朋友吧！以后，不，一直到下辈子我都只疼你一个，再也不会让任何一个人伤害到你。”

江桃抬头看着一脸认真的沈时南，半晌才张了张嘴：“你到底喜欢我什么？”

“喜欢你……”沈时南说着笑了笑，“喜欢你酒后意志坚定。”

江桃意识到沈时南在说他们第一次在器材室见面的样子，紧绷的嘴角忽然扯开了一个温柔的弧度：“坏家伙。”

说完，她要挣开，却再次被沈时南紧紧地拉住。

“你终于笑了。”沈时南轻笑一声，再次认真起来。他温柔地看着江桃说，“喜欢你什么，我也说不上来。只是看到你每次难过的时候，我的心就特别特别疼。还有啊，就是我没有看到你的时候特别想见你，看到你的时候心里莫名甜甜的。你一难过，我就想打人；你一高兴呀，我就觉得自己像中了五百万……"

江桃看着沈时南认真的眼神，心里某个地方在塌陷，脸也有些发烫。

可她还是挣开了沈时南的手："别闹了，咱俩不合适。"

"怎么才叫合适？"沈时南直视着她，"你脸都红了，为什么就是不敢承认你对我也有点意思呢？"

"热的。"江桃躲开沈时南的眼神，"反正咱俩不合适，你还是别在我这儿费心思了。"

"就因为我比你小？"沈时南嘴角一勾，故意凑到她的耳边轻轻地说，"实在不行，我去民政局改改年纪，你喜欢比你大几岁的？"

他的气息就喷在她的脸上，让她的脸更红了。

"别闹。"江桃急得脸色发红，知道说不过沈时南，一边往房间跑，一边高喊，"反正别在我身上浪费时间，我不喜欢坏家伙。"

看着江桃的身影，沈时南也不追上去。他坐到沙发上，端起江桃之前没喝的咖啡喝了一口，才淡淡地开口："我也不是坏家伙，可是看到你，我就想使坏。"

江桃坐着沈时南的摩托车出现在学校她办公的地方时，言氏集团驻校人员看到以后彻底疯了。

他们一致的想法是："看来我们的江总终于有了爱情第二春了！"

早就有各种传言说江桃为了拿下这个沈老师，不惜耗财耗力大费周章，为了恋爱大事，江桃都开始学会主动出击了。如今沈老师终于上钩，真是大快人心。

现在都一早来送江总上班了，好苗头开始出现，那离结婚还远吗？

结婚，这是秘书陈妍忍不住在江桃坐到办公室，给她送文件时问她的话题。

陈妍是这样甜蜜地对江桃说的："江总，你和那个沈老师什么时候结婚啊？跟了你这么久，我可是要第一个拿到你的喜糖哦。"

江桃："……"

"你在说什么呢？什么结婚？"江桃一个脑袋两个大。

"你不是和沈老师已经在一起了吗？"秘书陈妍笑得开心，"说真的，我真替你感到开心。还有，和您住同一个小区的同事看到他昨晚就去你家了，今早你们又一起来上班，你们该不会已经同居了吧？"

后来，秘书陈妍是哭丧着脸跑出办公室的。

因为平时江桃对她亲如妹妹，所以在得知江桃恋爱以后，她才敢这么激动地问江桃，没想到话刚说完，江桃险些将她骂哭。

将秘书陈妍赶出办公室以后，江桃拨通了沈时南的电话。

"沈时南，今天你就给我赶紧找房子，从我家搬出去。"

说完，不等沈时南回话，她就挂掉了电话。

不知真相的沈老师原本正开心地和同学们打篮球，听了江桃的话，看着被挂断的电话，心里十分郁闷："怎么回事，昨晚我这通表白没成功就算了，还把自己表成无家可归了？"

这天中午，江桃忙完工作玩了一下手机，看到一条朋友圈。

沈时南：好的。

江桃知道这是沈时南对她那通电话的回应，不知道为什么，心里居然有点失落。特别是下午下班发现沈时南没有在楼下接自己一起回家时，她心里更是有点凌乱。

这种凌乱的心情一直持续到她回家打开门的时候。

之所以那个时候结束，是因为她一打开门，就看到满桌香喷喷的菜肴，还有厨房系着围裙的沈时南。

“回来了？”沈时南一边端菜，一边对她笑笑，“怎么样？没有等到我接你，是不是很伤心？我只是想提前回来给你一个惊……”

“你想多了。”那个喜字还没说出来，江桃便打断了他，她看着面前丰盛的菜肴，声音有点冷，“我希望这是我们最后的晚餐，吃了这顿，你就可以收拾走了。”

沈时南看着有点无情的江桃，没有说话。

去言氏集团打探了一下，沈时南才知道江桃为什么让他搬家。听了他们的话，当时他的心里只有一个想法：结婚？还真是一个好主意。

可惜江桃连恋爱都不打算和他谈，结婚更是天方夜谭。

但沈时南是谁，轻易放弃可从来不是他的风格。所以下午没课的时候，他直接回来做了一大桌子菜。

现在看着这样的江桃，沈时南丝毫不感到意外。

从他下定决心过来给她烧菜时，各种情况他都想过了，所以现在江桃说的这点话，在他眼里连“糟糕”两字都谈不上。

“当然了，我就走。但是你不是也说了吗？吃了这顿啊。”沈时南放下最后一盘菜对江桃笑笑。

听了沈时南的话，江桃反而一怔：“真的，你……就走？”

“吃了就走。”沈时南说着，示意江桃望向他的房间，“看，东西我都收拾好了。”

江桃顺着他的视线望过去，果然又见到那个黑色的行李箱就摆在门口。

看到这个情况，江桃有点意外，她还以为以沈时南的性格，会死皮赖脸地留在这儿。既然如此，那她再推辞就显得不太合适了，所以放下包，她坐到了餐桌前。

“你找好房子了？”江桃夹了一口菜，装作无意地说。

“我去林邵那儿住几天。”沈时南给江桃的碗里夹菜，“感谢你这两天的收留。”

夹完菜，他抬头看了看墙上的时间。

回过头来，他发现江桃正有些神情复杂地看着他。

“怎么，你舍不得？”沈时南勾了勾嘴角，“舍不得也没办法，我已经答应林邵了。男人嘛，最重要的是要讲诚信，你说是吧？”

“谁舍……”

“桃子！桃子！”江桃的话还没说出口，一阵着急的叫喊便在门外大声响了起来。

听到这个熟悉的声音，江桃的神经又是一紧。

沈时南听到声音，像松了一口气，他在心里腹诽：这个人渣，倒还挺准时。

“谁啊？你不去看看？”沈时南一脸莫名地看着江桃。

不是江桃想去看看，而是冯东的叫喊声越来越大，她不得不起身。

“你又来干什么？”

“桃子，你听我解释……”门外的冯东捧着一束玫瑰，着急地对江桃说，“昨晚我说的都是一些醉话，你千万不要当真。”

沈时南不疾不徐地吃了一口饭，才缓缓地起身走到门口，他抢在江桃前面淡淡地说：“怎么回事，昨晚你没被泼够又来骚扰我老婆是不是？”

“老婆？”听到沈时南的话，冯东愣了愣，“你什么意思？”

“什么意思？当然是字面的意思。”沈时南特意拉了拉身上的围裙，“难道我们前两天刚刚领的结婚证还要给你一个外人看看？”

冯东难以置信地看向江桃：“桃子，他说的不是真的吧？”

江桃也没想到沈时南突然这么说，但看到冯东震惊的眼神，她没有否认。

以她对冯东的了解，如果不说自己结婚了，像这种三番五次的骚扰肯定是断不了的，他从一开始就不是那种轻易善罢甘休的人。

“真的？你不是说你在等我……”

“就你也配？”沈时南打断冯东，将江桃往身后拉了拉，“快拿着你的花滚吧，要是再让我知道你骚扰我老婆，我就打电话报警，告你恶意骚扰！”

话说完的时候，门也关了起来。

看着冯东彻底崩溃又一头雾水的样子，沈时南第一次觉得他没有那么讨厌。

两个小时前，当沈时南决定和江桃的感情进一步升温到可以结婚，哪怕是假的地步时，他想到了一个可以帮他这个忙的人。

所以他托林邵找到了冯东的电话，给冯东发了一条短信，大意是说他是江桃的朋友，听说了他们在酒吧的事，并告诉冯东，其实江桃只是想要一个合理的解释，要冯东赶快到她家里来表明心意。

沈时南心里得意：现在看来，有时候坏人并不是一无是处。

不过沈时南没有想到，刚关上门，就发现江桃正一脸严肃地看着他。

“你为什么说我们结婚了？”

“要是说女朋友，你以为他会死心？他那种人你应该了解的，肯定还会再来骚扰，结婚多好啊，一劳永逸。”沈时南说完，不给江桃思考的机会，急忙说，“怎么办？现在为了你，我真是什么声誉也没有了，你要对我负责啊。”

江桃皱了皱眉：“什么意思？该不会是你不走了吧？”

“聪明人果然不用废话，那我就不客气了。”沈时南不等江桃拒绝，赶忙把卧室门口的行李箱推回房间。

沈时南的速度之快，江桃都没有反应过来：“不是，我怎么感觉你刚刚是故意这样说的啊？”

“什么故意啊，面对那种人，你不觉得你需要一个贴身保镖保护你吗？万一他再回来检查我们是不是真的结婚，在一起生活呢？”沈时南极力狡辩，“咱们都‘结婚’了，难道你真要把我赶出去，分居过？”

江桃：“……”

谁要和你过了？她就知道好像哪里不对劲，原来在这里！

GUO
|
MING
|
XI

第六章
CHAPTER 6

有家的感觉，真好

NAN
|
YOU

沈时南在江桃发愣的时间里，继续将自己的衣服摆放到衣柜里。

江桃怔在原地，没有再理会他。她想到冯东，忽然觉得很难过。

沈时南收拾完衣服出来，看到江桃还愣在原地，心里有点不安。

“你真的想赶我走啊？”

听到他的话，江桃才回过神来。

然后沈时南就看到江桃忽然变得严肃认真起来。

“结婚是吧？好，既然做，那咱们就做得绝一点，也省得我的那些公司同事八卦。”

沈时南愣了愣：“你什么意思？”

“就是你理解的意思。”江桃说，“既然是结婚了，你敢公布吗？”

“公布？你的意思是，我们马上就去领证？”听了江桃的话，沈时南激动起来，“我完全没有意见啊，不过，这是不是快了点？”

说是快了点，沈时南却按捺不住自己疯狂跳动的心脏。

这也太刺激了吧！谁能想到，原本他只是想找一个理由留下来，没想到刺激了江桃，居然还会有意外的收获。

直到江桃白了他一眼：“想什么呢？当然是假结婚了！”

江桃说着像下了什么决心一样：“反正都已经被误会了，这样他们也就不会背地里八卦了。”

“什么？你为了不被八卦就……”这个理由沈时南倒还真没有想到。

“怎么，你不愿意？”

“愿意，非常愿意。”沈时南说着点了一根烟，“只要你不赶我走，做什么我都愿意。”

江桃看着第一次吸点着的烟的沈时南，皱了皱眉：“你不是不真抽烟的吗？”

沈时南扯着嘴角笑：“今天高兴，结婚了嘛。”

江桃也轻嗤了一声：“照你的意思，还要喝点酒庆祝一下才对？”

“酒就算了，”沈时南急忙摆手，然后深情地看着江桃，慢慢地说，“我怕酒后乱来。”

像意识到江桃在想什么，沈时南故意噙着微笑看她：“我忘了告诉你了，那次在器材室，我是第一次和女生同床共枕。”

江桃的脸有点发烫，但她毫无示弱地回答：“说得好像谁不是一样。”

说完，江桃急忙回了房间，留沈时南在原地愣了愣。半晌后，他才兴奋地张了张嘴：“你的意思是你和那个渣男还没有……”

可惜回答他的，只是一声关门声。

门内的江桃虽然没有回答沈时南，但是她的嘴角却情不自禁地微微上扬。她怎么也没有想到，她会和沈时南发展到这一步。

出神间，她下意识地掏出手机看了看，便看到沈时南一分钟前刚刚发的朋友圈。

沈时南：有家的感觉，真好。

嗯，这就算公布了。

林邵第一时间评价：什么情况？南哥，你和嫂子住一起了？

沈时南回答林邵：住一起算什么，我们结婚了。

林邵：什么！这到底什么情况？我要喝喜酒！情圣，小弟甘拜下风，求支着儿！

昨晚在霆皇，林邵死皮赖脸地加了江桃的微信，所以他们的对话江桃都看得到。她看着他们的对话笑了笑，想了想，最后自己也发了一条朋友圈。

江桃：两个人的感觉，挺好。

言夏第一时间评价：什么情况？桃子，你答应和沈时南在一起了？

林邵：祝贺嫂子和南哥！偷偷问一句，南哥究竟怎么打动嫂子的？他不理我，微信也不接我电话，想要结婚的小弟着急啊！

傅墨森：舅妈，我是小西瓜。爸爸让我恭喜你们，顺便问一下，婚礼什么时候举行？

秘书陈妍：江总，这是公开了吗？这下我可以问了吗？我什么时候可以吃到喜糖？嘻嘻！

沈时南：老婆，我爱你。

林邵回复沈时南：南哥，求你接我电话。

言夏回复沈时南：表弟，好样的！小西瓜让我问你拥有这么漂亮的老婆，是什么感受？

江桃看着像炸开了锅的朋友圈评价和接连不断的询问微信与电话，心里不知道是苦是甜。

原来有这么多人关心自己嫁不出去的吗？

江桃第二天上班的时候，发现所有人看向她的眼神只有两个字："恭喜。"

有了这样的效果，江桃觉得这个"假结婚"总算有点效果。不过沈时南显然不想只有这么一点效果，所以下午没课的时候，他直接去了他们公司。

秘书陈妍这次看到沈时南，直接对他捂嘴偷笑："我知道，你是来找我们江总的。"

"你搞错了。"沈时南认真地回答，"我是来兼职的。"

秘书陈妍一脸蒙："嗯？你和我们江总不都……"

"嘘！"沈时南示意秘书噤声，然后他小声地对她说，"你小声点，你们江总不想人家知道她有一个这么优秀的老公，要低调。"

说完，不等秘书反应过来，他又恢复正常的声音说："何况，现在不更要多赚钱养老婆吗？"

于是，为了给他们江总优秀的老公多赚钱的机会，秘书今天给沈时南派了更多的仪器搬运。

看着那堆仪器，沈时南瞬间想抽自己。

他到底是在逞什么能啊！

不过他没有机会后悔了，当他看到仪器时，就感到背后众多的眼神在看向他。

特别是听到他们在偷偷地议论着这就是他们江总的老公时，沈时南觉得更加有必要展示一下自己。

于是他慢慢将自己的上衣脱掉，露出自己结实的肌肉，弯下腰去，一个用力将仪器搬了起来。

当江桃从秘书那里听说沈时南今天又来搬仪器，急忙赶过来时，就看到他汗流浃背地还在搬。

"沈时南，你在干吗？"江桃一脸疑惑，"咱不都'结婚'了吗？你怎么还来做这种接近我的事？"

沈时南看着江桃过来，自信地笑了笑："当然是向他们展示你老公的身材有多棒，好让他们羡慕死你。"

江桃："……"

沈时南，你还能再幼稚点吗？

沈时南怎么也不会想到，展示他的好身材不但没有促进他和江桃的感情，还带给他适得其反的后果。

当沈时南说完话，再要搬一个仪器时，江桃急忙在她一众部下神情夸张的注视下，尴尬地拉着沈时南去了公司楼顶。

“沈时南，既然我们只是假的，那我觉得我们也有必要约法三章。”江桃看着露着八块腹肌的沈时南，一边默默地咽了咽口水，一边别过了头，她怕辣着自己的眼睛。

沈时南看着江桃回避的眼神，特意用磁性的声音说：“约法三章？怎么个约法？”

江桃咬了咬嘴唇：“第一，除非有需要，才表现出我们结婚了。其他人面前，我们还是要保持距离。第二，公司的兼职你还是别做了，减少影响。第三，不许在我面前衣衫不整，不，在我同事面前也不能衣衫不整。”

“那就是约法四章了。”她的话一说完，沈时南就看着她笑。

江桃不自然地抿了抿嘴：“那你想在我同事面前露也没事，但别让我看到。”

辣眼睛那三个字，江桃没好意思说出来。

“等等，”沈时南像想起了什么，“你刚刚说，不让我做那个兼职了，那我少了那么多收入，这不成了江总包养的男人？”

听了沈时南的话，江桃这才眼里露笑：“听起来你很不乐意。”

“那肯定了，你忘了？我有点大男子主义。”

江桃还真忘了。

沈时南看着微笑的江桃：“既然如此，那我是不是也可以对你约法三章？”

“很公平。”江桃点头，“你说。”

已经穿上衣服的沈时南故意凑近江桃一些，嘴角含笑：“虽然我们是假的，但对外总归是真的，所以我认为，当你刚刚说‘有需要’的时候，有必要假得像一些。”

江桃惯性后退：“什么意思？”

“我的约法三章很简单，就是有需要的时候……”沈时南的声音慢慢放低，特意凑到江桃的面前说，“第一，要像真结婚那样牵手。第二，要像真结婚那样抱抱。第三，要像真结婚那样接吻。”

江桃：“……”

江桃这才发现她被沈时南不知道什么时候逼到了墙上，退无可退了。她看着近在咫尺的沈时南，感受到他呼吸的气息，心跳如同一只乱撞的小鹿，情不自禁地咽了咽口水。

她怎么忘了，从一开始她就不是沈时南的对手哇。

“有必要的时候，我会遵守的。”说完这句话，她就急忙推开沈时南，逃也似的飞奔下楼，生怕沈时南看穿了她。

沈时南看着江桃的背影，心情大好。特别是刚刚看着江桃樱桃般的嘴唇，他下意识地咽了咽口水，脑海里只有两个字：“想亲。”

江桃怎么也没有想到，她嘴里的“有必要的时候”，会来得如此之快。

下班的时候，沈时南已经又在楼下等她了。她看了看时间，嘴角下意识地上扬了一些。

“沈老师下班是不是有点早了？”

“接老婆比上班重要，我当然要分清主次。”沈时南说完对她笑笑，“怎么，江校董，刚开除我的兼职，不会连我的正职也要开除吧？那我可真的要被你包养了。”

江桃嗤笑：“怕什么，我又不是包养不起。”

沈时南看着江桃，满意地点头：“很好，有几分我不要脸的样子了。”

江桃：“……”

还要开口，江桃听到信息声音，掏出手机一看，看到刚刚一边说话一边低头玩手机的沈时南转给她两万块钱。

江桃皱了皱眉：“这是什么意思？”

“既然你不赶我走了，房租当然要付的。我可不是真的被包养。”沈时南说着，跨上摩托车对她说，“就算包养，那也得是我包养你。”

江桃当然不差这点钱，但她犹豫了一下，还是收了。因为她觉得，有了这样的金钱关系以后，他们就不会显得那么暧昧了。

沈时南就在言氏集团员工欣慰地看着他们江总的目光中，载着江桃往校外飞驰而去。

然而还没骑到校门口，沈时南的摩托车就被突然冲出来的一个人拦住了。

要不是沈时南骑车技术好，险些就撞上了。

沈时南和江桃下车，抬头就看到一脸伤心的萧晓芳。

“萧老师，你不要命了？”

萧晓芳答非所问，她满眼难过：“沈老师，我昨天看你的朋友圈了，你真的和她已经结婚了？”

听到萧晓芳的话，沈时南的脸色变得高兴起来。

“你也知道了？是啊，结婚证就不公布了。”沈时南说着，顺势就紧紧地将江桃搂在怀里。

江桃：“……”

这怎么直接越过牵手的第一步，就开始搂上了？

她很想挣开，但沈时南看着萧晓芳，却凑到她耳边小声说：“约法三章。”

江桃觉得自己提出约法三章这件事真是亏大了。

看着沈时南和江桃亲昵的样子，萧晓芳更加难过：“沈老师，我那么喜欢你，你为什么要这样对我啊？”

“萧老师，要怪就怪造化弄人吧。爱情总有一个先来后到嘛，谁让我早已经找到了生命中的真命天女呢。”沈时南说着凑近江桃，噘起了他性感的小嘴。

江桃意识到不妙，急忙用手挡住他，她笑着对萧晓芳说："萧老师也别太难过，说不定你们的感情下辈子就有结果了。"

萧晓芳委屈得快要哭出眼泪来了。

后来她到底还是掉下了眼泪，因为沈时南在江桃后面又补充说："到时候摆酒的时候，萧老师一定要来喝一杯。"

"你……"萧晓芳终于一抹眼泪，再也说不出一句话来，转身跑开。

看着萧晓芳伤心欲绝的背影，江桃皱了皱眉。

"人渣，你怎么那么狠心伤害人家？"

沈时南继续搂着她的肩膀："刚刚我不是说了吗，谁让我找到了你这个真命天女呢。"

"不对啊，我怎么感觉我们假结婚，反而我成了你的挡箭牌了啊？"江桃说完，看了肩膀上的胳膊，一把拿开。

沈时南怀念地看了一眼江桃的肩膀，又看向前方，这才轻轻地说："我的江总，话有时候还是不能说得太满啊。"

江桃顺着沈时南的视线望去，就看到一脸颓废的冯东站在不远处。

"走。"

"啊？"

就在看到冯东的时候，冯东也看到了他们。他的目光一亮，便朝江桃走过来。沈时南正打算一会儿又可以和江桃趁机演绎一下恩爱的夫妻，就听到江桃一声决绝的声音。

"我说走。"江桃说着，已经坐上沈时南的摩托车。

沈时南勾嘴一笑，二话不说骑上摩托车，脚踩油门，便朝校门口冲去。

路过冯东时，沈时南狠狠地瞪了他一眼，那意思很明显：还敢来骚扰我老婆，找死。

而江桃，看也没有看他。

“桃子……桃子……”身后是冯东一边追赶，一边呼喊的声音，可惜沈时南的速度很快，他只留给冯东呛鼻的尾气。

看不到冯东的身影以后，沈时南这才放慢了速度。

“这么冷酷无情，我喜欢。”

可是身后的江桃没有说话。

沈时南透过后视镜看到江桃神情凝重，摩托车一拐弯，偏离了回家的方向。

可能江桃还沉浸在自己的思绪当中，她并没意识到这不是回家的路。直到二十分钟以后，沈时南的摩托车停在了W市的游乐场门前。

“怎么来这儿了？”江桃反应过来，皱起了眉头。

“你信不信，我们现在回去，你最不想看到的那个人肯定会在门外等着？”沈时南已经下车拉着江桃到游乐场门口。

江桃当然知道沈时南说的是谁，但她看着早已紧闭的游乐场大门，还是愣了愣：“那也没必要来这儿啊。天都快黑了，这也关门了。”

“既然我们结婚了，我觉得有必要补上恋爱的经过。”沈时南看着不远处的门卫房，笑了笑，“你在这儿等我一下。”

江桃不知道沈时南怎么和门卫沟通的，只看到他们说了好一会儿，其间，他还多次朝她望了望，最后掏出了一包香烟递给了门卫。

沈时南回来时，便拉起江桃，从门卫打开的侧门走了进去。

江桃好奇：“你和他说什么了？”

沈时南笑得好看：“我说你从乡下过来的，这辈子还没有坐过摩天轮，今天生日，就想坐一下。”

“胡说八道。”江桃没好气地打断他，“不过没看出来，你的套路倒是挺多。”

两人说着已经走到摩天轮前，此时天色渐暗，游乐场内早已经空无一人。江桃看了看已经关闭的摩天轮，又看向沈时南说：“现在也坐不了了。”

“放心吧，我都打点好了。”

沈时南的话音刚落，他们面前的摩天轮亮了起来。沈时南打开面前的门，对江桃做了一个请的姿势，“乡下来的是我胡编的，但过生日我是认真的，今天就当弥补我去年没有陪你一起过生日。”

江桃一边坐进去一边笑：“这个理由也是够牵强，去年我们还不认识。”

沈时南跟着坐进来以后，又朝门卫挥了挥手。摩天轮便转了起来。

“所以才说是弥补，我要把我缺席你生命中的那二十九个生日，一个一个都弥补过来。”

看着沈时南深情的眼神，江桃索性扭过头去。

此时，摩天轮已经缓缓升至半空，放眼望去，整个城市霓虹闪烁，加上今天星辰满天，江桃的心情也跟着这闪烁的美景好了起来。

“不过有一条你说对了，我还真是第一次坐摩天轮。”

听到这里，沈时南勾起嘴角一笑：“你的第一次挺多。”

江桃意识到沈时南暗指什么，脸色发烫：“讨厌。”

可能因为心情好，江桃也对沈时南笑了一下：“那既然是弥补生日，怎么没有蛋糕？”

“怎么会没有，你看。”沈时南说着，指向游乐场当中的一片空地，只见刚刚那个门卫正用蜡烛摆成两个圆形，从上往下看，就像一个巨大的蛋糕。

江桃终于知道刚刚沈时南为什么会花那么长时间和门卫沟通。她也说不上来为什么，当看到那个蜡烛蛋糕时，心里忽然有股想哭的冲动。

她不知道是不是因为冯东以前从来没有和她过过生日，也不知道是不是此时氛围太煽情。她只是感觉到，原来被一个人这么重视这么关心，可以这么感动。

看着江桃眼睛里藏不住的喜悦，沈时南没等江桃开口，便趁机拉起了她的手说："不用太感动，这是一个老公疼爱老婆的基本要求。"

过了好一会儿，江桃才反应过来，她急忙从沈时南手里挣脱出来，打趣说："那要恭喜你以后的老婆了。"

"不用。"沈时南看着她勾了勾嘴角，"现在的老婆我就很满意。"

江桃："……"

她又忘了，她怎么能说得过沈时南！

"我忘了问你了，既然郑杰伦的歌你全部喜欢，为什么那晚要选《回到从前》？"

可能没有想到沈时南突然这样说，江桃的眼神闪了闪，半晌后才开口："你不觉得从前是一个很美好的词吗？"

沈时南以为江桃指的是冯东，嘴上有些醋意："我倒觉得，现在才是一个很美好的词。"

江桃却没有说话，她扭过头去，继续望向窗外。此时他们正值摩天轮的最高点，江桃看着天上的星星，下意识地伸了伸手，仿佛这样就可以摸到星空。

那晚之后，沈时南感觉江桃好像对他没有那么排斥了。

江桃再坐沈时南的摩托车时，以前习惯放到后面的手开始搂着他的腰了。家里没菜的时候，她会和他一起去附近的超市逛一逛，买些食材。

对于这样的江桃，沈时南十分开心。他有信心，不出半个月，他和江桃的感情就会有质的飞跃。

可惜第三天，就有意外打破了他们促进感情的好日子。

这晚，沈时南做好晚饭刚和江桃坐下，正打算吃了晚饭约她一会儿去看电影，电话就响了。看了看林邵的名字，他挂掉了电话，但是林邵不死心，再次打来。

沈时南有些不耐烦："有事快说。"

然后他就听到林邵严肃的声音在电话那端响起来："南哥，我看见慕成鹤了。"

江桃不知道沈时南听到什么话，只见他的脸色突然一变。

"在哪儿？"

听到林邵报的地点，沈时南就挂断了电话。

江桃不明所以："怎么了，出什么事了？"

"没事，就是今天我可能没空陪你吃饭了。"

沈时南说完起身离开。不知道为什么，江桃觉得，沈时南的神情有些凝重。

沈时南是在维多利亚五星级饭店看到慕成鹤的。

林邵在这边和朋友吃饭，路过隔壁包厢看到慕成鹤时，神经一紧，便立马打电话给了沈时南。

沈时南站在包厢外面，透过玻璃看着包厢里正和众人谈笑风生的慕成鹤，拳头下意识地紧紧握了起来。

身边的林邵着急地拉着他："南哥，别冲动，千万不要动手啊。"

可沈时南没有理他，径直推开了门。

对于这个不速之客，包厢里西装革履的成功人士有些意外。

慕成鹤看到突然出现的沈时南，神情也有些不自然。但他扶了扶自己的金丝眼镜，平静地笑了笑："这不是小南吗？怎么会这么巧，在这里遇到了？"

“慕叔叔，好久不见。”沈时南的声音有些冷，“你觉得是巧吗？我可找你很久了，准确地说是一年十一个月。”

“小南呀，怎么看到你慕叔叔，这么大怨气呢？”慕成鹤抽了一根烟，依旧满脸是笑。

沈时南却阴着目光看他：“你是想换一个地方谈，还是就在这儿？”

慕成鹤了解沈时南，以沈时南的脾气，他知道沈时南断然不会给自己留什么面子，当着这么多人，他也下不来台。所以他起身对朋友们表示歉意，就跟着沈时南来到了隔壁林邵的包厢。

林邵早就遣散了朋友，所以刚一进空荡荡的包厢，沈时南转身就给了慕成鹤一个巴掌。

“时南……”林邵想喊住他，可已经晚了。

慕成鹤抹了抹嘴角的血：“小南，你可知道打了我的代价？”

沈时南愤怒地看着他：“那你可知道，害得我家破人亡的代价？”

“我知道你对我有怨气，可是一年前我就已经说过，那件事不是我做的。”慕成鹤面色平静。

“那为什么你心虚地躲起来这么久？”沈时南走向他，冷冷地说，“慕叔叔，是不是你做贼心虚？”

“躲？我躲什么？我去了美国定居，我的生意主要业务在美国。我躲什么？”慕成鹤说着，叹了一口气，“小南，你误会叔叔没关系，可你还毁了你和晚晚的婚事，你可知道她有多伤心？”

“你不要和我提晚晚，连自己的女儿都利用，你有没有脸做一个父亲？”

“看来你对我的误会还真不是一般的深。”慕成鹤说，“小南，你说我利用我女儿，那我还是人吗？那我不是东西。还有，你说我害了你父亲，我们慕家和你们沈家可是世交。我和你爸爸是多年的朋友，谁都有走窄路的时候，只不过你爸这个口没缓过来就……”

“你住口！你不配提我爸爸！”沈时南像一头失控的狮子，再次握着拳头朝慕成鹤冲去。

林邵急忙上前拉住了他：“南哥，有话好好说。”

“你是一个晚辈，你今天打了我，我不和你计较。时间会证明一切。我看你需要冷静冷静，今天我们就到这儿吧。”慕成鹤说着，急忙想退出包厢。

可是他并没有躲过沈时南的拳头，沈时南挣开了林邵，还是一拳打在了他的脸上。

慕成鹤的牙连同一口血，瞬间就吐在了包厢的门上。

“看到你，我冷静不下来！”说着，沈时南的拳头再次落到了慕成鹤的身上。

江桃是在夜里将近十二点的时候，接到林邵的电话的。

林邵在电话那头很着急：“桃子姐，出事了，你快来城南派出所一趟吧。”

虽然在沈时南离开的时候，江桃就有一种不好的预感，但听到林邵的话，她还是一愣。

“派出所？怎么回事？”

林邵有点凌乱地回答：“打架……南哥打人。”

江桃赶到城南派出所的时候，她才知道怎么回事。

沈时南在饭店的包厢里打人，饭店的服务员路过看到了，便马上报了警。

“沈时南打了谁？”江桃问林邵。

可林邵支吾了一下，没有回答：“这事还是让南哥自己告诉你吧。”

看到江桃的时候，沈时南扫了林邵一眼，进来的时候他就让林邵不要告诉江桃，可林邵胆子小，从小家教严，虽然不学无术惯了，但打架进局子还是头一次，所以林邵第一时间告诉了江桃。

“怎么回事？你好端端怎么打人了？”江桃关心地看着沈时南，发现他的眼睛里有一种她从没见过的眼神——很冷。

见沈时南没说话，江桃又看向林邵：“你喊他过来就是为了帮你打人？”

林邵连忙摇头：“不是帮我。是……唉，反正是一个欠了南哥人情的人，该揍。”

江桃看着沈时南，后者在她的注视下慢慢恢复了神色，像强迫自己冷静下来一样。沈时南慢慢挤出一个笑容对江桃说：“没什么事，不过看到我的老婆大人这么关心我，我还是很欣慰的。”

“都什么时候了，你还贫嘴。”见沈时南没事，江桃这才放下心来，“你等下，我去问问什么情况，给你保释。”

“对对，保释。”听到江桃的话，林邵才想起来，他刚刚怎么忘了联系自家老爷子找关系把人弄出来。

但是他们刚起身，便有一个警察过来打开了沈时南的手铐。

“你可以走了。”

“什么意思？他没事了？”林邵有点意外。

“被害人不打算追究。”警察说着，严肃地看着沈时南，“但是我还是要提醒你，打架斗殴，要处五日以上十日以下拘留的，故意伤害他人身体的，情节严重者，处三年以下有期徒刑、拘役或者管制。有什么事不能好好说，非要动手？”

沈时南冷漠一笑：“那是他没有脸追究。”

“是，我们一定好好解决，给你们添麻烦了。”赶在警察皱眉开口前，江桃急忙拉着沈时南离开。

从派出所出来，沈时南揉了揉手。刚刚在饭店，他有一拳打在了地板上，现在有点疼。江桃让林邵先离开，她拉沈时南坐上出租车回家，看着他揉了揉手，才缓缓地开口：“到底是谁啊，让你这么生气？”

沈时南却已经恢复了先前不要脸的样子，他看着江桃关心的样子，心里有几分甜蜜，又朝江桃挤了挤眼，对她勾嘴一笑：“你真想知道？”

“嗯。”

“那你亲我一口。”

江桃：“……”

情绪变化这么快，你是学表演的吗？

GUO
|
MING
|
XI

第七章
CHAPTER 7

不是信心，是梦想

NAN
|
YOU

因为这次打人事件，江桃第一次觉得沈时南不像他表面那样吊儿郎当。她也是第一次觉得她根本不了解这个人。

不知道是想多了解一些沈时南，还是那天沈时南带她坐摩天轮还有些感动的余热，这天上班，江桃去了沈时南工作的地方。

以前江桃确实不喜欢上体育课，更加没想到会和一个体育老师有今天这样的关系。

她来到操场，看到沈时南正带领着同学们一起跑步。等她走近一些，听到旁边的朋友说的话，才知道发生了什么事。

原来沈时南今天依旧按他往常一样，让同学们自由活动。但他却和往常找一个地方打发时间不一样，他一个人居然在操场跑步了。这反常的行为，让几个男同学和爱慕他的女同学也开始跟着他一起跑。

后来不知道为什么，越来越多的人也跟着他一起跑。

江桃看着前面汗流浃背的沈时南，想到昨天他打架的事，隐约猜到了其中的联系。

江桃越想越觉得事情不对劲，以她和沈时南短暂的相处，她觉得这其中的事情没那么简单。可真看到沈时南跑步的样子，她又不知道过来究竟想和他说什么。

江桃原本只是想远远地看一下就走，可她突然听到人群中有人惊呼了一声："哎，快看，这不是师娘吗？"

江桃闻声望去，刚好和说话的人对视，顿时有些尴尬。

这个对视，让那人更加肯定了。他兴奋地朝沈时南高喊："沈老师，你老婆来看你了！"

他的声音引来更多人的注目。

这其中有不知道江桃和沈时南关系的同学，他们看着她问那个同学。

“这人可是我们学校的校董啊，你确定没搞错？”

“对呀，她是言氏集团的江总啊。”

“什么校董江总的，以后见了叫师娘。”一个熟悉的声音响起来，那些议论的声音顿时消失。

江桃原本想扭头就走，却发现沈时南已经朝她走了过来。

特别是沈时南身后的同学在他的声音落下后，嬉笑着齐声高喊：“师娘好。”

江桃：“……”

她真是作死来这儿。

江桃走也不是，留也不是，只得满脸尴尬地对大家笑笑：“同学们好。”

“师娘是来监督我们沈老师的吗？”最开始认出她的那个男同学对江桃笑着说，“那你可要常来看看啊，我们沈老师的桃花特别旺。”

“去，”沈时南拿眼扫他，“再乱说话，罚跑十圈。”

男同学显然平时和沈时南关系不错，又朝江桃告状：“师娘你看，他对我们多残忍，你可要管管啊。”

江桃回应给他的，是一脸的尴尬。

有人尴尬有人喜，有些男同学在看到江桃的时候，开心的理由就非常值得回味。其中一个男同学小声说：“沈老师这名草一有主，那些爱慕他的女同学是不是就会多看我们一眼了？”

旁边的同学看了看他的脸，同情地回答：“哥们，你想多了。”

江桃听到他们的对话，她看了看站得稍远一些的女同学，终于对沈时南笑了一下。

“我说沈老师，师生恋是大忌，你可不要犯错误啊。”

沈时南嘴角上扬："家里有这么一个漂亮的老婆，谁会那么傻犯禁忌。"

有同学听到沈老师的话，当众作剖腹状："大家快跑，沈老师要开始秀恩爱啦。"

在他的一声高喊下，同学们继续沿着操场跑道跑步，瞬间只留下沈时南和江桃两个人。

江桃看着越跑越远的同学，感觉自己也回到了大学时候："你的学生都还挺可爱。"

沈时南欣然接受她的评价："嗯，论漂亮他们不及你，论可爱，你可能要输。"

江桃也欣然接受他的看法："嗯，论年轻也不及他们。"

沈时南再次点头："但论有魅力，他们不及你。"

江桃终于轻声嗤笑："打住，论斗嘴，我永远也不及你。"

沈时南很享受和江桃这样的对话，正要继续开口，就看到迎面走过来一个人。

"贺校长，找我有事？"沈时南看到贺校长朝自己走来，有些意外。

贺校长却看着他和江桃，疑惑地皱了皱眉头，答非所问："小沈呀，你和江总？"

"我和江总……"沈时南一把拉住江桃的手，"就差办喜酒了。"

贺校长完全愣住："你们什么时候的事啊？我怎么没听说？"

"感情这种事来时如洪水猛兽，不在乎时间长短。"沈时南说着深情地看向江桃，在贺校长面前又秀了一把恩爱。

江桃毕竟是言氏集团的总裁，在贺校长面前还是挣开了沈时南的手。

"贺校长，你找沈老师有事，我就先走了。"

"我其实是来找你的。"贺校长说完，尴尬地笑了笑，"不过现在没事了。"

贺校长朝他们点了点头，转身离开。

沈时南在他背后高喊："贺校长，我和江总办婚礼的时候，你记得要给我们封一个大红包啊。"

贺校长听到他的话，走得更快了。

"你有没有觉得今天贺校长怪怪的？"沈时南看着贺校长的背影，总觉得哪里不太对劲，和平时那个刻板严肃的老头好像挂不上钩。

江桃也同意他的看法："确实有点怪。"

后来沈时南才从别人那里意外知道那天贺校长来找江桃什么事。原来贺校长也听说江桃一直单身，他的儿子刚好从国外留学回来，就有意撮合他们，没想到被沈时南捷足先登了。

知道真相的沈时南，觉得平时和蔼的贺校长一点也不和蔼了。

等贺校长走后，沈时南才后知后觉地看向江桃。

"对了，还没问你，你怎么来了，想我了？"

江桃想到沈时南刚刚跑步的样子，正色地看着他："没什么，我就是想告诉你，心里有什么事别憋在心里，会憋坏的。你说出来，也许我可以帮你分担点。"

沈时南没想到江桃特意过来会对他说出这样的话，心下一喜："我真的没事。"

江桃原本想问他昨天到底是什么情况，但看他依旧没有想说的意思，她也不再问。但她一抬头，才发现他还在深情款款地看着自己。

"你用这种眼神看着我干吗？"

沈时南学着刚刚江桃认真的样子回答："没什么，我就是想告诉你，有个老婆关心，幸福极了。"

江桃对他的贫嘴没好气："假的。"

“早晚会是真的。”

“这么有信心？”

“不是信心，是梦想。”

江桃回办公室的路上，感觉心情有些雀跃。

她仔细回想了一下，自从认识沈时南，这段日子居然是她五年来最放松、最有幸福感的时候。

她不是那种没有恋爱过的小女孩，正因为知道什么是爱情，才知道它来的时候是什么样子。所以再次面对沈时南那样浓情蜜意的情话时，她居然笑了笑，对沈时南说：“那祝你早日实现你的梦想。”

说完她就离开了，身后的沈时南噙着微笑望着她的身影。

“遵命老婆，我会的。”

沈时南为了早日实现他的梦想，这两天连晚饭都做得特别好吃，势要从胃先征服她。

江桃假装不满地责怪：“你是想把我养胖到没有人要吗？”

沈时南得意地笑：“哪能呀，你怎么吃都不胖。”

江桃已经习惯了嘴上抹蜜的沈时南，知道说不赢他，便将话题转向了正事。

“对了，明天你外甥过生日，你说我们准备送个什么礼物？”

“小西瓜？”沈时南反应过来江桃指的是谁。

“上次和你说过，我和傅家走得并不近，所以……”

“你不会不知道明天是小西瓜的生日吧？”沈时南的话还没说完，江桃难以置信地打断了他。

“确实不知道，我和傅家也很少往来。”沈时南说着笑了笑，“不过现在不同了，我认为我们有必要多联系感情。特别是我听说有些夫妻的感情特别好，特别值得我们学习。”

沈时南说完，想了想：“小西瓜的生日礼物嘛，那当然要好好选一选了。”

“那礼物就交给你了，刚好我这两天有点忙。”

沈时南保证：“放心吧，我绝对让小西瓜觉得礼物高端大气上档次，人还满意。”

可是等江桃看到沈时南给小西瓜挑选的礼物时，却哭笑不得：“你这是不是小气了点？”

“他什么都不缺，”沈时南拿着手里的乐高积木很满意，“我觉得这个挺好的，他一定会喜欢的。何况，我现在要存着钱真的娶老婆了。”

江桃想起以前自己送给小西瓜的名贵限量版礼物，祈祷小西瓜看到这个的时候不要发少爷脾气。

事实上，小西瓜天生喜欢这个远房舅舅。第二天，沈时南和江桃一进他们家的门，小西瓜就飞奔朝他扑来。

“舅舅，舅舅，你来了！我还以为你不会来。”

沈时南将手里的礼物递给小西瓜：“你过生日，我怎么会不来。来，这是舅舅和舅妈送给你的礼物。”

小西瓜接都没接，依旧紧紧地搂着沈时南的脖子。

“不用不用，你不用给我买礼物，你能看我就是我最好的礼物。”

沈时南听完，抛给江桃一个嘚瑟的眼神。

身后的言夏打趣：“小西瓜，这就是你不对了。你舅舅可是你桃子阿姨的，你不能抢哦。”

小西瓜反对：“妈妈你说错了，不是桃子阿姨，是桃子舅妈。”惹得众人哈哈大笑。

沈时南揉了揉小西瓜的头发，他真是越来越喜欢这个小家伙了。

傅家是W市的名门大家，小西瓜又是傅老太爷子最疼爱的心肝宝贝，所以他的生日宴会在傅家老宅办得十分隆重。

傅墨森和言夏还没来得及和沈时南他们过多寒暄，就又去招呼其他客人了。

江桃因为工作，也有很多熟人来打招呼，便举着酒杯走了过去。

沈时南懒得应付，正好趁机对小西瓜笑了笑：“既然你这么喜欢舅舅，那你想不想和舅舅一起玩积木？”

小西瓜重重点头：“嗯！”

于是，过生日的主角在一片因他而热闹的欢声笑语中，去他的房间里玩积木了。

沈时南给小西瓜买的是一个变形金刚的积木，两人玩到一半时，房门被推开了。

“你怎么躲到这儿来了？”傅墨森原本是来找小西瓜的，却发现沈时南也在。

“我和你儿子培养感情。”沈时南手上没停下。

傅墨森一把抱过小西瓜：“这是我儿子，想培养感情自己生一个去。”

小西瓜：“……”

傅墨森突然的行为，让沈时南扯嘴一笑。

他顿时想到了小时候。

说起来，沈家和傅家原本就只是远房亲戚，加上行业不同，两家人走得并不近。从小到大，他们这对远房表兄弟也只是在逢年过节的时候见过几次面。沈时南记得有一年，家里某个长辈过世，两人就因为一件玩具这样抢过。

沈时南也知道，傅墨森故意这样说，也是想勾起点他们之间少有的回忆。

毕竟两个人也没那么熟，气氛多少还是有点尴尬。

“那天谢谢你。”沈时南想起那天在酒吧，要不是傅墨森突然出现，事情可能难以收拾。

“客气了。”傅墨森松开小西瓜让他自己继续玩，和沈时南来到了阳台，“你明知道那里有我的股份，怎么不报我的名字？”

沈时南掏了一根烟递给傅墨森，自己也点上了一根，一边打火一边回答：“你知道我这人一向不喜欢麻烦别人。”

傅墨森也点上了烟，自己是白问。

“你和桃子真在一起了？”

沈时南吐了一口烟，重重地回答：“我希望。”

“桃子人不错，你小子眼光毒。”傅墨森也吐了一口烟，“但是我听说，你两年前订过婚了。”

可能是没想到傅墨森会提到这个，沈时南望向了窗外，声音有点淡：“已经过去了。”

“但是人家并没有同意解除婚约，”傅墨森说着，拍了拍沈时南的肩膀，“桃子是一个好姑娘，你要是对桃子是认真的，有些事还是要处理好。”

沈时南低头抽烟，没有说话。

傅墨森掐灭了烟，表情有些严肃：“我听说慕成鹤回来了，她是不是也回来了？”

“我不知道，”沈时南的神情也严肃起来，“也和我没什么关系。”

“时南，我不知道你有什么打算，但是我想和你说的是，有什么需要尽管开口。”傅墨森再次拍了拍沈时南的肩膀，“慕成鹤这次从美国回来，联系了很多以前昌茂集团的合作方企图拉拢，胃口很大。今天的他，不容小觑。”

沈时南听完他的话，只是静静地掐灭了烟，说了两个字：“谢了。”

见沈时南没有继续深聊的意思，傅墨森没有再说下去。此时小西瓜突然跑过来，再次扑到沈时南的怀里。

“舅舅，吃蛋糕了，快来！”说完，小西瓜拉着他的手往大厅走去。

沈时南原本沉郁的神色忽然就变得高兴起来，他一把抱起小西瓜：“好的，我要小西瓜给我切一块最大的。”

傅墨森在身后喊：“没看见爸爸吗？你怎么不喊我？”

小西瓜头也不回：“你有腿，你自己会走嘛。”

傅墨森：“……”

他是不是养了一只白眼狼？

小西瓜刚到大厅里，就被傅爷爷抱去唱生日歌了。沈时南看到傅老爷子的时候向他问好，他看到沈时南也有些惊喜。不过还没来得及寒暄，他们就被小西瓜闹着吃蛋糕错过了。

沈时南回到江桃身边，江桃一看到就着急问他：“你去哪儿了？我找了你好一会儿，没看到人影。”

“一会儿没看到我，就这么想我？”沈时南说着，趁机搂住了江桃的肩膀。

当着言夏的面，江桃没有挣开，反而笑得灿烂：“是呢，老公，我想你想得不得了。”

言夏看着他们恩爱的样子，比自己结婚还高兴：“你看你们在一起多般配，我真为你们感到幸福。”

沈时南点头：“有这么好的媳妇，我也为自己感到幸福。”

“你还没说你进门后去哪儿了？”

“和小西瓜玩去了。”沈时南深情款款地看着江桃，“小西瓜说，他想要一个小弟弟。”

江桃：“……”

江桃挣开沈时南，喊住被人叫走的言夏：“言夏听到了吗？你儿子想要一个小弟弟。”

沈时南却用力将她搂得更紧，他勾着好看的嘴角笑着说：“小西瓜的原话是‘舅舅，你什么时候和桃子舅妈给我生一个小弟弟’？”

因为身高，江桃刚好到沈时南的下巴。沈时南低头说话的气息薄薄地打在江桃的脸上，她感到脸上酥酥麻麻的，心上也有点酥酥麻麻的。

不知道是不是因为喝了些酒，江桃被沈时南一拉，反倒不挣了。她仰起脸看着沈时南说：“下次小西瓜再问的话，你就告诉他，别让他着急。”

两个近在咫尺的人凝视着彼此，沈时南感到胸中的一团火像燃烧了起来。特别是看到眼前的江桃粉红的嘴唇，一张一翕，像一颗熟透的樱桃，特别想咬一口。

就在这情绪莫名升华时，灯光忽然熄灭，生日歌的音乐骤然响了起来。

所有人都围着小西瓜和他眼前的蜡烛唱生日歌，只有沈时南和江桃这边，借着黑暗，两颗心紧紧地一起跳动。

沈时南终于低头吻住了那颗粉红的樱桃，江桃只觉得当沈时南的嘴唇碰到自己的时候，整个人如同被电击了一般，一股电流横穿身体，让她有些晕眩。

灯光再次亮起来的时候，江桃意识到两个人太过亲密，一把挣开了沈时南。

沈时南依旧深情地盯着她，笑得幸福：“怎么，你嫌弃我的接吻技术不好？”

江桃急忙端起旁边的一杯酒喝了一口，掩盖自己的慌乱：“确实不怎么样。”

沈时南保持微笑：“看来我要多找你练习练习才行了。”

江桃努力让自己镇定下来，挑衅地看着沈时南：“随时奉陪。”

“那……”

“舅舅，快来吃蛋糕！”沈时南还要再说些什么，被突然冲过来的小西瓜拉去吃蛋糕了。

江桃看着沈时南的身影，再次喝了一大口酒，才让自己慌乱的心情平复一些。

一转身，看到傅墨森刚和人聊完正要往旁边走，江桃像想起了什么，朝他走去。

“傅先生，有时间吗，可不可以单独聊聊？”

傅墨森看了看再次被小西瓜拉着玩的沈时南，将江桃带去了他的书房。

江桃开门见山：“傅先生，听说沈时南是你远房一个姨妈的儿子？”

傅墨森像猜中了什么，勾了勾嘴：“怎么，对他有兴趣了？”

没等江桃回答，傅墨森的神情又有些凝重：“桃子，一直没有机会和你说声对不起，我也没有想到冯东会变成这样，他对你的伤害……”

江桃打断了傅墨森：“傅先生，我们今天不提他。”

傅墨森点了点头，话题重新回到了沈时南身上：“对，他是我妈妈表妹的孩子。其实我们家一直和沈家走得不近，我对他了解得不多，但是有一点，我觉得你也应该知道。”

江桃安静地望着傅墨森，没有打断的意思。

“其实沈家也是做生意的，他们以塑料化工为主业务，说起来以前的资产并不比我们傅家差，只不过他们一家人性格比较低调，不爱张扬。”

这个信息倒让江桃愣了愣：“也在W市？”

傅墨森点头：“你在想为什么你从来没有听过对吧？他们低调是一方面，另一方面，一年多前，他们的公司出现了问题。准确地说，是他们家庭和公司出现了重大的变故。”

谈到这里，傅墨森的神情也严肃起来："具体的事情我不太清楚，只知道沈时南的父亲被多年的合作伙伴陷害，因为承受不了巨大的压力，加上他身体本来就有心脏病，一气之下……"

傅墨森说到这里，给自己倒了一杯酒，见江桃神色平静，没有打断自己的意思，又继续说："后来，他们的公司便被侵吞了。那时候沈时南二十五岁，他从一个富家公子一夜之间变得一无所有，但是他没有一蹶不振。你不要看他表面有些颓废，其实都在心里装着。我这个表弟，是一个有抱负的人。"

江桃大概明白了那晚沈时南在维多利亚饭店为什么控制不住要打人了。

"你知道侵吞他们公司的人叫什么吗？"听到这里，江桃才开口问第一个问题。

"如果你有兴趣，我可以帮你调查一下。"傅墨森犹豫了一下，还是没有直接告诉江桃慕成鹤的名字，毕竟有些事，他不方便直接告诉她。

"不，不用麻烦了。"江桃犹豫了一下，还是问出了心中的疑惑，"那他的妈妈呢？"

"他妈妈在他小时候就离开了，好像是得了什么病。"傅墨森看了江桃一眼，犹豫着说，"具体情况我也不太了解。还有一些事，我也不方便说，还是让他有机会亲口告诉你吧。"

"谢谢你，傅先生。"江桃感激地看了傅墨森一眼，"今天我们的谈话，还麻烦你不要告诉他。"

傅墨森点了点头："桃子，我们认识多年，我这个表弟，我看得出来他很喜欢你，你对他也不是没有感觉。如果你是因为忘不掉冯东才不敢答应，那你对不起的是自己。"

江桃没有想到傅墨森看出了她和沈时南现在是逢场作戏假装在一起，更没有想到傅墨森会对她说出这样的话，她一时有些不知道该说什么。

而她抬起头才发现，傅墨森说完已经走了出去。

江桃怔在原地，回味着傅墨森的话，脑海里闪现的是刚刚在大厅灯光暗下来时，沈时南紧紧吻住她的画面。

她早就知道，每次她因为沈时南而心跳加速的样子，都像爱情。

从小西瓜的生日宴会回来，江桃因为敬酒的人太多，居然喝醉了。

沈时南将江桃从出租车上抱回房间时，发现江桃正红着脸看着他。江桃迷离的眼神太好看，他看得舍不得移开眼睛。

“你想干吗？”江桃被他看得有些不好意思，有些害羞地说。

沈时南目不转睛，声音温柔：“我想看看谁家的媳妇这么好看。”

江桃发现自己的心跳又加速了，但她努力不让自己表现出来。

“要不你辞职吧，你看你的工作，连家宴这种场合都躲不过应酬，女人家这样太辛苦了。”见江桃不说话，沈时南给她倒了一杯水。

江桃没接他递过来的水，却凝视着他有些迷离的笑容：“辞职？辞职了，你养我？”

“对啊。怎么，难道这些日子你还没爱上我——”沈时南凑近江桃，故意停顿了一下，“的厨艺？”

江桃没有说话，她红扑扑的小脸加上迷离的眼神，让沈时南越看越觉得呼吸紧张，于是他把水杯放到她的床头便站直了身子。

“喝了水早点休息。”见江桃看着自己没有移开的眼神，沈时南又补充说，“我从来不乘人之危……但我怕再待下去，会控制不住自己。”

成功控制住自己的沈时南，第二天一起来就发现餐桌上摆好了热气腾腾的早餐。他再看了看系着围裙在厨房忙活的江桃，喜上眉梢。

可他还没来得及说话，江桃就一边端过来两杯牛奶，一边对他说：“不用太激动，我只是怕某些人天天做饭太得意，让他感受一下什么叫真正的厨艺，好对自己有一个清楚的认识。”

沈时南吃着鲜美无比的汤面，却眉梢微挑：“江小姐，你是不是特别害怕自己对我心动？”

下一秒沈时南差点噎住，因为他没有想到江桃居然没有否认。

“是。”江桃说得随意，说完低头喝了一口牛奶。

沈时南急忙追问：“为什么呢？”

“我怕自己爱起来太狂野，你承受不了。”

沈时南：“……”

江桃越来越有我的范儿了。

还真是叫人……越来越喜欢啊。

沈时南这天只干了一件事，追着江桃说一句话：“你倒是狂野起来啊。”

可惜江桃只是过了一下嘴瘾，一点狂野的迹象都没有。

沈时南却没有失望，在他眼里，有进步就是一件好事。

好事上身的沈时南却没有太长时间的感动，坐在办公室的时候，他掏出手机看林邵给他发的信息。

那天看到慕成鹤重新回来时，他便一直托林邵帮忙盯着。

林邵在信息里说，慕成鹤这几天一直不断和人见面谈事。他查了查，这些人都是之前昌茂集团的合作方，似乎在密谋着什么大动作，这一点和傅墨森昨天告诉沈时南的情况一样。

沈时南当然知道慕成鹤消失了一年多，这次回来，事情绝对不简单。但他没有想到，慕成鹤一回来就单刀直入，目的那么明显，生怕别人不知道自己以前的所作所为就是为了得到昌茂集团。

想到慕成鹤这些年来在他们面前露出的善良嘴脸，沈时南的拳头下意识地握了起来。现在想起来，他的善良要多恶心就有多恶心。也许一开始，他就是抱着这个目的来接近沈时南的爸爸，想方设法成为公司的股东，甚至为了麻痹他们，甚至不惜撮合自己的女儿和沈时南订婚。

想到慕晚晚，沈时南的心里像被什么东西刺了一下。

如果她不是慕成鹤的女儿，他知道他和她不会是今天这样的结局。

可惜，这个世界不存在如果。

同教体育的程老师看到沈时南发呆，憨笑着走向他："南哥，听说你结婚了，教教我这个万年光棍怎么泡妞啊。"

这个程老师从沈时南进到W大，看到那么多人喜欢对沈时南暗送秋波、明送眉眼，就对他崇拜得不行，有事没事就来请教他招人喜欢的办法。

沈时南不忍心告诉他秘诀就在脸上，有一次送给他一面镜子以为他会明白。可惜直男如他，根本没有领悟。

今天再听到程老师这样说，沈时南连送他镜子的心情也没有了。

可能发觉沈时南今天的气场和平时不一样，程老师也没有继续开玩笑，尴尬地接过自己的话说："南哥，门口有人找你。"

程老师说完，有些讨好地对沈时南说："南哥，既然你已经结婚了，这个就让给我怎么样？这是我的菜。"

结果他的话还没说完，望向门口的沈时南就皱着眉头看着门口的女人："你怎么来了？"

"怎么，你们认识？"

意识到情况不妙的程老师还没有得到沈时南肯定的答案，就见那个漂亮的美女走进办公室，对他坚定地说："我是来履行我们的婚约的。"

听完她的话，程老师刚刚跳动的小心脏彻底无情地停止了。

失恋来得太快了，就像龙卷风啊。

说话间，慕晚晚已经越过程老师，站到了沈时南面前。她今天穿着一身白裙子，今年二十二岁的她，看上去却像一个十八岁的青春活力美少女，看得程老师鼻血差点喷出来。

慕晚晚说完，还对沈时南挤了挤眼睛，鬼马精灵的熟悉感，仿佛他们根本没有分别一年多，而是昨天还在一起一样。

沈时南知道慕晚晚会来找他，只是没想到会这么快，更没想到她会找来学校。不过他也知道，以她的性格，不管他躲到哪儿去，她总能找到他，所以他也没和她太见外。

“婚约？你怎么知道我已经结婚了？”沈时南决定装傻。

鬼马精灵的慕晚晚也不着急，她目不转睛地看着沈时南：“是吗？你已经和别的狐狸精结婚了？那我可以看看你们的婚戒吗？”

沈时南和江桃原本就只是嘴上说出来的假夫妻，哪来的婚戒，他下意识地将手缩了缩。

“不好意思，婚戒这么珍贵的东西可不能随便给别人看。”

“你连婚戒都没有，我看是骗我吧。可是你给我买的订婚戒指，我可一直戴着。”慕晚晚扬了扬手，得意地对沈时南挑了挑眉。

沈时南知道，和慕晚晚这样说话，吃亏的是自己，所以他眉眼一正：“晚晚，我们的婚约已经解除了。戒指扔不扔随便你，但我希望你不要再来打扰我的生活。”

“只要你没结婚，我就不会放弃。”慕晚晚挑衅地看着沈时南，不等沈时南说话，她突然眼神一低，语气一软，“小南哥哥，你和我爸爸的恩怨我不管，你想怎么对他，我都不会过问，你只要别让我看到，别让我知道就行。但是你……我很想你，我离不开你。”

“既然你知道我和你爸的事，就更应该知道我们不可能。”

“可是我爱你啊。”慕晚晚的语气愈加委屈起来，“是我爸对不起你，对不起沈伯伯，对不起你们整个沈家，所以当初你要解除婚约，我一句怨言都没有，我知道这是我罪有应得，谁让我是慕成鹤的女儿呢。可是，你知道我这一年多怎么过的吗？我想你，南哥，我不能没有你。”

沈时南没有想到慕晚晚突然打苦情牌，更没想到慕晚晚在说完话后突然扑倒在他怀里。

熟悉的拥抱让沈时南愣了愣。

“南哥，其实你也还喜欢我对不对？你敢说我们分开的这一年多，你没有想过我？”慕晚晚在沈时南的怀里抬起头，对他笑笑。

沈时南努力推开她：“现在说这些已经没用了，你到底想干吗？”

慕晚晚没有再朝沈时南扑过去，她站在原地，笑嘻嘻地看着沈时南说：“小南哥哥，我想重新追求你一次。”

沈时南：“……”

第八章
CHAPTER 8

你嫂子喜欢我

GUO | MING | XI

NAN | YOU

慕晚晚不知道，她的一句话提醒了沈时南一件事。

这天晚上，在总部开完会回到家的江桃一打开门，就看到沈时南站在一堆玫瑰花面前，甜蜜地看着她。

“这是要干什么？你要开花店？”

她的话刚说完，沈时南就从背后掏出一个盒子打开，一枚漂亮的戒指呈现在她面前。

“虽然我们对外宣称的结婚是假的，但有些东西，我觉得还是要按真的来办。”沈时南说着，对江桃举了举自己的左手，示意他手指上的戒指，“这是一对婚戒，我的已经戴上了。”

江桃看着盒子里漂亮的戒指，轻轻一笑：“按你的意思，我们还要办婚礼才更像真的。”

沈时南却低头从盒子里拿出戒指，一边给江桃戴上，一边说：“婚礼嘛，我想等到真的那天办。”

江桃也说不清为什么没有拒绝沈时南，她看着手上的戒指，满意地点了点头：“很漂亮，这样确实更像真的了。”

冯东自那天知道江桃和沈时南已经结婚之后，没有再来骚扰过她，她完全可以用此为借口让沈时南离开，可是她没有。

江桃知道，她对沈时南在不知不觉中有了不一样的感情，只是她不愿意承认。

和冯东的爱情让她更愿意相信，爱情这件事只能顺其自然，水到渠成。所以她愿意配合他的一切。

只是她没想到，在得到她的同意之后，沈时南会突然吻她。

经过在傅家老宅的亲吻，江桃虽然没有以前那么排斥，但还是推开了他。

“你干吗？”

沈时南露出回味无穷的笑意：“没什么，就是我有点迫不及待想现在就和你去领证，把这夫妻之名坐实了。”

“心急吃不了热豆腐。是你的，就跑不掉。”江桃说完，遗憾地看着沈时南身后的玫瑰花，“为了一场假的交换戒指，不觉得有点浪费？”

沈时南假装惋惜：“确实有点浪费，要不然我把这花瓣放到你床上，让你闻着这爱的味道睡觉？”

江桃盯着沈时南期待的眼神，大步踩过玫瑰花瓣朝房间走去：“谢谢，那样我会失眠的。”

沈时南在江桃的身影消失时，才将视线转移到自己的戒指上。

白天慕晚晚的出现，让沈时南有一种危机感。以他对这个天不怕地不怕的慕晚晚的了解，她从来说到做到，指不定又出什么幺蛾子。

当慕晚晚说完那句“我想重新追求你一次”时，沈时南在思考怎么办，让他没想到的是，慕晚晚说完那句话就转身离开了，只留给了他一个潇洒的背影。

可也是这个背影让沈时南觉得头大。

如果让沈时南用一句话来形容慕晚晚，只有一句话：“她就是一个妖精。”

慕晚晚小沈时南四岁，作为慕成鹤的掌上明珠，他把她宠坏了。因为沈家和慕家是世交，小时候她天天跟在沈时南屁股后面。可是她人小鬼大，什么坏事都敢干，这其中就包括十六岁的时候向沈时南表白。

当时沈时南揉了揉她的头发说：“别闹。”

“我没可闹，我的梦想就是嫁给你。”慕晚晚倔强地看着他。

说沈时南不喜欢慕晚晚是假的，两个人青梅竹马一起长大，慕晚晚又聪明又漂亮。两个孩子什么情况，两家大人更是心知肚明，就等合适的时候捅破这层窗户纸。慕晚晚更是费尽心思对沈时南示爱，而最后的结果是，他们在两家大人默许的见证下有了婚约。

沈时南也一直以为他会和慕晚晚结婚，直到慕成鹤陷害沈青山，将他的大半辈子心血全部侵吞。

想到慕成鹤，沈时南的拳头下意识地握了握。

林邵赶来霆皇的时候，推开包厢的门就激动地朝沈时南喊话。

“南哥，这么急着找我来什么好事？”

他的话还没说完，就发现沈时南面前已经空了几个瓶子。

“还在为慕成鹤的事发愁？”因为一直在帮沈时南调查慕成鹤，林邵以为是因为这件事，不禁叹了一口气，“南哥，这件事你不要想太多。慕成鹤当初做得滴水不漏，连警察都没有查出证据，不然沈叔叔也不会气得……”

“今天不聊这个。”沈时南喝了一口酒打断他，“慕晚晚回来了。”

听到慕晚晚的名字，林邵愣了愣：“她去找你了？”

说到这里，林邵又像想起了什么，朝沈时南笑笑：“南哥，你其实也还喜欢晚晚吧？晚晚也是真的爱你，为了和你在一起，她都要和慕成鹤断绝关系了，你……”

“你知不知道她在国外的情况？”沈时南再次打断他。

“知道啊。”林邵有些兴奋，“其实她偶尔会向我打听点你的消息，我一直没敢和你说。”

沈时南听完瞪了他一眼。

“她这一年多在美国，一直在求学。”林邵急忙说到正题，“准确地说，是心理学，主攻方向是创伤心理学。”

林邵说完，小心翼翼地看了一眼沈时南，没敢继续说下去。

果然，他看到沈时南的眼睛暗了一下。

听到这几个字，沈时南仿佛看到一年多前他和慕晚晚解除婚约那天。

那天在他说完话后，慕晚晚没有哭。她像知道事情会走到这一步一样，对他冷静地说："小南哥哥，我不管那件事是不是我爸爸做的，但现在你既然已经认定了是我爸爸，作为他的女儿，我知道现在我说什么都没有用。我给你时间冷静，也给你时间让你看清我对你的心。既然要分开，正好我可以趁这个时间来学习。你放心，等我回来，我就会更好地保护你的，小南哥哥。"

慕晚晚说得没错，在沈时南最艰难的一段时间里，确实是她一直陪在他身边。

虽然她年纪比他小，但那段时间，也确实是她在保护他。

只是沈时南没有想到，她说的学习会是学习这个。

"那是你告诉她和我江桃的事？"沈时南没有接林邵的话，冷冷地看他。

"没有没有，绝对没有。"林邵急忙摇头，"我说了，她只是偶尔和我打听你的消息，最近的一次都有半年了，我也不知道她现在的情况。怎么了南哥，她是不是还想和你结婚？"

提到这个，沈时南又皱起眉头喝了一口酒："你说怎么才能让晚晚彻底放弃？"

"那当然是和嫂子生米煮成熟饭啊。"沈时南和江桃没有真正在一起的事，沈时南在让林邵打听慕成鹤的事时，在他的询问下告诉了他。

沈时南说："以晚晚的性格，你也知道，你们没有真到那一步的话，她是不会轻易放弃的。而且她这次回来，显然是有准备的。"

"我有个好主意。"见沈时南的眉头没有舒展，林邵故作神秘地凑到沈时南耳边，"找个时间和嫂子多喝几杯，喝到不省人事……"

结果他的话还没说完，沈时南就一把推开他：“滚。”

“好了好了，我说正经的。”林邵也给自己倒了一杯酒，“你和嫂子假戏也做了这么久了，如果说当初你们是为了防止冯东那个人渣的骚扰，那现在嫂子大可以把你赶出她的家门了。可是她没有，你不想想为什么？”

沈时南像想到了什么，有点惊喜：“你是说，她也喜欢我？”

“不能说百分之百，但以我情场小王子的判断，也至少有百分之六七十了。”林邵和沈时南碰了碰杯子，“南哥，我觉得你和嫂子之间就差那么一丢丢了，加油！你可别落在我和清河后面啊。”

沈时南仰头喝了一口酒，心情舒畅多了：“其实我也有种感觉。”

“什么感觉？”

“你嫂子喜欢我。”

“你喜欢沈时南。”言夏看着江桃，声音异常坚定，“从坐在这个咖啡馆以后，你下意识地盯着你手上的戒指总共十五次。”

可能没有想到言夏突然这样说，江桃回过神来，有点尴尬：“别瞎说。”

言夏也不拆穿她，盯着她的戒指笑：“婚戒都送了？你们这是要假戏真做了？”

“没有，只是为了像真的一些。”

“哦，像真的一些？真给谁看？”言夏吸了一口果汁，有点恨铁不成钢，“桃子，我感觉你变了，以前的你可是敢爱敢恨的，现在怎么变得这么扭扭捏捏？你就不怕这么耗下去，把这个小鲜肉耗跑了？”

江桃看了一眼戒指，抿了抿嘴：“感情这种事，我觉得还是顺其自然的好。”

言夏露出老母亲般哀其不争的神情："唉，看来冯东这个人渣还真是把人伤得不轻。"

"你今天来不会就为了和我说这些吧？"早上江桃刚坐到办公室，言夏就打电话把她喊到旁边的咖啡馆里，按照惯例，只要言夏不是去公司找她，一般都不是公事。

"对啊，你忘了，再过一个多月就是你三十岁的生日了，我得赶在你三十岁之前把你嫁出去。"言夏大有皇上不急太监急的感觉。

"三十岁了。"江桃也没有想到时间过得这么快，这段时间太忙，她甚至都忘了自己的生日。

"怎么样，是不是也没有想到自己突然这么老了，是不是也很为自己的婚姻大事发愁啊？"言夏看着江桃发怔的样子，急忙又推销沈时南，"可能连你自己也没有察觉你早就喜欢上时南了吧？你现在要做的其实很简单，就是认清自己的感情，只要你不刻意封闭自己，我保证，你和沈时南的事立马水到渠成。"

在言夏滔滔不绝的声音中，江桃的脑海里又闪现沈时南那张脸。

从昨晚沈时南送给她戒指的那一刻起，她的脑海中就不时闪现这些天她和沈时南之间的点点滴滴。从他们第一次在学校器材室一起醒来，到现在他们莫名其妙住在一起，还成了冒牌的夫妻。

江桃也觉得她和沈时南之间有一种说不出来的缘分。

更重要的是，每次她和沈时南在一起时，内心的开心是油然而生的，是真实的，是那样让她享受的。虽然她在极力掩饰这份开心，但言夏说得对，她是有意封闭自己的。

可能也确实到了封闭不住自己的时间，在言夏说完后，江桃竟然有些情不自禁地失笑。

"也许按照你和傅墨森的形式，我和他一开始就算水到渠成了。"

"什么意思？我怎么听着，你们这里有故事啊？"

“你不知道吧，我和他也是在学校的器材室遇到的。”

“嗯，该不会？”言夏八卦的细胞已经跃跃欲试。

江桃有点尴尬地红了红脸：“对，也是喝醉，也是……”

当江桃说完她和沈时南在器材室的第一次相遇时，言夏瞪大了眼睛。

“你们这也太有缘分了吧。那还等什么，听我的，今晚回家就大胆点、主动点，化身性感小野猫……”言夏说着挑了挑眉。

言夏的话还没说完，江桃的手机突然来了信息。她点开一看，沈时南发来了一条语音。

在言夏好奇的注目下，江桃还是大方地点了播放，然后沈时南那故意压低嗓子带着磁性的声音就响了起来。

“亲爱的江总，今晚不去总部开会了吧？如果不去，晚上可否约你吃顿饭呢？”

听完沈时南的语音，言夏先笑了起来：“没看出来，沈时南在你面前原来是这个样子。你还不快回答人家。”

江桃在言夏说话时，手已经按在了语音键上：“好。”

对于江桃的这声好，言夏很是满意：“哟，终于按捺不住自己了。我等着你们的喜糖，不是忽悠人的那种。”

江桃听完言夏的补充，有点哭笑不得。感情她这假扮夫妻，搞得全天下都知道不是真的，真是白扮了。

不过言夏有一点说对了，她确实越来越按捺不住自己了。

听到江桃那声带着笑意的回答时，沈时南心情大好。

特别是他还收到了言夏一句“加油”的信息，估摸着刚刚江桃和言夏在一起，这两个字算是她这个“卧底”发来的捷报。

沈时南没敢承认，他有点害怕慕晚晚的那句“重新追求”。所以为了不让慕晚晚得逞，他决定早点和江桃生米煮成熟饭。

沈时南下班后提前到了和江桃约定的地方，因为他决定给江桃来一剂猛药，势必要把这假戏弄真了。

以他对江桃的了解，江桃不是那种喜欢大张旗鼓展示自己感情的人，她适合小火慢煮。而煮到如今，时机也差不多了。当然，要不是慕晚晚的出现，也许可以再多煮一会儿。

沈时南约江桃吃饭的地方，说起来很特别。不是什么米其林五星级餐厅，也不是家里，而是他们学校的器材室。

之所以定在这里，对于沈时南和江桃而言，当然都有特殊意义。

沈时南利用体育老师的身份开了小灶，让同学们帮他在这器材室里搬了桌椅，还准备了烛光晚餐。一听说是为了给他们的师娘制造浪漫，同学们积极得不得了，人多力量大，没过多久就准备好了。

等同学们都闪人离开，沈时南一个人看着眼前的浪漫氛围，居然觉得有点紧张。

昨天，他送给江桃戒指其实是做好了被拒绝的准备，结果她不但没拒绝，还夸了一句漂亮。当时他整个人像炸开的烟花一样，他说的是心里话，他确实想和她早点坐实了夫妻之实。

现在想想，他居然有点想感谢慕晚晚。

要不是她给了他一种危机感，可能他的进度条不会这么快。

沈时南看了看自己手上的戒指，他不知道江桃会是什么反应，但此刻，他脑海里又想起江桃那诱人的樱桃小嘴了。

沈时南下意识地舔了舔嘴巴，猜想一会儿江桃走进来会是什么反应。不过他没有想到，在约定的时间里，走进器材室的会是慕晚晚。

“小南哥哥！”慕晚晚几乎没等沈时南反应过来，就像一只小猫般朝他的怀里飞扑而去。

“你怎么来了？”沈时南没想到慕晚晚的动作这么快，已经避之不及。

“你的学生告诉我，你在这儿，我就来了。”慕晚晚看着沈时南眉眼藏笑，“在这里摆着烛光晚餐，不会是在等我吧？”不等沈时南回答，慕晚晚又补充说，“我记得我们确实一起吃过一顿浪漫的烛光晚餐，不过那是我为你准备的。你还说那是你人生中第一次吃，会铭记一生，小南哥哥，你是一直铭记着的吧？”

慕晚晚说得对，她确实在沈时南二十二岁生日的时候为他准备了一场盛大而浪漫的烛光晚餐。那是一家有名的餐厅，她财大气粗地包下了整个餐厅，整个餐厅里摆满了各种颜色的蜡烛。当时她只有十八岁，可她已经知道为喜欢的人制造浪漫。

想到这些，沈时南原本要说的狠话哽在喉咙。

“你还说以后也会这样为了我准备一次。我看择日不如撞日，今天这场就行。虽然环境嘛……”慕晚晚摇了摇头保持笑容，“我不介意，只要是和你在一起吃，我就满足了。”慕晚晚说着，已经拉起沈时南朝座位走去。

沈时南终于还是挣开了她。

“晚晚，我们已经解除婚约了。”沈时南的声音有点冷，“我现在已经结婚了，这里也是为我老婆准备的。你没事的话还是走吧，我不希望我老婆一会儿看到被他误会。”

沈时南说完，特意抬了抬他戴了戒指的手。

慕晚晚盯着沈时南的戒指笑了笑：“戒指很漂亮，小南哥哥，你的眼光越来越好了。不过呢……”

慕晚晚说着对他挑着眉：“你说没事让我走，那要是我有事呢？”

沈时南知道慕晚晚不好打发，不然可能会适得其反，只能顺着她来：“什么事？”

“当然是大事了。”慕晚晚拉着沈时南坐到椅子上，“小南哥哥，我爸让我来告诉你，他已经和以前昌茂集团的合作方达成了协议，会重振昌茂集团。他希望你能回去接替沈叔叔，继续执掌昌茂。

他知道你肯定不愿意见他，所以让我来。他就是想让你知道，你误会他了，他没有陷害沈叔……”

“够了！”提到昌茂集团和慕成鹤，沈时南终于没办法再继续冷静下来，“晚晚，这些事既然你从一开始就不知道，现在最好也不要插手。你要是想我以后还愿意见你，最好不要再说下去。”

可能没想到沈时南会发这么大的脾气，慕晚晚张了张嘴，笑意渐失：“小南哥哥，你怎么样才肯和我回到以前那样，是不是我和我爸爸断绝关系就行？那我就去和我爸爸断绝关系。”

“晚晚，你也说了，我们的事都是以前的，都过去了。我希望你也能有自己的生活。”沈时南的语气没有半点感情，“你和慕成鹤想怎么样，我管不着。只是我希望你明白，我现在有自己的生活，请你不要再来打扰我。”

“可是我想和你回到过去。”慕晚晚一把抱住沈时南，“小南哥哥，你知道的，为了你，我愿意做任何事。”

沈时南转身想挣开她，也是这转身的一瞬间，他顿时觉得头大，因为他发现江桃不知道什么时候正站在门口看着他们。

“江桃，你听我……”

“你这么对我老公动手动脚，不太好吧？”沈时南的话还没说完，江桃就悠然地走进了器材室，打断了他。

沈时南：“……”

老公？这是什么情况？

沈时南一脸惊讶地看着江桃，还以为她会生气地转头就走。

慕晚晚看到江桃，松开了沈时南，一脸敌意地看着她：“你就是江桃？”

“你就是慕晚晚？”江桃没有回避慕晚晚的眼神。

听到她们准确地叫出了对方的名字，沈时南愣了愣。

看来这两位都做了功课。

等等，江桃什么时候做的功课？慕晚晚会知道江桃，他不意外。江桃怎么会知道有个慕晚晚？

慕晚晚上下打量了一眼江桃，最终视线停留在江桃的戒指上。

像挑衅一般，江桃特意抬了抬手，似乎想要她看清自己戒指上大大的钻石。

“我该怎么称呼你呢？江阿姨？我看你也有三十岁了吧，还勾搭小南哥哥，你不觉得害臊？”

“晚晚！”沈时南沉下脸正要说她，却见江桃摆了摆手，保持微笑看着她，“对呀，我不仅勾搭，还勾搭结婚了，你嫉妒？”

江桃说完，又抬手摸了摸手上的戒指。

江桃的这一反应，让沈时南愣了愣。

这还是他认识的江总裁吗？怎么这么让人喜欢呢？

“我有什么好嫉妒的。要说嫉妒，也是江阿姨你吧。江阿姨难道不知道，我和小南哥哥在三年前就订了婚？”慕晚晚说着，也抬手摸了摸手上的戒指，“这戒指上还刻着我和小南哥哥的名字呢。”

沈时南：“……”

慕晚晚，我今晚的求婚可要被你毁了。

沈时南正要开口，却听到江桃笑了笑。

“被解除的婚约也值得拿出来说？你要是喜欢这种不算数的婚戒，我改天送你几个，你想刻什么名字都可以。”

可能是“解除”两个字戳到了慕晚晚的痛处，她咬了咬嘴唇。

可她还没有来得及开口，就听到江桃笑着说：“你要收集这种戒指，可能要去别的地方了。今天是我和我老公在一起一百天，他特意准备了烛光晚餐庆祝。你是想站在这儿看着我们吃吗？还是说，你是我老公请来帮忙当服务员的？”

慕晚晚被怼得完全说不出话了：“你……谁是你们的服务员！”

说完，她不甘地看向沈时南，然后盯着他手上的戒指，自己也蒙了：“你们真的已经结婚了？”

“结婚证就不给你看了，毕竟没有这个义务。”江桃抢在沈时南前面开口，还学着当初沈时南说的话，勾了勾嘴角，“最主要的是怕你受刺激，万一你有什么意外，我可负不起这责任。”

慕晚晚一时有点发晕，她从林邵那里套路出来他们明明是假结婚的啊。

现在到底是什么情况？

沈时南看着江桃云淡风轻就把慕晚晚逼急的样子，什么叫强中还有强中手，他算是彻底见识到了。

慕晚晚显然没有想到江桃这么强势，她顿时凌乱了，特别是看到沈时南一脸宠溺地看着江桃时，她来时的信誓旦旦全部被冲毁了。

“小南哥哥，我不信，我不信你真的这么绝情，我不信你一点都不爱我了！”

慕晚晚说完，再也没办法在这里待下去，转身而逃。

不知道是不是因为看到一向都是把别人捉弄到手足无措的慕晚晚第一次这么狼狈地离开，沈时南怔在原地，直到看着她的身影消失都还没有回过神来。

“怎么，我把你的未婚妻赶跑，你心疼了？”沈时南闻声回过头来，发现江桃已经坐在椅子上，正抬头静静地看向他。她平静的眼神，好像刚刚那个怼神不是她一样。

沈时南走向她，却只是笑笑。

“你笑什么？”

“你喜欢我。”沈时南勾起嘴角，“不然你不会调查我的过去。”

江桃没承认，也没有反驳：“你还没回答我的问题。”

“我不是心疼，只是第一次看到有人能让晚晚这么招架不住。”沈时南的声音含着笑意，“你还真是令我刮目相看。”

“晚晚，叫得这么亲切。”江桃依旧坐在椅子上静静地看着他，“所以你不准备对我解释解释这个晚晚是什么情况？”

沈时南也不着急：“你没调查清楚？”

“调查清楚了。你和人家订了婚，准备结婚了。所以我们的假扮游戏，正式结束。”江桃说完从椅子上站起来，准备离开。

江桃确实调查了一下沈时南的过去，不过不是为了特意调查慕晚晚。

在小西瓜生日那晚和傅墨森聊完的第二天，她就托人打听了一下昌茂集团，一来她想看看沈时南那天打的究竟是什么人，二来在傅墨森说完之后，她确实对沈时南的过去有点兴趣。

她查到了慕成鹤，自然也就查到了慕晚晚。

事实上，也就是在知道慕晚晚的时候，江桃才准确地知道她心里喜欢沈时南。因为听到他和慕晚晚订过婚的消息时，她明显感到心里某个地方痛了一下。

她知道自己在乎他。

刚刚进门时，江桃看到慕晚晚扑在沈时南的怀里，她其实并没有底气说那些话。

可是她却说了。

因为从沈时南告诉她晚上在学校的器材室请她吃饭时，她心里那股甜蜜就按捺不住地变成了彩虹泡泡，从心里到身体都被占满。

她知道在这个他们初次相遇的地方吃饭意味着什么，就是知道这种意味，她刚刚才有底气那样说慕晚晚。

果然，当她转身的时候，沈时南一把抓住了她，并顺手把她拉到了自己的怀里。

“我和她确实订过婚，可那都是过去了。”沈时南低头深情凝视着江桃，他的声音带着一种强烈的暧昧，“现在我喜欢的、我在乎的人，是你。”

江桃抬头望着沈时南，他的气息就扑在她的脸上，让她的脸上痒痒的，她没有躲避，却面露不悦：“这就想糊弄我？”

“其实我一直想找一个合适的机会和你说，但这些过去的事我又觉得没有意义，所以拖到了现在。”沈时南将她搂得更紧，“我怎么会糊弄你，我想疼你还来不及。”

江桃心里一甜，却还是挣开了他。然后她有些不好意思地环视着周围，最后目光停在了当初他们“睡”在一起的地方，她看向他：“为什么选在这里吃饭？”

“你不觉得这里特别有纪念意义？”沈时南一边说着，一边拉她坐下，“这里发生过什么，你不会不记得了吧？”

“所以你是想再和我发生一次？”江桃说完话，脸上爬上一抹浅浅的红晕。

从江桃走进来，沈时南就觉得今天的她和平时有些不同，但他就是说不上来到底哪里不同。现在他终于知道了，她好像更放得开了。

“不想，我不想和你发生一次，我想天天和你发生。”沈时南恨不得现在就和江桃重复一次他们第一次认识的状态。

江桃迎着他的目光：“天天发生呀？那要合法才行。”

江桃没想到她的话音刚落，沈时南居然真的从口袋里掏出了户口本。

“自从认识你那天，我就天天把户口本带在身上，就等你一句话，随时随地。”

看着沈时南的户口本，江桃嘴角一笑：“你准备得倒挺齐全。”

“不光如此，你结婚证的四块五，我也请了。”沈时南朝江桃又走近了一步。

江桃坐在椅子上，一动不动地看着朝她逼近的沈时南，她的呼吸有点急促，努力保持着声音的平稳："你倒是挺大方的。"

沈时南走到了江桃的跟前，缓缓地弯下腰去，嘴角上扬："对老婆小气的男人一般没有好下场。"

说完，他像再也克制不住一样，突然低下头去紧紧地吻住了江桃。

江桃不是没有接过吻，但是整个人完全怔住的情况却是第一次。她享受着沈时南有些霸道又很柔软的嘴唇，呼吸开始越来越急促，更重要的是，她并没有因此挣开，反倒迎着他的吻吻了上去。

像是得到了回应，沈时南直接将江桃从椅子上抱了起来，吻着她的嘴巴也更加强烈。

不知过了多久，江桃觉得时间很漫长，漫长到她以为已经和沈时南吻着过完了一生。

沈时南松开她，他将额头抵在她的额头上，看着她迷乱的眼神和红透的脸颊，他粗喘着气，一边像小鸡啄米一样吻她，一边问："老实交代，你是不是早就迫不及待了？"

江桃嘴硬，对着他的嘴巴同样小鸡啄米："才没有。"

"那是什么时候克制不住自己的？"沈时南捧起她的脸。

"知道你和别人订过婚的时候。"江桃一边说，一边反身将他抵到身后的墙上。

"那你自制力还真是好，忍到现在才就范。"沈时南一边说，一边企图反过身来将江桃抵在墙上。

江桃顺了他的意，在被抵到墙上的同时，双脚跳起来夹住了他的腰，她的吻依旧没有停止："我说过，我爱起来很狂野，怕你受不了。"

“我倒是想看看你是怎么个让我受不了……”

沈时南的话还没说完，就怔了一下，因为他感到江桃的吻再次迎上来，他迫不及待地吻住了她。

GUO | MING | XI

第九章

CHAPTER 9

我爱起来很狂野

NAN | YOU

沈时南和江桃从器材室出来的时候，已是午夜。江桃坐在沈时南的摩托车后，紧紧地搂着他的腰，她将脸埋在他的背上，嘴角挂着幸福的笑容。

沈时南一只手骑车，另一只手紧紧地握着江桃搂在自己腰间的手："恭喜你，你现在可以对我负责了。"

江桃知道他指的是他们第一次在器材室醒来说的话，像一只小猫一样脸在他的背部蹭了蹭。

"等你把器材室收拾干净了再说。"想起刚刚器材室的一片狼藉，江桃的脸又红了。

"行，器材室我来收拾，家里你来收拾。"

"家里？"江桃像想起了什么，"你还没够？"

"刚刚见识的是你的狂野，我的狂野你可还没有见到呢。"沈时南说着脚踩油门，摩托车的速度更快了。

贺校长这两天很是头疼，学校里要举办跑步比赛，结果体育老师沈时南找不到人了。假没请就算了，他的电话还打不通。

遇到同样情况的，还有言氏集团的员工，特别是驻校办公的程秘书。多少会议、多少合同等着他们的江总裁来开、来签字执行，结果江桃整个人像突然消失了一般，微信不回，电话打不通。

在程秘书急得就差报警，却还是先找到言董事长汇报一下这个情况之后，他们的言董事长却像知道什么一样，居然笑着叫她不要着急。

程秘书挂掉电话后更加焦虑了：不要着急？都要火烧眉毛了，怎么能不着急呢？

与火烧眉毛的程秘书不同，此时的江桃正慢悠悠地欣赏着眼前的“睡美男”。

阳光洒在床上，江桃侧着身子，一只手支起下巴看着还在熟睡的沈时南，他的睫毛特别长，眉毛很黑。不知道为什么，她的嘴角下意识地爬上了一抹微笑。

就在这时，沈时南动了动，江桃像做坏事被发现的孩子一样，急忙放下手躺下装睡，却还是被沈时南搂进了怀里。

“还要看多久？”沈时南亲吻着江桃的头发，“是不是第一次看到这么帅的男人？”

江桃握住他的手，有点不好意思：“你没睡着啊？”

“睡着了，我感觉一双温柔如水的眼睛在看着我，就醒了。”

江桃害羞得不敢说话。

“我终于抱得美人归了，真像做梦一样。”沈时南看着江桃，“让我看清楚点，到底是不是在做梦。”

江桃的脸发烫：“我也感觉像做梦一样。”

“是不是后悔没有早点对我投怀送抱？”沈时南亲了一下江桃，“没事，现在还有时间弥补。”

沈时南说完又亲了一下，眼看着沈时南亲完嘴巴亲向脖子，江桃有点招架不住：“你们年轻人都这么不知疲倦吗？”

“年轻身体好。”沈时南的眼里全是魅惑。

江桃用手挡在了他的嘴巴上：“那就留着精力先办正事。”

“嗯？正事？这还不是正事？”

当沈时南被江桃挽着胳膊出现在冯东面前时，才明白她指的正事是什么。

咖啡馆里，特意打扮过的冯东激动地看着江桃。直到看到她身边的沈时南时，他脸色就难看了。

“桃子，你来了。”冯东假装没有看到沈时南，讨好般地看着江桃笑了笑，“快坐，我点了你最爱喝的卡布奇诺。”

“不用麻烦了。”江桃对他挥了挥手，也没有坐下的意思，“今天我主动约你来，只是为了和你做一个正式的道别。”

“桃子……”

“你听我说完。”江桃打断冯东，“我承认我爱过你，你是我的初恋，是第一个让我知道什么是爱情的男人。这五年来，我也因为你的不告而别怨恨过。甚至还一直在想你一定是遇到了什么难处，所以我一直在等你，我想等你给我一个解释，可是后来我才知道，是我太天真了。”

“桃子，我……”

“你先听我说。”江桃再次打断冯东，“如果说以前我还对你抱有一点点幻想的话，那么现在彻底没有了，你从我这里彻底地消失了。”

江桃摸了摸她的胸口，接着说：“今天之所以对你说这些，是我不像五年前你对我那样，连一个理由都没有，说句分手就消失不见。我们之间彻底结束了，我现在已经有了新的生活，也希望你早点有自己的生活。以后，我们就再也没有任何关系，我不会像重新见到你那天那样质问你，希望你也不要再来纠缠我。”

江桃说完，深情地看了沈时南一眼，自始至终没有说一句话的沈时南回以温柔的目光。

这个场景，他觉得自己应该再说点什么，但听完江桃的话，他还是没有张开嘴，因为此刻的江桃在他眼里帅呆了。

冯东咬了咬牙，眉头紧皱，声音却很低：“桃子，那天我喝醉了，和一个朋友胡说八道。我向你道歉，真的。”

“不必了。”江桃说着，对冯东举起了一直握着的沈时南的手，一对漂亮的戒指异常晃眼，“我已经结婚了。再说，你不欠我什么，其实我们之间的一切本来就在五年前你离开的时候就结束了。拖到现在才正式结束，是我该向你道歉。”

江桃说着，没有再给冯东说话的机会，拉着沈时南准备离开，大有一句话也不想再和冯东交流的意思。

冯东见势急忙冲了出来，伸手拉住了江桃的胳膊：“桃子，你再给我一次机会，我……”

“把你的脏手松开。”一直没有说话的沈时南眼疾手快地打掉了冯东的手，“我老婆的胳膊只有我可以拉。”

冯东没有在意沈时南的话，继续看向江桃：“桃子，你不知道这些日子我是怎么熬过来的，我真的很想你。”

“当着我的面想我老婆，是不是太不给我面子了？”沈时南一把拉过冯东，将他按在了桌子上，他没有想到沈时南突然来这一手，正面朝上地被沈时南这样俯身按住，从下往上看去，大有桌咚的样子。

“你……你想干什么？”

“没什么，我就是警告你，下次再让我看到你纠缠我老婆，我就拉一个壮汉这样将你压在桌子上。”

说完，沈时南赶在服务员跑过来前，帅气地松开了冯东，拉起江桃的手走了出去。

沈时南还沉浸在刚刚江桃和冯东漂亮地断绝关系的场景中，还没有走出咖啡馆，他就忍不住赞美：“老婆，你刚刚的样子帅爆了。”

江桃一把挽住他的胳膊，突然有几分不好意思：“我说过我真的爱一个人的时候很狂野。爱一个人，就会全心全意；不爱一个人的时候，也会忘得干干净净。还有，你刚刚的样子也不赖。”

“多谢老婆夸奖，不过，相信你也看到了，我爱起来，可不仅是狂野哟。”

听了他的话，江桃的脸上发烫：“你讨厌呀。”

沈时南这两天心情太好，以至于贺校长让他来操办学校的跑步赛事时，他一改以往能推就推的态度，欣然答应了。

贺校长看着像变了一个人的沈时南，深深地为自己的儿子感到惋惜。

——儿子，就是这个人把你媳妇抢走啦！你看看他现在多幸福，怎么办，你也打不过他。

跑步赛事是W大的一项传统，每年都会举办一次。说是强身健体，不如说是促进各个专业的同学之间的交流。

因为W大操办这些早已有一套成熟的方案，沈时南真正做起来才发现，事情比他想象的还要简单一些。很多事交给学生会来操作就好，他来监督一下就行。

按照往年的惯例，沈时南和学生会的同学们开了个会之后，就去操场了。

沈时南远远地就看到了慕晚晚。

二十二岁的慕晚晚，穿着一身粉色裙子，她的头发微鬈，比真实年纪看上去还要再年轻几岁。想到在她十七岁的时候他就夺去了她的初吻，他一时有点罪恶感。

沈时南之所以主动约慕晚晚，是他觉得江桃给他做了一个好榜样。

和冯东看到江桃的反应一样，慕晚晚看到沈时南走过来时也很激动，她甚至就差直接扑倒在沈时南的怀里。

“小南哥哥，你来了！”慕晚晚看着沈时南，眼睛里藏不住喜悦，因为身高，她抬起头笑着的样子在沈时南眼里就像一只活泼的兔子。

“嗯，等很久了吧？”

“没有，我刚到没多久，刚刚还转了一圈。我仔细看了一下才发现，这个学校的环境还真是不错啊，我都想过来应聘老师了。小南哥哥，你真会选地方。”

“晚晚，今天找你过来呢……”沈时南说着点了一根烟，直奔主题，“也是觉得从你回来，我们还没有好好聊过。”

“我就知道小南哥哥不会对我那么狠心的。”慕晚晚说着，真的就朝沈时南扑了过去，不过沈时南挥了挥手，挡住了她。

“我今天和你聊的呢，确实是我们之间的事。”沈时南吐了一口烟，“你先听我说好吗？”

“嗯，小南哥哥你说。”慕晚晚一秒钟变得乖巧。

沈时南仔细回忆着江桃当时对冯东说的话，咳了一声说：“今天我主动约你来，只是为了想和你做一个正式的道别。我承认我爱过你，你是我的初恋，是第一个让我知道什么是爱情的女人。我们从小一起长大，我知道你是一个好女孩。能够和你共同走过一段路，我很高兴。但是，我们已经结束了。现在的我，有了自己的生活，也希望你早点有自己的生活。你……”

“嗯，小南哥哥。我知道，所以我祝你和嫂子幸福长久。”慕晚晚依旧保持着微笑，她轻轻地打断沈时南说，“这几天我深刻反思了一下，确实是我太幼稚了。我们之间的婚约在两年前就已经解除了。我不该那么对你说，小南哥哥，希望你不要怪我。”

沈时南：“……”

这怎么和他想象的情况不太一样：慕晚晚这么好说话？

“你真的这么想的？”

“对啊，我真的深刻反思了。所以小南哥哥，你也不要讨厌我好不好？虽然我们解除了婚约，但我们还是朋友，对吗？是朋友的话，我就可以像从前那样找你玩了，是不是？”

听完慕晚晚的话，沈时南才明白过来了。

他就知道慕晚晚没那么好打发，现在她连迂回战术都用上了。她这样说，让他赶都不好赶。他揉了揉她的头发：“晚晚，我们当然是朋友。不过呢，你嫂子是一个醋坛子，以后咱们还是不要见面的好。”

沈时南说完转身就要走，却被慕晚晚追上去，重新站到了他的面前。

“小南哥哥，放心，嫂子深明大义，绝对不会这么小气的。”慕晚晚说着，反倒是拉起沈时南的手朝前走，“最主要的是，咱们不见面还真不行。因为从今天起，我是咱们学校跑步赛事的心理咨询医生。”

“什么？”听到慕晚晚的话，沈时南不淡定了，“什么跑步赛事的心理咨询医生，我怎么不知道设置了这个职位？”

慕晚晚却只是用调皮的吐舌对沈时南作了回应。

沈时南这时候才明白，贺校长怎么会把这个任务交给他。

这丫头从小就有这种忽悠人的能耐，看来一切她早就计划好了。

“快点走吧，小南哥哥，刚刚贺校长还催我，说同学们还等着我咨询呢。”

“慕晚晚，你就算想到我们学校找点事，也拜托你做做功课好吗？这种跑步赛事还需要什么心理咨询医生？你这不是多此一举吗？”

当沈时南亲眼看到排成一条长龙的队伍在慕晚晚的临时办公室前时，他才发现自己彻底被打脸了。

整个队伍，清一色的男同学，全部规矩地排队，翘首以盼地等着新来的赛事心理咨询医生。

这么多人，真的忙坏了负责此次赛事的学生会同学们。

往年的跑步赛事，在学校确定之后，往往需要学生会的成员去联系各系各班的负责人。可是今年，在学校的官网一下通知之后，大家踏破了学生会办公室的大门，填好报名表就冲向了赛事心理咨询医生的办公室大门。

学生会会长乔梁一向喜欢沈时南，还以为这是因为今年的负责人沈时南的魅力大，对沈时南更加崇拜了。直到他在官网上看到了赛事心理咨询医生的照片，他也填好了报名表，排起了队。

沈时南看着从大一到大四的男同学，有眼熟的，有不怎么认识的，还有一些经常敢和他开玩笑的，分明是醉翁之意不在酒。

沈时南走向一个男同学，朝他屁股上踢了一脚。

“李木胜，你小子的肌肉都可以参加健美先生了，结实得像一头牛一样，你跑来这儿咨询什么？”

李木胜对他嬉笑：“嘿嘿，南哥，我的身体确实健康，可是我的心理不健康啊。我生病了，迫切需要心理医生的指导。”

沈时南恨铁不成纲，又踢向李木胜身后的向阳，结果向阳眼疾手快地躲了过去。

“南哥别踢我，我承认我不是来咨询的，不过我是陪李木胜来的，嘿嘿。”

更夸张的是，在这个队伍里，沈时南看到他的同行程老师。

“程老师，你这是什么意思？”

程老师丝毫不心虚：“这是心理咨询，没说一定是学生才可以咨询。官网上说了，只要是参赛的人员，都可以来咨询。”

沈时南彻底被他打败了。

沈时南重新走回慕晚晚的临时办公室时，正在给一个同学做咨询的慕晚晚得意地对他挑了挑眉，那意思再明显不过了。

“你没什么问题，还是缺乏运动。参加这次跑步比赛是正确的，多接触一下同学，一起运动就好了。”慕晚晚没有停下来的意思，继续对那个同学说。

“好的，谢谢慕老师的指导。”男同学站起身对慕晚晚笑笑，

“对了，慕老师，看年纪你和我应该差不多，不知道有没有男朋友啊？”

慕晚晚笑笑：“没呢。不过你不是我喜欢的类型，下一个。”

男同学遗憾地离开。

“没看出来，你还挺专业。”沈时南对刚刚慕晚晚坐在办公桌后面谈话的样子感到惊奇，他印象中的慕晚晚可不像一个医生，更不像一个老师。但今天，她和同学谈话的样子比谁都专业。

“小南哥哥，怎么样，你是不是对我刮目相看了？”

“你……”

“沈老师，我正要找你。”贺校长急匆匆地走了进来，话还没说完，看到沈时南和慕晚晚熟络的样子，愣了愣，“你们已经见过面了，正好。我想要和你说一下，这次赛事我们有了慕老师这样专业的心理咨询医生，你们以后要配合工作。”

“何止见过面，贺校长，难道我忘了和你说，沈老师是我一起长大的哥哥吗？”说完，慕晚晚温柔地看着沈时南。

贺校长看着慕晚晚看向沈时南的眼神，心里有一种不好的预感。

“一起长大？”贺校长说着，询问地望向沈时南，希望沈时南的答案能让他好受一些，毕竟他刚刚打听到慕晚晚是单身。

沈时南无奈：“哦，贺校长，我和晚晚确实早就认识了。”

听到这个漫不经心的回答，贺校长再次为自己的儿子感到吐血。

——儿子呀，爸爸又白为你费心了。

“贺校长，跑步比赛，学校里往年从未设过什么心理咨询医生，这次是不是也没这个必要？”沈时南将贺校长拉到办公室门外，开门见山地说。

他可不想天天和慕晚晚纠缠在一起。

“沈老师，你没看到眼前这队伍？”贺校长看着望不见尾的队伍，语重心长地说，“看来以前是我对学生们的心理健康缺少关心了。”

“既然是这样，那你将这个赛事交给程老师负责吧。”沈时南就知道会是这个答案，趁势说道。

“沈老师，你是对这个心理医生不满意？”贺校长终于听出了猫腻。

沈时南也不解释：“我和她从小脾气就不对付，要是你想这个赛事圆满完成，我劝你最好换人。”

听完沈时南的话，贺校长更加为他的儿子感到心痛。

——这还是单性暗恋，人家甩不掉的都不喜欢你。儿子，你说气人吗？

“不行。”贺校长坚决地拒绝了沈时南的要求，“这是大学每年一度的大事，都已经全校通知开始进行了，岂能说换就换，当成儿戏。沈老师，你要认真负责好这次的赛事，和心理老师配合好工作。”

说完，贺校长不给沈时南拒绝的机会，转身就走了。

当时他的心里只有一个念头：我苦命的儿子，爸爸能替你做的，只有这些了。

沈时南看着贺校长的背影，又看了一眼办公室里正在给男同学做指导的慕晚晚，很有辞职的冲动。

这天，沈时南如坐针毡，正想约林邵晚上喝酒，就先收到了林邵的信息。

“南哥，救我。”

沈时南皱眉：“你又怎么了？”

“我失恋了。”

“失恋对你来说不是家常便饭吗？”

“这次不行，我很郁闷。”

“所以这次是别人甩你？”

这一次，林邵没有再回，他只是甩过来一个地址：澳梦。

澳梦和霆皇一样，都是W市的顶级夜场。不过这是酒吧，沈时南很少来。

沈时南看到林邵的时候，他差点没有认出来。

从来都是风骚走位的林邵，眼神异常颓废，一看就喝了不少。

最重要的是，平时都是一众朋友前呼后拥，今天的他独自一人。

“到底怎么回事？”沈时南坐到林邵的旁边，觉得这位不可一世的公子哥，今晚连身上散发出来的气息都透着一股悲伤。

“我前两天看到夏清河了。”

“她给你戴绿帽子了？”

“夏清河打扮得像她一样，也在那里跳舞。”林邵的视线停留在场子中央的舞台上，那里有穿着比基尼的跳舞女郎。

“所以呢？”沈时南也给自己倒了一杯酒，“你喜欢的只是她的清纯？人家穿着暴露一点，你就受不了了？”

“我介意的是她为什么要骗我。”林邵的声音很难过，“你知道吗？当初在游乐园里，我在人群中看到她和她朋友在一起，笑得那么好看，就像……就像仙女落到人间一样。当时我就在想，怎么会有这么清纯的女孩子啊。所以我不顾一切地追求她，她说她是一个小学老师，我还去过她的学校。可是她居然在这里跳舞！我问过这里的老板了，她已经来这儿跳了一个星期了。”

林邵像承受不了这种打击，一把扑倒在沈时南怀里。

“南哥，我的命怎么这么苦啊？”

沈时南嫌弃地将他推开：“她人呢？”

“今天已经在这儿跳完走了，我看着她穿上白色长裙，卸掉了浓妆，又变成了那个清纯的女孩子。我特意给她发信息问她在哪儿，她说刚给同学补完课。”

“不就是一个女人吗，你林公子什么时候为女人难过过？”

“可是南哥，我真的很喜欢她。”林邵说着，从口袋里掏出一个明晃晃的钻戒，“我本来打算向她求婚的。你说我该怎么办？”

“既然真的喜欢，你又为什么这么在意这些？”沈时南一把将林邵从座位上拉了下来，“是一个男人，那就去找她。”

“可是……”

“磨磨叽叽，当初追人家的时候，是谁对我说遇到了一个非她不娶的女孩？”沈时南有点不耐烦，“你什么时候变得这么肤浅了？”

林邵终于没再抗拒，买了单跟着沈时南出去。可惜没走几步，林邵就吐了。这两天从看到夏清河在这边跳舞，他就每天买醉。沈时南将他扶到卫生间，自己在门外抽了一根烟。

“别打了，求你们别打了！”

一个熟悉的声音从卫生间后门传来，沈时南皱了皱眉，推开后门，就看到后巷的地上一个熟悉的人影被四五个有文身的男人围着。

“真的，我已经打电话了，她一会儿就来。”冯东哀求着，脸上有些红肿。

“她最好能来，不然今天我让你爬着走！”为首的男人说完，蹲下来拍了拍冯东的脸，“你小子以前不是在W市横着走吗？怎么，离开我就是这副德行？”

冯东紧张地捂了捂脸，没敢吱声。

沈时南早就听说冯东从国外回来欠了不少赌债，看到这个情形很快就明白了。

“南哥，走吧。”洗了把脸的林邵从卫生间出来，看到沈时南正在后门旁边，他走过来喊沈时南，多瞧一眼也看到了冯东，“南哥，那不是冯东吗？”

“这种人渣，有什么好看的。”沈时南一秒也不想看到冯东，可是正要关上后门，林邵却惊叫了一声。

“等等，那个人好像是嫂子。”

沈时南抬头望去，果然看到江桃急匆匆地走到他们面前。他心里一惊，想到刚刚冯东的话，拳头下意识地握了起来。

“南哥，怎么办？要不要我打电话喊点人过来？算了，还是我们现在就冲过去吧。”看到江桃出现在这里，林邵立马完全清醒了，着急地要推门过去。

沈时南却拦住了他：“别着急，等等看。”

“可是……”林邵还想再说点什么，却发现沈时南盯着前方，眼神不知不觉犀利了起来。他没有再说话，而是悄悄发了一条信息出去。

“桃子，你终于来了。”看到江桃出现，冯东拨开人群冲到她面前，声音带着几分哀求，“桃子，桃子，你救救我。”

江桃却看都不看他，将肩上的黑色背包丢给为首的男子，声音有点冷：“这是十万，可以放了他吧？”

“这点钱恐怕不够吧？”为首的男子掂了掂包包的重量，冷笑地看着江桃。

“刀哥，说好还先欠的利息的。”冯东看着被称为刀哥的男子，“剩下的我慢慢还。”

“我这里只有这么多。”江桃说完才看向冯东，“这是第一次，也是最后一次，希望你以后不要再给我打电话。”

看到这里，林邵终于还是没忍住，着急地看向沈时南：“南哥，嫂子不会……”

“要你多嘴。”沈时南示意他闭嘴，也踩灭了自己的烟，却仍然没有要出面的意思。

林邵见沈时南不动，自己也只能站在原地干着急，抬头就看到被称为刀哥的男子将背包丢给身边的人，走向了江桃。

"听他说，你是他女朋友？"

"前女友。"江桃纠正，懒得和他废话，"钱给了，他可以走了吧？"

江桃说完就拉冯东离开，可其他几个男人立马拦住了他们的去路。

"我要废了他们。"看到这架势，林邵的拳头已经握了起来。

沈时南的眼神也阴鸷得可怕，却还是没有推开门的意思。

"前女友啊？那还真是念旧情啊，分手了还愿意帮他还债。那要是有种办法可以把他的利息都省掉，你愿不愿意帮他？"刀哥语气轻佻。

江桃不惧他的逼近，掏出手机看向他："你再过来我就报警了。"

"报警？哈哈。"刀哥像听到什么笑话一样，"行啊，你要是想连同你的情人一起被带走，我无所谓的。"

"桃子，不要报警。"冯东哀求地对江桃说完，看向刀哥，"刀哥，刚刚我们已经说……"

"你滚开，这里没你说话的份。"刀哥一把将冯东拉开，"不想挨揍就给我闭嘴。"

"你也是。"

当林邵打算不管沈时南正要冲出去的时候，就见他终于从后门走了出来，说话的同时，又给自己点好了烟，走向了刀哥："不想挨揍就给我闭嘴。"

"时南，你怎么在这儿？"江桃看着走过来的沈时南，没想到会在这里看到他。

"我来看看谁敢欺负你啊。"沈时南将她拉到身后，看了一眼冯东，这才看向刀哥。

刀哥正想说话，却看清了沈时南身后的林邵。

林家在W市的威名自不必说，林老爷子以前在位时都是在电视新闻里出现的人物。林邵又喜欢结交各种狐朋狗友，所以刀哥知道他一点也不奇怪。

林邵虽然不认识刀哥，但看到对方看自己的眼神，明白了什么，这让他的底气更足了起来。

刀哥有些不甘地朝沈时南跟前吐了一口唾沫，又看了一眼冯东："后面的钱你最好早点准备好，不然你知道后果。"

刀哥说完转身就要走，可是沈时南却喊住了他。

"你刚刚调戏我老婆的账我还没和你算呢，就急着想走？"话音落的同时，沈时南一拳挥过去，刀哥虽然强壮高大，却被一拳打翻倒在地上。

江桃第一次看到沈时南打架，没想到他出手这么狠，不由得有些担心："时南，你没事吧？"

沈时南却温柔地看向她反问："你没事吧？刚刚没有受到惊吓吧？"

"我没……"

"敢动我，我看你是不想活了！"刀哥爬起来，想和他几个手下一起狠狠教训他们两个，可是他刚一站起来就蒙了。

"我看谁敢动！欺负到我嫂子头上来了，我看你是活腻了吧？"林邵用手指着刀哥，狠狠地说。他说这话是有底气的，因为沈时南动手之后，他看到了收到信息后赶过来的男人。

确实，刀哥听话没敢动，准确地说是被突然冲过来的十几个手握钢管的男人围起来之后，不敢再动。

其中一个手握钢管的男人对林邵说："林公子，你走吧，这里交给我们处理就行了。连林公子都不认识，今天我就让你长长见识。"

林邵对他平静地招了招手："嗯，不用打太狠，能在医院住半个月就行了。"

林邵说完，拉风地转身，这才走过来对江桃说：“嫂子，咱们走吧。”

看着身后被暴揍的刀哥，江桃下意识地握住了沈时南的手：“嗯。”

“桃子，谢谢你。”看到江桃要离开，冯东不安地喊住她。

“钱你不用还了，我刚刚说了，这是第一次，也是最后一次，希望你以后不要再给我打电话。”江桃说完，没有再和他废话的意思，拉着沈时南快步离开。

沈时南看着冯东，自始至终没有说话。

刚走没多久，江桃便有些不好意思地看向沈时南：“时南，刚刚我……”

“我还以为你打算什么也不和我说的。”沈时南打断她，“不过老婆，我都看到了，你不用解释。是我，我也会来的。只是你要答应我，这么危险的地方，下次要来，你一定要喊上我。”

“你不怪我？”江桃还是有些歉意，“他说他要被人打死了，我才……”

“不怪。”沈时南拉着江桃的手，“我还为自己找到这么一个出手阔绰的老婆感到高兴呢。”

江桃见沈时南开起了玩笑，知道他是真的没有介意，才放宽了心：“放心，要是你，我出手更阔绰。”

“那我要一百万。”沈时南说完，将江桃搂在了怀里，低头吻住了她。

可能刚刚的行为让江桃还是有些愧疚，她也激烈地回应着他。

“南哥，嫂子，你们是不是忘了旁边还有一个人啊？”林邵委屈地打断了他们，“不是说陪我去找清河的吗？你们怎么当着我的面撒起狗粮了？”

沈时南和江桃却完全没有要停下的意思，沈时南更是对他摆摆手让他先走，大有一吻到天荒的冲动。

江桃虽然有些不好意思，但她刚要推开沈时南，就再次被他吻住。

这画面看得林邵在生气夏清河欺骗他的第三天却想她，想亲她，想到发疯。

GUO | MING | XI

第十章
CHAPTER 10

谁吻不到一辈子，谁就是小狗

NAN | YOU

“你知不知道你在那种地方出现我有多担心？”

“知道，所以我才不敢告诉你。”

“万一你出事了，你想过我怎么办没有？”

“……”

“下次还敢吗？”

“不敢了……”

江桃说完就没有对话了，因为她被沈时南吻得说不出话来了。

沈时南醒来的时候，发现江桃已经起床做好了早餐。他洗漱好后，就坐在餐桌前一边吃早餐，一边目不转睛地看着江桃。

“你干吗用这种眼神看着我？”江桃被看得有些不好意思。

沈时南勾勾嘴角：“没什么，我就是喜欢每时每刻这样看着你，觉得很幸福。”

江桃脸一红，径直站了起来，走到沈时南面前，居高临下地看着他。当他嘴巴里的早餐咽下去以后，就见江桃忽然低头紧紧地吻住了他。

沈时南浑身一紧：“……”

这不是我的风格吗？还真是狂野，我喜欢！

受到刺激的沈时南反手将江桃压在餐桌上，不过他正要吻的时候，江桃却一把推开他去厨房了。他看着江桃妖娆的身影，回味着刚刚的情景，心里只有一个声音：老婆是越来越会撩了。

吃了早餐，沈时南终于逮住机会将江桃拉到沙发上看电视。说是看电视，但电视里演的是什么，沈时南根本没在意，他满眼柔情地看着江桃，好想把她吃了。

江桃见他垂涎欲滴的模样，终于大方地赏了他一个吻。

“我想这样吻你一辈子。”沈时南反吻住她。

“谁吻不到一辈子，谁就是小狗。”江桃倔强地看着他。

周末时光好，沈时南看着江桃望向自己的眼神，只觉得他从来没有这么幸福。

就在沈时南发怔的瞬间，江桃犹豫了一下，还是从抽屉里拿出一个文件袋递给了沈时南。

“这是什么？”

江桃抿了抿嘴：“我知道你一直在调查慕成鹤，这些是我查的资料。”

江桃说完，发现沈时南放下了文件袋，又目不转睛地看着自己。

江桃心里没底，不知道沈时南看向自己是怪自己多管闲事还是别的原因，正在犹豫，却突然看到他走来抱住了她。

“桃子，谢谢你。”沈时南紧紧地抱着江桃，“谢谢你一直没有介意我没和你说过我家的事。”

“我还以为你会怪我。”江桃终于松一口气。

“怎么会呢，我疼你还来不及。”沈时南说着，低头吻了吻江桃的头发。

“你不打开看看？”见沈时南没有拆开文件袋的意思，江桃抬头看他，却发现他的眼睛里像被蒙上了一层薄薄的雾。

“桃子，谢谢你。”沈时南依旧没有打开文件袋的意思，拉着她的手重新坐回了沙发上。

虽然江桃从傅墨森那里多少知道一些沈时南的家事，但当她亲耳听沈时南说出他的故事时，心里还是一阵唏嘘。

沈时南从小就是一个衣食无忧的阔少，沈家的昌茂集团在W市一直是资产前十的大集团。但沈时南遵循父亲沈青山的低调传统，并不像林邵这个富二代一样每天和狐朋狗友纸醉金迷。在母亲的教导下，他是一个乖学生，努力学习，为人善良。

他的叛逆是从十岁那年开始的。沈青山因为生意比较忙，经常不在家。母亲因病在那年离世以后，沈时南从此像变了一个人。也许是因为太依赖母亲，母亲走了以后，他觉得这个世界只有三个字：不值得。他开始打架逃学，到最后学着飙车，总之，怎么浑蛋他怎么来。

沈时南一直以为有父亲在，他这辈子就这样混吃等死做一个废物也挺不错，何况还有一个很爱他的慕晚晚。

然而，这一切直到一年多前，在沈青山的好友也是昌茂集团的第二大股东慕成鹤夺取了昌茂集团，逼死了沈青山之后，沈家大少一夜之间失去了一切。

这个世界上，他再也没有一个至亲。

不知道是慕成鹤从一开始就有这个计划，还是在他想做这件事的时候计划周全、心思缜密。总之，他的手段太高明，以至于没有任何证据能证明是他夺取了昌茂集团。连警察调查时，他都毫无破绽。

沈时南什么也没有了，他也和以前的人都断绝了联系，躲在大学里做一个体育老师。

慕成鹤从美国回来以后，就到处联系以前昌茂集团的合作方，目的是想避过当年的风头，重新建立昌茂集团的经营。

沈时南怎么能不知道，只是他现在还没有办法能把慕成鹤怎么样。

想到慕成鹤，沈时南的拳头下意识地握了握。这个将他的生活彻底毁了的男人，他除了暴打对方一顿，竟然毫无办法。

如果沈时南以前没有那么浑蛋，能认真跟着父亲学习经营公司，也不至于会是今天这样。

发觉沈时南的情绪有点激动，江桃紧紧地握住了他的手。

“沈叔叔已经走了，现在不要想这些了，你还有我啊。”江桃温柔地依靠在沈时南怀里说，“只是慕成鹤的手段太高明，所以确实没有任何证据能证明是他搞的鬼。”

“我知道，所以当年我父亲才会被气成那样。”

当慕成鹤在董事会上直接将沈青山踢出局时，沈青山难以置信地看着这位世交，最终一口血吐在了会议室的桌子上。当沈时南听到消息赶到的时候，沈青山已经在医院抢救无效死亡了。后来沈时南回到会议室，看到桌子上的血，他能想象父亲该有多难过。

“那你有什么打算？”江桃也正是调查出没有证据能证明是慕成鹤做的一切，才拿出这些资料和沈时南商量。

沈时南反手握住了她的手，恢复了常色，不想再继续这个话题：“这个你不用管了，我已经在做了。”

“你已经在做了，你打算怎么做？”江桃抬头看他，“有什么我能帮上忙的吗？”

“没事，你以后会知道的，我会让他付出应有的代价的。不过眼前最麻烦的不是慕成鹤，而是……”沈时南想到学校里的慕晚晚，有些头疼。

“而是你们学校跑步赛事的心理咨询医生？”

沈时南没想到江桃已经知道了，心里一甜：“吃醋了？”

“没有，不过——要是你敢做什么对不起我的事……”江桃嘴角含笑，“我保证你会特别后悔……”说完，她还温柔地亲了他一口。

沈时南却一动不敢动，觉得这温柔的亲吻只是陷阱。

“享受”了被媳妇温柔亲吻的沈时南，在学校里骑摩托车的样子也比平时老实几分。他这一路只在想一个问题：怎么把慕晚晚赶走。

不过沈时南没想到，他还没想到答案，慕晚晚先给他出了一个难题。

慕晚晚今天依旧在给昨天排队没有排上的男同学做心理咨询的工作，但中午程老师邀请她一起在食堂吃中饭，恰好碰到沈时南时，她却突然晕倒在他怀里。

“晚晚，你干什么？”沈时南想推开她，却发现她整个人像挂在他身上一样。

“小南哥哥，不好意思，我头有点晕，可能是昨晚着凉了。”慕晚晚的声音有些虚弱。

“着凉？”沈时南看看这大热的天，皱了皱眉。

“昨天太热，我就想着泡冷水澡，没想到在冷水里睡着了。阿嚏……”

沈时南伸手摸了摸慕晚晚的额头，烫得像一个火炉：“你发烧了。”

“小南哥哥，怎么办，你能不能送我去医院？”慕晚晚说着，像用尽了所有的力气。

看着怀里慕晚晚娇柔的样子，沈时南却只有一个感觉：这小丫头片子开始用上苦肉计了。

以前沈时南曾经看着慕晚晚为了让慕成鹤答应给自己买一辆跑车，朝自己身上淋上冷水，当时沈时南就被慕晚晚的行为吓到了。

“你疯了，晚晚？”

慕晚晚却笑着对他说：“没事，我爸爸这次一定会答应的。我爸爸最疼我了，看我这样子不会不管的。”

平时所有的要求慕成鹤都会答应慕晚晚，但跑车太危险了。当时沈时南热衷赛事，知道慕晚晚也想跟着他玩。因为害怕出意外，慕成鹤一直不肯给这个宝贝千金买。

果然，看到慕晚晚病成那样，慕成鹤当时想也没想就答应她了。

慕晚晚在慕成鹤的怀里朝沈时南挤了挤眼。

但沈时南没想到，今天慕晚晚会把这些套路用在他的身上。

虽然沈时南知道这是慕晚晚的鬼把戏，但她的额头确实烫得像火炉，也只得顺了她的意。

一旁的程老师倒是很想替代沈时南这样紧紧地抱着慕晚晚，可惜慕晚晚看也不看他一眼。他看着沈时南抱着慕晚晚离开的背影，心碎了一地。

“幸好你送得及时，你女朋友发烧四十度，再烧一会儿脑子可能就烧坏了。”医院里，医生有些责备沈时南。

沈时南很想解释一下，看着病床上打点滴，脸色苍白的慕晚晚，却只能对医生说一句“麻烦你了”。

“小南哥哥，你真好。”慕晚晚见沈时南没有反驳医生那句“你女朋友”，很是受用，“你还记不记得，在我十八岁生日那晚，我突然急性阑尾炎发作，当时沈叔叔和爸爸都在国外开会，是你这样将我抱到医院来的。”

“晚晚，我们的事已经过去了。”沈时南就知道慕晚晚会用回忆杀这一招，他太了解慕晚晚，从她假装已经不再对他有非分之想而只求留在他身边开始，她就计划好了这一切。

她知道他的死穴，向来都是吃软不吃硬。

“我知道，我就是突然在这个时候想起了以前的一些事，对不起小南哥哥。”

看着慕晚晚委屈的样子，沈时南虽然有些不忍，但还是严肃地对她说：“晚晚，你有没有发现，即使不是你爸爸对我们家做这样的事，我们也不会长久？”

慕晚晚不敢相信地抬眸：“小南哥哥，为什么这么说？”

“以前我们是天天待在一起玩，觉得那就是爱情，其实就是因为太熟了，只是一种习惯罢了。”沈时南也是在后来才发现，分开的这两年，他从来没有想过她。

沈时南也是在遇到江桃以后，才明白刻骨铭心的爱情是怎么回事。

是她的一个笑就让你心里痒痒的，是她的一个眼神就能牵动你的心。

这种感觉，后来他想了想，在慕晚晚身上从来没有过。

“不，不是的，没有你，我才不习惯。”慕晚晚着急地从病床上坐起来，但看到沈时南神色清冷，又躺了回去，声音很轻，“小南哥哥觉得和我熟就好，我还以为你真的要抹去和我一切的关系呢。”

沈时南没想到慕晚晚是这种反应，他反倒有些束手无策，起身站了起来。

“饿了吗？你想吃点什么？我去买。”

“我不饿。”慕晚晚笑了笑，“不过我想吃小南哥哥给我买的栗子蛋糕。”

“好，那你休息一下，打完点滴还早，我去去就回。”沈时南说着已经走向病房门外。

沈时南不得不承认，当面对慕晚晚时，他总是败下阵来。

沈时南没想到，他刚走了两步，就看到一个熟悉的身影。

夏清河和沈时南第一次见她那样，一身清爽的打扮，拿着几张纸，急匆匆走进了不远处的病房里。

沈时南皱了皱眉，下意识地朝那病房走了过去。然而，他还没有看清里面的情况，电话就响了起来。

“南哥，你到底还管不管我？是不是和嫂子昨晚浓情蜜意，把我的人生幸福忘了？你快过来，陪我一起去找夏清河。”林邵的声音有些急切。

沈时南把电话拿开耳朵一些：“我正想和你打电话，你来中心医院，我看到夏清河了。”

“啊？她怎么在医院？”

林邵是一身正装，手捧一束玫瑰花出现在沈时南面前的。

林邵平日里都是吊儿郎当的样子，沈时南第一次看到他穿成这样，嫌弃地皱了皱眉：“你怎么这身打扮？”

“赔礼道歉当然要真诚。清河呢？”林邵说着东张西望起来，急切地说，“她不会被人欺负了吧？”

“现在知道关心人家了？昨天是谁嫌弃人家的？”

“我错了，南哥，快告诉我，她在哪儿？”林邵开始朝旁边的病房望去。

“这边。”沈时南朝刚刚看到夏清河走进的病房走去。在等林邵这会儿，沈时南已经向医生打听清楚了。

夏清河是来给她弟弟看病的，她的弟弟已经在这里住了一个星期。因为和同学打篮球，她的弟弟不小心摔断了腿，动了一个大手术，花了不少钱。当时沈时南就明白了她到酒吧跳艳舞的原因。和林邵简单地说了一下情况之后，林邵推开病房的门时，差点掉眼泪。

看到林邵和沈时南，夏清河愣了愣：“林邵，你怎么在这儿？”

“你缺钱怎么不和我说？”林邵满眼心疼地看着夏清河，又看向病床上的男孩。

男孩不过十二三岁，脚被吊了起来。

“姐姐，他们是谁啊？”男孩看着夏清河。

“我还以为你不接我电话，是想和我分手。”夏清河在听到林邵的话之后，终于没有忍住委屈。

“要不是南哥意外在这儿看到你，你还打算瞒我多久？”林邵捋了捋夏清河的头发，“你看看你，这些天都瘦了。”

“我……”

“以后你的事，就是我的事，听懂了吗？”林邵打断夏清河，紧紧地抱了抱她，“这是送你的花，对不起，以后我再也不会不接你的电话了。”

林邵说完，又走向了病床，看着男孩说："我是谁？你说我是谁。你姐没和你说起过我？叫姐夫。"

男孩："……"

沈时南对被林邵撒了一把狗粮的行为很是不满，而且他从夏清河满眼感动的眼神中似乎得到了什么启发。

所以等慕晚晚打完点滴回到学校之后，他也买了一捧玫瑰花去找江桃。但走到教研楼下，他又像想起了什么，骑着摩托车奔向了学校附近的男装店。

当沈时南穿着一身正装，手捧一束花走进言氏集团驻校的办公室时，言氏集团的员工彻底炸了。

"天哪，这是哪个明星啊，这么帅？"

"这好像是之前来我们公司兼职搬仪器的沈老师。"

"什么兼职，这是江总的男人！"

"哇，是这个男人吗？之前我看到的时候感觉没这么帅啊，这大长腿！"

"请把你的口水擦干净再说话好吗？要是江总看到你这么垂涎她的男人，小心你的饭碗！"

"江总单身了这么多年，老天都奖励了她这么一个极品男人。看来老天让我单身这么多年，也是有安排的啊，期待ING。"

"你先照照镜子再说这话行吗？你有江总一半的美貌吗？"

沈时南既能听到这些议论的声音，也能看到那些对他望眼欲穿的眼神。但他不像以前懒得理他们，这是给江桃涨面子的事，今天的他觉得很是受用。

沈时南走到江桃的办公室前，整了整衣服，准备也让江桃当场迷倒在他的怀里。

不过他还没来得及推开办公室的门，江桃的秘书陈妍就喊住了他。

“沈先生？你来找我们江总？”

“这还不够明显吗？”

“江总没和你说吗？她不在，她去C市了。”

沈时南笑了笑，觉得她在和他开玩笑。

然而，他还没来得及开口，手机就收到了一条信息：时南，我要去C市出差两天，事情比较急，没办法当面和你说，已经出发了。么么哒。

沈时南：“……”

沈时南再看看那些注视着他的眼睛，刚刚受用的神情，顿时消失了大半。

他这是白走了一回秀啊。

江桃出差的第一天，想她。

沈时南坐在沙发上，视线再次落到了江桃的那张全家福上。

如果江桃此刻也在，一定会发现沈时南和平时有那么一些不一样。他盯着江桃身后微笑的父母，眼神渐渐暗了下去。

不知过了多久，沈时南感到头痛欲裂，他急忙起身跑到卫生间用水冲了冲脸。

这种感觉他已经很久没有过了，却总是在某个不经意的时刻又直击身心。他又看了一眼照片上戴着牙箍的江桃，掏出手机，订了一张当晚去C市的机票。

江洮看到一身正装的沈时南时，刚和客户开完会回到酒店大厅。看清沈时南时，她有些不敢相信，等确定以后，便飞一般朝他扑了过去。

“时南，你怎么来了？”

“想你了。”沈时南一把将江桃抱了起来，“顺便看看你没有背着我在外面养小白脸。”

“有啊，我的小白脸这不来陪我了吗？”江桃满脸藏不住的甜蜜，对沈时南亲了亲。

“喀喀。注意点影响，当我是透明的吗？你们这是赤裸裸秀恩爱！”

一声咳嗽后，沈时南才看向江桃身后的言夏：“什么事要言氏集团的老板和总裁一起出马？”

“你不知道？”言夏愣了愣。

“言夏。”江桃急忙对言夏摇了摇头，又转身对沈时南笑笑，“公司一个大项目，当然要老板亲自出马才行。”

“对，一个我们的江总裁付出了很大心血的项目。”言夏点头，“原本还想趁出差这个机会和你再睡一张床，重温一下学校的时光。现在看来，我要重新开一个房间了。”

言夏说着走向酒店前台，路过沈时南时扫他一眼：“你要记住啊，你今晚可欠了我一个大人情。”

言夏一离开，沈时南就重新吻住了江桃的嘴唇。江桃享受了好一会儿沈时南的热吻才推开他，然后重新打量了他一遍。

“怎么穿成这样？”江桃眉眼含笑。

“怎么，不喜欢？”

“没有，就是我想告诉你，你要是早点打扮成这样，说不定我早就答应你了。”

沈时南勾了勾嘴角：“所以你和我在一起，只是贪图我的美貌？”

江桃抬头深情地看他：“嗯，那你呢，你贪图我什么？”

沈时南一把将江桃搂在怀里：“我呀，我贪图你的狂野。”

江桃脸色一红：“讨厌。”

因为江桃和言夏在忙正事，沈时南第二天便一个人在C市逛了逛。说是逛，沈时南却径直来到市郊的一个地方。

这是一条不算热闹的街道，两边都种满了梧桐，因为在两个小区的中间，没有任何的店面，所以路人也少，车辆也不多，显得安静。

沈时南站在路中间，像在寻找什么一样。但还没寻找到什么，他又开始觉得头痛欲裂了。他弯下腰蹲了起来，觉得身上有冷汗冒出来。

一辆摩托车飞驰电掣般在他身边穿过。

在他还没有反应过来时，又一辆摩托车同样极速飞过。

“站在路中间找死啊？”当第三辆摩托车经过他身边时，车上文着文身的男子对着他咒骂。

“淘哥，怎么了？”后面又一辆摩托车追上来时，问完了文身男子，又看向沈时南，“咦，这人怎么看着这么眼熟？”

沈时南没有理会他们，转身朝反方向走去。

“你认识他？”沈时南听到身后文身男子的声音。

“我好像想起来了，这人好像是一个富二代，老爸特别有钱，以前也玩地下赛车的，还是一个车神，那叫一个挥金如土啊。不过好像听说他撞过人，后来老爸还死了……”

男子还说些什么，沈时南没有听到，他脚下速度很快，几乎是跑着离开那个地方的。但是刚一转弯，他就觉得呼吸困难。他弯下腰靠在墙上喘着粗气，只觉得头痛欲裂。

不知道过了多久，沈时南感到一个熟悉的怀抱搂住了他，他还没有抬头，就听到了慕晚晚的声音在耳边轻轻地响了起来。

“小南哥哥，别怕，有我在，有我在……”

沈时南几乎条件反射般推开了她：“晚晚，你怎么跑来这儿了？”

“我看你今天没有来学校，托人查了下才知道你来C市了。”慕晚晚说着，急忙换了话题。她满眼心疼地看着沈时南：“小南哥哥，事情都过去了那么多年，你又来这里做什么？”

见沈时南没有回答，慕晚晚又掏出纸巾擦了擦他额头上的冷汗。

“小南哥哥，你知道当初你和我分手的时候我为什么没有闹吗？因为那个时候我就决定趁这个时间去美国学习心理学。以前你每次头痛欲裂而我陪着你的时候，我就知道你的这种反应，是创伤性心理应激障碍症，我想去学习如何治疗这种病。”慕晚晚一边擦，一边柔声说，“小南哥哥，我会陪在你身边，我会治好你的，让你永远都不会再想起以前的事就痛苦。”

“够了！不要再说了！”沈时南挥手止住了慕晚晚，冷冷地说，“不要再说了。你不该出现在这儿，以后我再发现你跟踪我，你知道后果。”

沈时南说完，不给慕晚晚说话的机会，大步离开。所以他没有看见，身后的慕晚晚的眼神有多绝望和悲痛。

江桃对沈时南特意飞过来陪她出差的表现特别满意，所以两人一回到W市，她就化身温柔小甜妻，给沈时南做了一桌子好菜，还备上了红酒。

“你是想灌醉我对我做什么坏事吗？”沈时南看着一桌好菜，对着江桃坏笑。

江桃却用异常认真的眼神看着他：“没有，我就是想让你知道有个老婆的好处。”

“这种好处我早就知道了。”沈时南走过去搂住江桃，“要不然我怎么会死皮赖脸地追你。倒是你，知道有个老公的好处了吗？”

“嗯。”江桃依旧是认真的神情，重重地点了点头，“特别是比自己小的老公，棒极了。”

沈时南发现江桃没有玩笑的意思，松开了她："你今天怎么这么认真？我有点不太习惯。"

江桃看着他，抿了抿嘴："你知道吗？其实我一直特别渴望有一个家，就像现在这样，两个人恩爱地生活在一起，将来再生一个可爱的孩子。不管贫穷还是富有，都不分开。"

"现在不是有了吗？"沈时南也有些动容，再次紧紧地搂住了她，"不过一个孩子可能不太行，我想生一个足球队。"

江桃也紧紧地拉住了他的手："时南，你肯定不知道，前天你突然出现在酒店的大厅里，我看到你的那一刻是什么感觉。老实说，在此之前我只是觉得你爱我或者我也爱你，但那种爱到底指的是什么，我说不上来。但在那一刻，我好像有了一个坚强的后盾在身后保护我一样，让我感觉到异常的安心和踏实。"

江桃说着，亲昵地在沈时南的胳膊上蹭了蹭。

沈时南没有想到江桃今天会和他说这些话，他低头吻了吻江桃的头发，手也将她搂得更紧，语气也认真了起来："你对我而言，又何尝不是呢。"

江桃没有再说话，她就那样紧紧地靠在沈时南的怀里。沈时南从来没有哪一刻觉得现在这么幸福，但这种幸福却总让他隐约觉得哪里有些不对，特别是她，总觉得有些异常。

这种异常一直到沈时南顺着江桃的视线停留在那张全家福照片上，他才像猛然想起了什么。也是那个时候，他听到江桃的声音再次缓缓响起。

"你一定很奇怪今天我为什么和你说这些吧？今天，是我父母的忌日。"

听到这句话，沈时南的心弦紧绷了。

这是江桃一次和他说起她的父母，说的却是这件事。他沉默了一下，不知道说些什么，只是将她搂得更紧："你一定特别想他们吧？”

“现在有了你，好多了。”江桃说着也将沈时南抱得更紧。

沈时南低头看着视线依旧停留在那张全家福上的江桃，拉起了她的手往外走去。

“干吗？”江桃愣了愣。

“今天既然是他们的忌日，我们一起去祭拜他们。”

“不，我从不祭拜他们。”江桃拉住了沈时南。

“为什么？”

“因为我从来没有当他们离开了。”

江桃说完这句话的时候，沈时南明显感觉到她身上散发出来的悲伤，他什么也没说，只是将她搂在怀里，紧了又紧。

沈时南没有想到，这一天他们不但没有去祭拜江桃的父母，还得知了一件喜庆的事。

林邵给沈时南打了一个电话，他兴奋的声音从电话里清晰地传来，一旁的江桃也听得一清二楚。

“南哥，告诉你一件大喜事！我和清河订婚了！订婚宴就在我们老宅举行，中午十二点，你和嫂子一定要来啊！”

沈时南原本是想拒绝的，毕竟今天对江桃而言是一个特殊的日子。但他还没来得及说出口，一旁的江桃倒是替他答应了。

“恭喜呀，我一定到。”

“哈哈，嫂子，你在听呀。那你们早点来呀，看看我的新娘子，今天特别漂亮。”

“好的，我们一会儿就去。”

挂了电话，见沈时南一脸心疼地看着自己，江桃倒是对他笑笑：“我说了，今天就是一个普通的日子。”

看着江桃这个样子，沈时南没有再说什么。但在去林家老宅的路上，他骑着摩托车载着江桃时，一只手紧紧地握着江桃放在他腰间的手，从未松开。

“什么情况？怎么这么快就订婚了？”一到林家老宅看到林邵，沈时南就问他。

林邵前几天还要死要活的，在医院见了夏清河一面，这没几天就订婚了，速度不得不称奇。

“还能因为什么，当然是我害怕失去她，想早点生米煮成熟饭啊。”林邵宠腻地看着身边的夏清河。

“那就恭喜你们了。”沈时南说着看向夏清河，“你弟弟怎么样了？”

“我已经为他请了最好的医生，转到了最好的医院，很快就没事的。”林邵抢先回答，“南哥，怎么样，没想到我先走你前面吧？嫂子，你们什么时候真的结婚啊？我看要不就今天，咱们一起，你们也假戏真做得了。”

江桃对林邵一笑：“谁说我们是假的，我们真的不能再真了。”

江桃说完，牵着沈时南的手，踮起脚当着林邵的面亲了沈时南一口。

“哇哇，又想当着我的面撒狗粮！这一次可虐不到我！”林邵说着，也扭头亲吻了夏清河。

“舅舅，你们是在耍流氓吗？”

一个熟悉的童音，打断了两对热吻的情侣。

“小西瓜，你怎么也来了？”沈时南看着突然出现的小西瓜，抬头去找他的爸妈。

“我们当然是来送贺礼的。”言夏挽着傅墨森的胳膊走到他们面前，对林邵和夏清河递上了准备的礼物，“不用疑惑，你们不请我们，不代表林老爷子也不请我们。”

“傅先生，言小姐，你们大驾光临，我当然欢迎！”林邵接过礼物，知道林老爷子一直和傅老先生有私交，所以对于他们的出现，丝毫不感到意外。

“小西瓜，过来，不要和你舅舅学坏了。”言夏将小西瓜从沈时南身边拉了过来，故意嫌弃地看着他们四个。

可小西瓜却无辜地瞪着大眼睛看着她：“妈妈，那你和爸爸刚刚在车里就不算耍流氓吗？”

言夏听完后，脸色一红，惹得众人哈哈大笑。

林老爷子一直对林邵这个不学无术的孙子有诸多不满，直到看到夏清河这个孙媳妇，才高兴得整个宴会都喜气洋洋的。

林家在W市虽然势力也不小，但这次订婚宴只请了一些近亲和一些好友。夏清河父母都是普通又朴实的小老百姓，对于女儿嫁入豪门，虽然很高兴，却也显得拘谨。

沈时南看着林邵在宴会上时时亲昵宠腻地望着夏清河的样子，咧嘴笑了笑。

“你笑什么？”江桃看他。

“没什么，以前我和林邵打过赌，他说他要交上一百个女朋友才会结婚，没想到这么快就沦陷了。”沈时南看向江桃，“你说缘分是不是很奇妙？”

“当然奇妙啊。”回答他的不是江桃，而是坐在一旁的言夏，她有点生气，“我一直想当个媒婆介绍你们两个认识，结果你们两个自己倒是好上了，彻底让我做媒婆的梦想破灭了。”

“好了，我们就当是你这个媒婆介绍的，行了吧？”江桃笑着解围。

“对，等我们正式结婚的时候，就给你这个媒婆封一个大红包。”沈时南说完，扭头看向江桃，“林邵刚刚提醒了我，我们是不是也来一场这样正式的结婚宴会？”

“双手支持，就在一个月后吧，刚好是我们江大小姐三十岁的生日。”言夏抢先回答。

江桃看着沈时南深情的眼神，正要开口，一直在给小西瓜夹菜的傅墨森却抢先说了话：“这个事还有一个月，我觉得还是把眼前的事先解决好。”

大家疑惑傅墨森是什么意思，顺着他的视线，就看到了林家老宅门口朝他们这桌东张西望的冯东。

GUO | MING | XI

第十一章
CHAPTER 11

从一开始，我对她就是爱

NAN | YOU

看到冯东，江桃皱起眉头，站起身准备出去，却被沈时南拦下。

沈时南说完给了江桃一个安慰的眼神，起身朝门口走去。

“你来这里做什么？”对于冯东的出现，沈时南多少有些意外。这里是林邵的老宅，林邵和冯东没有什么直接的交集，更不会请他过来参加订婚宴，冯东却找到了这里，很明显还是来骚扰江桃的。

“别误会，我不是来找江桃的。”冯东对着沈时南勾起嘴角一笑，“我是来找你的。”

“找我？”沈时南皱了皱眉头，“有事快说，我没心情和你在这儿浪费时间。”

“别急嘛，耽误不了你几分钟，我就是来和你讲个故事。听我说完了，你再赶我走也不迟。”冯东自信地看着沈时南，“咱们换个地方？”

“别耽误时间，就在这儿说。”沈时南有些不耐烦，要不是冯东的出现，他和江桃的婚礼可能就敲定了。

“不是我想在这儿说，我是怕你一会儿觉得在这儿不方便。”

看着冯东自信的样子，沈时南低骂了一声，回头看了一眼江桃，这才和他往一个偏僻处走去。

“有事快说。”沈时南已经很不耐烦了，如果冯东说不出个所以然来，他一定不会就这么轻易放过冯东。

“那我长话短说。”冯东低头给自己点了一根烟，吐了一个烟圈才悠悠地开口，“从前，有一个富家少爷，老爸做着大生意，他生来便不愁吃穿。这富家小少爷原本也是一个乖孩子，但因为老妈早年间因病离世，老爸又缺少关心，就开始堕落了，吃喝玩乐，不学无术。

后来，他就迷上了赛车。别说，这小少爷还真是天生的赛车手，靠着家里的钱，买了赛车，玩上了地下赛车。可是地下赛车这东西，它危险啊。我们这个故事的主人公小少爷的人生，便在九年前因为赛车发生了转变。”

冯东说到这里，幽幽地看向沈时南，发现他的神情虽然没有任何变化，眼神却变得阴鸷起来。

“你从哪儿听到的这些？”沈时南的声音依旧很冷静。

“怎么，你现在有兴趣了？”冯东踩灭了烟，冷声笑笑，“别急，我的故事还没有讲完，后面还有你更感兴趣的。”

冯东说完，又给自己点了一根烟，接着说：“九年前，这位少爷在C市参加了一场地下赛事之后，得了冠军。高兴之余，他载着自己青梅竹马的女朋友，又在马路上飙起了车。可能是这富家少爷真的太高兴，高兴得都忘记看前面的路，也忘记脚下的油门加得有多大。意识到不对时，他已经来不及刹车，就直接撞上了迎面开过来的车。富家少爷的车翻了，要说这赛车的保护措施就是好，车上的他和他的女朋友都无大碍，但被撞的那辆二手小奥拓不但翻了车，撞到了旁边的石柱上，车上的一对夫妻也头破血流。后来他们被送到医院，抢救无效，第二天就双双离世了。”

“够了！”听到这里，沈时南终于喝住了他。沈时南没有发现，自己的声音有点颤抖。

“怎么，害怕了？是不是觉得这故事很熟悉？”看着沈时南激动的样子，冯东很是受用，“重点还没有说到，你急什么？”

说着，冯东也不管沈时南的反应，继续说：“他年纪还未满十八岁，根本没有驾照，出了这样大的事，按说这位少爷的人生可能就毁了。要说还是有钱人好呀，富家少爷虽然吓坏了，但是老爸有钱啊。为了替儿子脱罪，老爸不惜花钱请了替罪羔羊。不过这位少爷虽然没有坐牢，但也算是有良知，自此以后倒也痛改前非，还偷偷跑去看过受害者唯一的女儿。可是我们的故事，精彩就精彩在这里。”

冯东说完，勾着嘴角看向沈时南，声音很轻：“也不知道是巧合，还是这位少爷有意赎罪。九年以后，他又找到了当年出了车祸离世父母的女儿。他不但百般对她示好，还和她在一起，要娶她。”

“够了！你到底要干什么？”沈时南的拳头已经下意识地握了起来，“是慕晚晚告诉你这些的？”

冯东说得这么详细，除了慕晚晚，世间再没有第二个人。但是他们是怎么知道江桃就是当年出车祸夫妻的女儿？慕晚晚以前没有见过她，冯东更不可能知道。

不过此时沈时南根本没有心情去想这些，他只觉得像被人在背后狠狠地敲了一记闷棍，身心俱疲。

“是谁告诉我的并不重要，”冯东邪邪地笑，“你说要是我把这个消息告诉江桃，她会怎么想？杀害自己双亲的罪魁祸首居然想娶自己，你说这是不是一个天大的笑话？沈时南，你害死了她的双亲，现在又想来害她是不是？”

面对冯东的咄咄逼人，沈时南紧紧地皱起了眉头，却张不开嘴。

他做梦也不会想到，冯东会将他的事了解得这么清楚，清楚得连他自己都害怕。

“你也不用害怕，既然我跑过来先找你，自然是给你想好了选择的。”见沈时南没有说话，冯东给他吃了一颗定心丸。

“说吧，你想怎么样？”沈时南冷静下来，才冷冷地看向他。

冯东像目的得逞了一样，终于得意地笑了笑：“其实我的要求很简单，给我两百万，或者离开江桃。”

“你……”

“别急着回答，我给你时间考虑。”冯东打断沈时南，“这么大的事，你肯定要想清楚对不对？要是你考虑好了，随时到霆皇来找我。不过也别太久哦，现在这个故事只有你一个人听，我怕时间太久了，就忍不住告诉别人。”

“时南，怎么了？”

沈时南正要开口，江桃的声音便由远及近地响了起来。

江桃不是一个人，她的身后还跟着傅墨森和言夏。

大家见沈时南和冯东的交谈时间太久，不免有些担心。

江桃走过来便拉住了沈时南的手，才发现他的神情和平时有些不同。

“东子，什么事？”傅墨森看到老友冯东，声音却异常冷漠。

冯东看了看他，却答非所问：“墨森，言夏，好久不见。改天请你们吃饭，今天我还有事，就先走了。”

说着，他特意走到江桃面前，对她笑了笑：“桃子，谢谢你上次帮我还钱，这个人情我一直记着的。改天我再来看你。”

说完，冯东转身便离开了，他的异常反应不得不让众人不明所以地看向沈时南。

“时南，怎么了？他和你说什么了？”江桃抬头看向沈时南，发现沈时南的眼神已经恢复了平时的样子。

沈时南对她笑了笑：“没什么，他说上次你帮他还账的钱会还给我们，在这里和我扯了半天，我都有点烦了。没事了，我们回去继续吃饭吧。”

听了他们的话，言夏这才看向江桃：“这个冯东，我听说他在国外赌博欠了一屁股债，真没有想到他居然沾上了这种恶习。桃子，他刚刚说你帮他还钱了，你怎么还这么傻？”

“都过去了，就不提了。”江桃拉着沈时南回去，“没事就好，我们走吧。”

“走走，我还没吃饱。”沈时南和江桃继续往里走。当江桃走到前面时，他还是没忍住看向了冯东离开的身影，不看不要紧，转头才发现傅墨森正若有所思地望着他。

“冯东不会来告诉你，要是真举办婚礼他就来抢亲吧？”晚上回到家，江桃环着沈时南的脖子笑。

沈时南同样环着她的肚子勾嘴：“为什么这么说？”

“不然怎么从他出现以后，你怎么这么不高兴？”

“我不高兴？我哪里不高兴？嗯？”沈时南说着，已经低头吻了一口江桃，“倒是你，前男友来骚扰现男友，好像很高兴的样子。”

“嗯，确实有点。”江桃回吻他。

亲完沈时南，她才深情地望着沈时南疑惑的眼神，说：“因为今天再看到他的时候，我发现我已经彻底觉得他是一个路人，他的任何话都再也没办法牵动一点我的心情。我的全部心意，都在你这里。”

当江桃说完时，沈时南将她顺势抱到了身后的餐桌上：“那我再让你高兴一点。”

热吻结束以后，江桃去洗澡。

沈时南努力不让自己去想冯东今天对他说的那些话，但江桃一离开，他望着桌子上江桃的那张全家福，眉头还是拧了起来。

傅墨森的电话就是在那个时候响起来的，只有一句话，要他到酒吧喝酒。

沈时南原本是不想去的，但想起今天傅墨森看着他的神情，想必傅墨森知道了什么，最终还是去了。

和沈时南想象的一样，傅墨森看到他便开门见山地问：“冯东找你到底说了什么？”

“你不用管。”沈时南闷闷地喝了一口酒。

“你以为谁爱管你的事。”傅墨森有些严肃，“你先看看这个。”

傅墨森说着，打开手机丢给了他。

沈时南不明所以，拿起傅墨森的手机看了一眼，眉头就皱了起来。

手机上，是冯东在社交圈上配了一张几年前他们在一起时的亲昵照片，并写了一句话：你会回到我身边的。

傅墨森见沈时南神情严肃起来，又给他倒一杯酒：“所以我想知道冯东为什么这么自信？”

沈时南沉默了片刻，低头喝了一口酒，还是缓缓开了口：“你记不记得九年前，我出过一件大事？”

“你是指你车祸那次？”傅墨森也喝了一口酒，疑惑地看向他。

虽然傅家和沈家是远房亲戚，但两家人很少来往，当时沈青山为了救沈时南，更是封锁了消息，所以真正知道那件事情真相的并不多。

“那次车祸，出事的人是江桃的父母。”沈时南像鼓足了勇气，才说出这句话。

“什么？”傅墨森震惊地看着沈时南，“你确定？”

沈时南点了点头：“一开始在学校里见到她的时候，我不敢确定，毕竟过了九年，而且她和以前的变化也蛮大的。我承认，我接近她确实有赎罪的因素。但真正接触她以后，我发现对她更多的是……”

“我没问你这些，这是你自己的事。”傅墨森打断他，“冯东是怎么知道这些的？”

“我只清楚慕晚晚知道这一切。”

“看来她对你还没有死心。”

沈时南低头喝了一口酒，却没有说话。

“你打算怎么办？”

沈时南依旧没有说话。

傅墨森看着沈时南没有再说话的意思，也没有开口，只是他看到沈时南的眼神异常的冰冷。傅墨森到底还是没有忍住，伸手拍了拍沈时南的肩膀。

沈时南不知道，在他和傅墨森喝酒的这会儿，江桃也正在和言夏微信聊天。

言夏：桃子，我最后问你一遍，你想清楚了，你真的要这样做？

江桃：这个问题从一开始你就问了不少次，我再说一遍，确定。

言夏：不后悔？

江桃：当然不。

言夏：这可是你全部的身家，这么多年来你拼命换来的，你真的愿意这样放弃？

江桃：也不算是放弃，我爱他，我的一切都是他的。

言夏：没看出来，你爱起来这么狂野，我喜欢！那我就放心了，我和傅墨森也愿意跟进百分之三十。

江桃：什么？你和傅墨森……

言夏：其实我今天找你就是想告诉你，我和傅墨森商量过了，你差的那部分就由我和傅墨森来出，这算是我们俩给你和沈时南的份子钱。

江桃索性直接打来电话：“不行，这怎么行！”

言夏打断她：“桃子，你听我说，你就是变卖所有的一切，也一下子拿不出这么多钱。我知道为了沈时南，你做好了破釜沉舟的准备。但是时不我待，你也知道这件事不能拖太久。我们密谈的这几个股东，多拖一天就有多一天的危险。听我的，实在不行，你就当我们入股了。以后赚了钱，你再还给我们。”

江桃的声音有些哽咽：“言夏，谢谢你。”

言夏：“姐妹之间，不谈谢字。”

学校的跑步比赛准备工作已经在学生会成员的主持下做得差不多了，第二天一到学校，学生会主席就来向沈时南这个主要负责人报告工作的进度，按照计划明天可以准时开赛。

虽然这是目前沈时南工作最重要的一件事，但他听了个大概，就打发了学生会主席，然后径直来到了慕晚晚的办公室。

“小南哥哥，你找我？”慕晚晚见沈时南走进来，开心地从位子上站了起来，顺便打发了一直在她办公室磨蹭不走的程老师。

程老师不情愿离开前，还给沈时南递眼神，那意思当然是拜托他在慕晚晚面前多替自己说点好话。

可惜沈时南今天没有心情和他对眼色。

“慕晚晚，你要做得这么绝？”程老师一离开，沈时南便盯着慕晚晚开门见山地说。

听到沈时南的话，慕晚晚一愣，但随即就明白了：“看来冯东去找你了。”

沈时南没有想到慕晚晚会这么干脆，眉头拧成了一团：“所以你承认这一切都是你告诉他的？”

“是。”慕晚晚回答得很直接，“不过我没有想到他这么耐不住性子。”

“你到底要干什么？”沈时南对慕晚晚嚣张地承认有点恼火。

“小南哥哥，我要干什么你不知道吗？”慕晚晚走到沈时南跟前说，“我知道你只是对她有愧，并不是喜欢，更不是爱。”

“你错了，从一开始，我对她就是爱。”沈时南冷冷地打断慕晚晚。

听到沈时南这样说，慕晚晚却淡淡一笑：“那你说，要是她知道你就是当年害死她父母的凶手，你的这点爱会怎么样？”

听到慕晚晚这样说，沈时南的眼眸中闪现一抹厉色：“你是怎么知道的？”

“这才是你今天来找我的目的吧？”慕晚晚一语道破。

沈时南看着胸有成竹的慕晚晚，终于知道她其实就在等着自己找上门来。

“其实一开始我确实没往这方面想，毕竟那件事过去了那么久，整整九年。可是小南哥哥，我和你从小一起长大，从来没有见过你对哪个女人这么上心过。就连以前对我都没有，以前我可是你的未婚妻呀，小南哥哥。”慕晚晚的语气暧昧，“这根本不正常。特别是前几天我又在C市看到你回去那个出事的地方，我就多了一个心眼，查了查这位江小姐，没想到会有这么大的收获。她的父母在九年前去C市走访亲戚的时候出了车祸，双双离世。你说巧不巧，出事的地点就是我们那次出事的地方，连日期都是同一天。”

沈时南冷冷地看着慕晚晚云淡风轻地说出这些，只感到头又开始痛了。但是他眉头拧成了一团，什么也没说。

见沈时南没说什么，慕晚晚又深情地看着他继续说：“小南哥哥，当年我在你的车上，要不是命大，可能也和她的父母一样了吧？你没对我有什么补偿我也没介意，还在你每次痛苦的时候陪在你身边照顾你。你可以不感激我对你的照顾，可你不应该这样伤害我！你觉得这样对我公平吗？”

“所以你就找到冯东，企图用这么卑鄙龌龊的方式毁了我，也毁了她？”沈时南强行让自己不要回忆慕晚晚说的那个场景，咬了咬牙。

“这你倒是说错了，是他来找的我。我压根不知道有这么一个人。”慕晚晚笑了笑，“我也不知道他是从哪里知道我的，不过当看完他为求真爱后悔莫及的样子时，我于心不忍，这才帮了他。”

慕晚晚的神情不像在说谎，但沈时南没想到慕晚晚会用这么轻松的方式来告诉他这一切。

原本以为她会装傻当什么也不知道，可是现在她这样，反而让他所有的怒气无处可撒。

“晚晚，两年没见，你变了。”沈时南看着眼前这个曾和自己订婚，甚至如果没有意外差点结婚的人，眼神也越发冷漠。

“不，小南哥哥，我从来都没有变过。变的人，是你。”慕晚晚说着走上前去，一把拉住沈时南的手，“小南哥哥，如果你只是觉得对她有愧，你大可不必用这样的方式赎罪。我们可以给她钱，给她很多很多钱。你知道我做这些只是想你离开她，回归到我们正常的生活中。只有你……”

“够了，慕晚晚，我一直以为你和慕成鹤不一样，没想到你比你爸爸更恶毒！”沈时南厉色打断慕晚晚，挣开了她的手。

但是沈时南没有想到，他的这句话会让慕晚晚的神情顿时变得那么委屈。

“小南哥哥，你就那么恨我们慕家的人吗？”

“你爸爸毁了我们沈家，夺去我爸爸的一生心血，你现在问我是不是恨你们，如果你是我呢？你会不会恨？”沈时南看着慕晚晚的神情，反而冷静了下来。

“小南哥哥，虽然我不知道那件事到底是不是我爸爸做的，但是你认为是他做的话，我以前也和你说过，他是他，我是我，如果你因为慕成鹤是我爸爸才抛弃我，那我现在就去和他断绝关系。”

沈时南还没来得及说话，慕晚晚再次拉住了他的手，满眼的委屈："你解除婚约的时候我就说过，那时候我没有闹，是想给你一段时间冷静冷静。小南哥哥，快两年了，难道你真的因为慕成鹤一辈子不理我吗？"

"我们早就过去了，我现在爱的人不是你。"沈时南的声音冷漠得没有任何感情。

慕晚晚的眼神在绝望中闪现一抹狠色："小南哥哥，你真的不怕我把这一切都告诉江桃吗？"

"晚晚，我最后告诉你一次，就算我和江桃分手，我们也再无可能，我永远都不会和你在一起。"沈时南的语气很轻，轻得没有一丝感情。

说完，不等慕晚晚反应，沈时南便转身离开。

他知道，他和慕晚晚之间早已多说无益。

她再也不是以前那个事事都听他的小丫头了。

贺校长推开慕晚晚办公室的门，就看到沈时南一张冷漠的脸，而站在原地一动不动的慕晚晚脸上正挂着两行清泪。

"怎么回事，沈时南，光天化日之下你欺负慕老师了？"

沈时南却径直推开了办公室的门，理都没理他。他嘴上说沈时南没礼貌，心里却乐开了花：儿子，你的机会来了。

贺校长说着，走到慕晚晚面前递了一张纸巾给她："快擦擦，慕老师别难过，回头我再帮你收拾这个浑小子。"

可是他没想到慕晚晚同样没理他，他顿时有点尴尬。但当他看清了慕晚晚的眼神时，却没有想化解这份尴尬的心情。

他发现慕晚晚望着沈时南离开的背影，眼神有点可怕。

江桃在办公室看到沈时南时，她刚开完会，看到沈时南把自己的办公室摆满了鲜花，像一个花店一样，愣了愣，随即也笑成了花。

“你是想在我这儿开个花店吗？”

“对啊，你就是我店里的招牌，最漂亮的一朵。”沈时南一把将她拉到怀里。

“无事献殷勤，非奸即盗。说吧，你想干吗？”江桃凑到身边最近的一朵花旁闻了闻，顿时觉得芳香扑鼻。

“这不是一个老公应该做的最基本的事吗？”沈时南咬了咬江桃的耳朵，“我就是想告诉你，作为我的女人，可以每天都这么幸福。”

“就喜欢你这么嘴甜。”江桃踮起脚在沈时南嘴上轻轻啄了一下。

“其实……”沈时南犹豫了一下，还是轻轻张开了口，但是他的声音很轻，轻到江桃的声音同时响起来盖过了他。

“你来得正好，我也要找你。”

“嗯？”沈时南愣愣地看着江桃，江桃没有说话，却拉起他的手，带着他离开了公司。

半个小时以后，当江桃带着沈时南站在沈家老宅的门前时，沈时南整个人愣住了。

当年沈家老宅在昌茂集团被慕成鹤侵吞时，也因为属于昌茂集团的资产被收回。沈时南在这里出生，也在这里长大，更因为当年母亲也是在这里离世的，所以对这里有特别的感情。

“怎么来这里？”沈时南不知道江桃是什么意思，心里隐约有种说不上来的感觉。

江桃对他甜甜一笑，却没有回答。

直到江桃亲手用钥匙打开了沈家老宅的大门，拉着他的手站到院子里。他才不敢确定地看向她：“你把这里买了回来？”

“欢迎你回家，时南。”江桃对沈时南张开手臂，“这个宅子现在不姓慕，也不姓江，它还姓沈。”

沈时南打量了一下周围，这才发现院子明显被重新修整过，草坪整齐，地面干净，房间里的东西却和他两年前离开时基本一样。不知道是慕成鹤从来没有住过，还是江桃重新找人按原来的布置。

“桃子，”沈时南难掩激动之情，“你干吗对我那么好？”

“开心吗？”江桃此时像一个霸道女总裁，醉心地看着沈时南。

糙汉沈时南此时却像一个小娘子一般点了点头：“嗯。”

“只要你开心，这就是我对你好的理由。”江桃扑倒在沈时南的怀里，又变成了一个小女人。

“这要很多钱吧？”沈时南的这座老宅，不但位置好，而且面积也不小。

“这个你不用管了。”江桃说着，学着沈时南的样子，“某些人不是有名言吗，赚钱不给自己喜欢的人花，赚它有什么意义。”

“这里你是不是小时候撒过尿？”不等沈时南反应，江桃指着院子里那棵枣树对着沈时南笑笑。

说完，她又兴奋地跑到客厅：“这里呢？你爸爸是不是在这里打过你的屁屁？”

“还有这里，”江桃指着一张桌子，“老实交代，你有没有在这里给你的女同学写过情书？”

沈时南终于拉住了像一只小兔子般的江桃：“你这是要干什么？”

“没什么，我就是想把错过的你的人生都看一遍。”

沈时南觉得今天的江桃是要把他感动哭才肯罢休了。

“这里你什么时候买回来的？”沈时南还是将话题转移了回来，“你怎么知道我还有这个老宅？”

“今天我们不聊这个，你快回答我都给谁写过情书。”江桃明显不想在这个话题上深聊。

“没有。”沈时南认真地看着她，却没打算让她躲避过去，“既然做了，为什么不想让我知道？”

“因为我怕某些人自尊心作祟，不好意思啊。毕竟某些人有大男子主义不是吗？”江桃说着，揽住了沈时南的脖子。

“你对我这么好，不怕我也像某些人一样，也辜负了你？”沈时南的声音有些轻，好像没有底气大声说出来一样。

江桃邪邪一笑：“你要是敢的话，天涯海角我也把你追回来，然后天天折磨你，叫你生不如死。”

当江桃说完的时候，沈时南有那么一瞬间觉得她和以前有点不同。

她在他面前更加放松了，也更加小女人了。

这种发觉让沈时南心里五味杂陈，他很想对江桃说一肚子的情话，但最后什么也没说，只是一把将她抱在怀里，然后狠狠地吻住了她。

他像吻住了一整个春天，像吻住了一整个世界。

这一天，沈时南在老宅里给江桃做了一顿大餐，因为家具厨具一应俱全，加上他心情大好，所以做出来的菜也异常美味。江桃看着他系着围裙忙碌的样子，突然就从背后抱住了他。

沈时南正在炒菜，只感到身体一紧。

“别闹，小心有油。”

江桃却将他抱得更紧：“老实交代，早上去我办公室送花，你到底是想干吗？”

“我就不能没事送你花？”

“不能，你是不是有什么事不好意思说？”

“我……”

“沈时南，我们结婚吧？”江桃抢在沈时南前面，说完又笑笑，“平时你那么猴急，怎么真到这个时候还紧张了？你看，说出来其实一点也不难。”

“嗯？”沈时南整个人有些愣住了，“你这是在向我求婚？”

“害怕了？”江桃笑得甜蜜，“难道早上你送花不是这个意思？”

“我……”

江桃已经控制不住自己激动的心情，完全没给沈时南说话的机会，又抢先说：“那我现在向你求婚，你愿不愿意啊？”

江桃发现自己说完之后，沈时南愣在那里一动不动。

她以为是沈时南没听清，又加大音量：“我向你求婚，你愿不愿意啊？”

至少过了一分钟，江桃才听到沈时南的声音。

“当然不愿意，”沈时南转身勾了勾嘴角，对着江桃笑笑，当江桃神色一变的时候，他又接着说，“你忘了某些人有大男子主义了？这种事怎么能让女人开口呢。”

听了沈时南后面的话，江桃一颗悬着的心才算落下来。

“沈时南，你越来越坏了。”

“是啊，我就是一个大坏蛋，怎么样，还要不要？”

“要，要，你就是浑蛋，我也认了！”

“浑蛋？是这样的浑蛋吗？”沈时南说着，一把将江桃拉到怀里，狠狠地吻住了她。

江桃发出呜咽的声音：“你的菜煳了。”

沈时南顺手关掉了开关，嘴上却没停下。

“等等，那你打算什么时候求婚啊？”江桃还是有点迫不及待地推开了他。

“本来确实打算今天的，但是被你破坏了大男子主义的气氛，算了。”

“算了？”江桃一把将沈时南推到身后的桌子上，顺手解开了他的围裙，反过来吻住了他的嘴巴，“好啊，我让你算了。”

GUO
|
MING
|
XI

第十二章
CHAPTER 12

这是他一辈子
都要承受的惩罚

NAN
|
YOU

W大一年一度的跑步比赛举行这天，虽然开赛仪式还算成功，但贺校长很生气，主要负责人沈时南别说没有主持，连参加都没有。

贺校长打电话找人，沈时南的电话一直响，就是没人接。

贺校长找不到沈时南是有原因的，因为那个时候沈时南约了林邵，正找他借钱。

“一百万？南哥，我没听错吧？”林邵看着眼前的沈时南，满眼的震惊，“你要一百万干吗？”

“我就问你借不借？”沈时南有些不耐烦。

“借当然没问题，”林邵还是很不放心，“只是你能不能告诉我到底出了什么事？”

当初沈时南家里所有资产都因为失去昌茂集团的控制权而全部被收回，沈时南一无所有时，林邵拿钱给沈时南他都不要。林邵比谁都了解他，他不是那种轻易开口借钱的人，除非真的出了什么大事。

“你再废话我就找别人了。”沈时南说着站起来就要走。

“好好，我不问了。我马上转钱给你。”虽然林邵很想知道沈时南到底出了什么事，但他也知道沈时南不愿意说，他再逼问也不会有结果。

林邵虽然瞎混，不过也正是因为他喜欢交朋友，开了一个贸易公司，这两年经营得还算不错，一百万对于他而言不算难事。

说着，他已经转钱给了沈时南。

沈时南看到到账的钱，这才对林邵举了举杯：“谢了，还有，这事要保密。”

林邵虽然嘴上答应，但还是多留了一个心眼。

然后当晚，他就在暗地里跟着沈时南时，看到了沈时南在霆皇约冯东见面。

看到沈时南约的人是冯东时，林邵皱了皱眉，虽然他不知道究竟发生了什么事，但是有一个强烈的感觉：果然是出事了。

冯东看到他到来，很是开心。

“看来你考虑好了。”冯东给沈时南倒了一杯酒，客气地给他递了过去。

“我怎么确定你不会告诉江桃？”沈时南懒得和他废话，开门见山地说。

“我是一个有信用的人。”

“你也配说出这句话？”沈时南推开面前的酒，“给我一个确切的保证。”

“那你要怎么保证？”冯东笑得好看。

“拿了钱消失。”沈时南冷冷地说，“只要江桃知道一点，不管是不是你说的，我都会当是你说的，然后告你勒索。”

沈时南说着，从口袋里掏出了手机，打开了视频对着冯东，又从口袋里掏出了一张卡，放到了桌子上。

“这张卡里有两百万，只要你能答应我说的，它就是你的了。”

“什么？”冯东有些意外，“你给我钱？你宁愿给我钱也不愿意离开江桃？”

“离开？谁告诉你我要离开她。”沈时南不屑地看着冯东，“你不就是想要钱吗？”

冯东一时有些蒙，似乎没有想到会是这个结果。

“你们家不是破产了吗？你哪来这么多钱？”

“这不是你该关心的事。”沈时南的脸上带着一抹厉色，“我再告诉你一遍，永远别让她知道，不然后果比你想的还要严重。”

冯东拿起桌上那张卡，却冷笑了一声："你确定要用钱打发我？"

"你不会真想我离开她吧？"沈时南有些冷漠，"说你是渣男，还真是轻的。"

"你想说我是什么，我无所谓。"冯东笑笑，"我只问你，是不是确定要用钱打发我？"

"你以为我离开了她，你就有机会？你是不是有点不太清醒？"

"那就是我的事，不用你费心。"冯东期许地看着沈时南。

沈时南有些不耐烦："你还想怎么样？"

"我听说，桃子现在年薪上千万，你就给我两百万，是不是太好打发我了？"

听完冯东的话，沈时南最后一丝耐性也终于被他磨完了。沈时南站起来一把将冯东拽着抵到了墙上，满眼都是怒火。

冯东却不慌不忙地笑了笑："既然你都说我这是敲诈了，我干吗不多敲诈一点？想要我永远消失也行，我也不要多了，再加五百万，我马上消失。"

"说你是畜生你还真不拿自己当人！"沈时南一拳打在冯东脸上，冯东的鼻血瞬间飙了出来。

"你敢动手，你信不信我马上给江桃打电话告诉她真相？"冯东摸了摸鼻子，立马气急败坏起来。

"我让你打！"说话间，沈时南的拳头又朝冯东挥了过去。

"你气急败坏的样子，还真是和你爹一个样子。"一个声音打断了沈时南，沈时南扭头望去，只见慕成鹤正悠悠地看着他们。

慕成鹤像看好戏一般看着沈时南，嘴上没有停："只有愤怒，却丝毫无能为力。"

"你是谁啊？"冯东不满地看着慕成鹤。

沈时南却已经松开了冯东，走到慕成鹤面前："那我就让你看看我的愤怒。”

沈时南说话间，又将拳头朝慕成鹤挥去。

慕成鹤没有躲开，沈时南却没有打到他。只见他身后的一个高个男人在沈时南挥出拳时，立马走上前来，反手将沈时南擒拿压倒在旁边的桌子上。

“小南呀，你对我动手过一次，你觉得我还会让你打我第二次吗？”慕成鹤低头看着因为胳膊疼得龇牙咧嘴的沈时南，“我正好要找你谈谈，没想到就在这儿碰到了，你说巧不巧？”

“你放开我！”沈时南想挣开，可高个男人显然是一个练家子，他根本挣不开。

慕成鹤对高个男人使了个眼色，沈时南这才被放开。

“疼吗？可是你再疼，能有晚晚的心疼吗？”慕成鹤看着沈时南说，“你误会我没关系，可是晚晚她那么爱你，你知不知道她从美国回来以后，每晚都以泪洗面，你怎么能那么伤害她？”

“你是慕晚晚的爸爸吗？”听到慕成鹤提到晚晚，冯东兴奋地打断他。

慕成鹤这才看向冯东：“你是谁？”

“那我们是一个阵营的。”冯东说着走到慕成鹤旁边，“我也是替晚晚来教训他的。”

慕成鹤看着冯东刚刚被沈时南一拳打下的狼狈样，皱了皱眉：“滚。”

冯东尴尬地张了张口，最终看向了沈时南：“我们的事还没完，明天还是这里，我们再谈。”

说完，他就擦着鼻子溜了。

“从你计划要害死我爸的那一刻，你就该知道会有这个结果！”沈时南冷着眼，“要说伤害，也是你伤害了她！”

“到现在你还认定是我夺取了你们沈家的财产，害死了你爸爸对不对？连警察都认定这一切只是合法的商业交易，你还这样误会我？行，误会我没事，但是伤害晚晚，就是不行。”慕成鹤说着，眼神一冷，“现在我给你两个选择，一个是和晚晚成婚，一个……”

“啸，成婚？你不觉得你说这个很可笑？”沈时南冷笑着打断慕成鹤，“我觉得你是不是搞不清状况？”

“那就别怪我没给你选择。”慕成鹤说着，给了高个男人一个眼神。

沈时南在高个男人动手前，抢先给了男个高人一脚，但这一脚对高个男人似乎伤害不大，他已经朝沈时南扑了过去。

“爸，你在干什么？”不知道从哪里跑出来的慕晚晚一把推开了高个男人，将沈时南挡在了身后。

“晚晚，你怎么来了？”慕成鹤意外地看着慕晚晚。

“你要干什么？”慕晚晚有些生气地看着慕成鹤，“谁让你这么伤害小南哥哥的？”

“他这样对你，我只是想替你出口气。”

“我是恨他离开了我，可那也是我和他的事，我不要你管！”慕晚晚生气地打断慕成鹤，说完转身看向沈时南，“小南哥哥，对不起，你没事吧？”

沈时南却一把推开了她：“少在我面前演戏！”

“对不起，我不知道我爸爸……”慕晚晚说着，已经转向慕成鹤，“还不快走！在这里干什么？走啊！”

慕成鹤见慕晚晚十分生气，最终还是对着沈时南说了一句“我不会允许任何人来伤害晚晚的”，便扭头离开了。

“小南哥哥，你没事吧？”慕晚晚见慕成鹤一离开，又担心地看着沈时南，“对不起，我真的不知道我爸来找你的麻烦。要不是林邵及时打电话告诉我，我……”

“林邵？”沈时南皱了皱眉。

“嗯，他让我赶紧来这里一趟，别的也没说。”慕晚晚说着咬了咬嘴唇，“还有冯东的事，我也不知道他要敲诈你。我承认我一时糊涂将那些事告诉了他，但这不是我的本意，我只想……”

“只想我和江桃分开是吗？我说过，就算我真的和她分开，也不会和你在一起！”

说完，沈时南转身离开，不给慕晚晚多说一句的机会。

“小南哥哥，”慕晚晚追上去拉住了沈时南，声音带着哭腔，“可是我真的好爱你，我忘不了我们以前在一起的事，每到晚上我躺在床上，脑海里全是我们以前在一起的画面，我快受不了了。”

沈时南冷冷地挣开了她的手，头也不回：“晚晚，如果你不想我恨你的话，最好别再和我说这些。”

沈时南没想到和冯东的碰面会是这样一个结果，但即使这样，他还是打算第二天继续和冯东碰面，毕竟现在冯东对他而言是一个炸弹。但让他没有想到的是，他还没来得及等到晚上再去霆皇，冯东就直接跑来W大主动找他。

“两百万呢？”冯东将沈时南约到学校的楼顶，开门见山地对他说。

“不要五百万了？”沈时南察觉冯东的神情有些紧张。和昨晚的嚣张不同，今天冯东似乎很着急，而且眼神有些迷离，像是一夜没睡的样子，身上还穿着昨天的衣服，一身的酒味。

“别废话，快拿来。”

“我说的你能做到了？”沈时南冷冷地看向他，“离开这里，消失。”

“能能能，拿了钱我会立马离开去美国。”冯东又催他，“钱呢？”

“钱可以给你。”沈时南从口袋里掏出那张银行卡，“还是那句话，你怎么给我保证？”

“录吧，你可以录视频，怎么样都行，只要钱给我，我马上离开。”冯东越发显得着急，眼睛也一直盯着沈时南手里的银行卡。

沈时南不知道这一天过去冯东发生了什么事，但冯东这个样子反而让沈时南觉得他不会撒谎。所以沈时南犹豫了一下，真的将银行卡交给了他。

“冯东，你敢拿着银行卡离开一步，我就马上报警。”一个熟悉的声音忽然响起，“刚刚你们的交易我已经录下了视频。”

江桃举着手机朝他们走了过来。

看到江桃举着手机的样子，冯东有些气急败坏：“好呀，沈时南，你敢阴我！”

“你怎么来了？”沈时南怎么也没有想到，江桃会出现在这里。

“从昨天我就发现你有些异常。”江桃举着手机走到他们面前，“所以我就打电话问了一下林邵。”

江桃说完，不等沈时南说话，拧着眉头看向冯东：“冯东，你学会敲诈了。”

“敲诈？”冯东冷笑一声，“这是他自愿给我的。”

“我不知道你用什么理由威胁他，马上把钱还给他，不然我现在就打电话报警。”

“桃子，你真的不在乎是什么理由？”冯东说着看向了沈时南。

“桃子，”沈时南走过去拉住了江桃的手，看向冯东，“你快滚。”

冯东终于毫不犹豫地大步离开。

“冯东，你给我站住，不然我马上报警。”江桃朝冯东大喊，说完她有点生气地看向沈时南，“他是不是用我来威胁你？”

冯东见江桃的注意力没在自己身上，立马开溜。但他还没来得及走远，就迈不动脚步了，因为他听到了江桃打电话的声音。

“喂，110吗？”

“桃子，你听我说……”沈时南急忙去抢电话，但他还没抢到，神经紧张的冯东已经退了回来。

“桃子，你要报警是吗？好，既然你想知道他为什么心甘情愿给我钱，那我就成全你，让你死心！”

“冯东，你给我闭嘴，快滚！”

沈时南朝冯东怒吼，可是被江桃打电话的声音激怒的冯东暴躁地看向江桃，根本没有停下来的意思。

“九年前，你爸妈是怎么死的你知道吗？”

“冯东，”沈时南看着冯东眼色发红，松开江桃一把将他推开，“你给我闭嘴，拿了钱赶紧滚！”

“嗬，这钱我还拿得走吗？好，你们要毁了我是吧？你们都要毁了我是吧？那咱就谁也别想好过！”冯东一把将手里的银行卡甩到沈时南身上，走向江桃朝她怒吼，“你是不是一直以为你爸妈是被那个喝醉酒的开货车男人撞死的？哈哈，一个开货车的司机怎么有钱开几百万的赛车，你不觉得这事蹊跷吗？”

“你到底想说什么？”江桃拧着眉头。

“是他，是你眼前这个人把他们撞死的！”冯东指着沈时南笑了笑，“就是他，就是这个人害得你家破人亡。你知道他为什么愿意给我钱吗？因为这是他给我的封口费。”

“你说什么？”江桃皱着眉头，“你在胡说什么？”

“没想到吧？你以为离开了我就遇到了真爱？我胡说什么，你问他。”冯东说完，玩味地看着沈时南，“想毁了我是吧？好，谁毁了我，我就毁了谁！”

“桃子，你听我说。”沈时南想开口向江桃解释，可是当年那一幕却骤然闪现在他脑海里。

他和慕晚晚在车里纵情大笑，两车相撞激烈地翻滚，那对夫妻在车里的哀号……

每一幕都让他张不开嘴。

他又觉得胸口突然疼了起来。

像自那天之后的每个夜晚一样，他悲痛无助。

“他说的都是真的吗？”比起沈时南的慌乱，江桃并没有那么激动。

“两百万！这可是两百万，不然你以为他为什么会这么大方？还不是和我一样，图谋不轨！”冯东打断他们，冷笑着，“桃子呀，你真的会和杀害你父母的凶手在一起吗，是不是觉得还是我们的爱情最纯真？”

“你闭嘴！”江桃扫了一眼冯东，又看向沈时南，可她还没有张开口，冯东却又迷离地笑了起来。

“我真的好怀念我们以前在一起的日子啊。你放心，我拿了这两百万，还了我的赌债，我就重新做人，我会认真找一份工作，好好努力。你以前不是总说我是啃老吗？再也不会了，我再也不会了，哈哈，我爸爸早就破产了，我一定会自食其力，给你一个家的。”

“时南，”江桃完全没有理会冯东的话，她目不转睛地看着沈时南，声音终于有些颤抖，“我要你亲口告诉我，他说的是不是真的？”

“怎么了，你现在不敢承认了？”冯东再次抢在沈时南前面，冷眼看着眼神慌乱的沈时南，笑了笑，“害怕了？如果昨天你爽快地再给我五百万，怎么会这样？现在后悔了吧？”

沈时南同样没有理会冯东的话，他不敢直视江桃的眼睛，声音有些慌张：“对不起，对不起……”

除了这三个字，他再也说不出任何话来。他的胸口疼，额头上也冒着汗珠，这一刻，他又变成了九年前那个倒在地上，看到眼前血腥一幕完全惊慌失措的孩子。

沈时南一直以为过了九年，这些事应该对他不会有那么大的刺激。

特别是从遇到江桃开始，他让自己在她面前刻意变得放松且不着调。

可是直到真正面对江桃提起这些，他才知道，这是他一辈子都要承受的惩罚。

所以，他再次变成了九年前那个不敢面对的孩子，他满脸愧疚地看了江桃一眼，转身就跑了。

“时南，时南……”江桃跑去追他，可是沈时南狼狈得像一只流浪狗，完全没有要留下来的意思。

“桃子，这还不够明显吗？”冯东追上江桃，“他比我更恶劣，他根本就不是因为爱你。你真的忘了我们之间的感情了吗？要不我们和好吧？”

“啪！”

冯东的话还没说完，他就感到自己脸上火辣辣的一阵疼。

“你闭嘴！”

冯东想要说些什么，可是当他看到江桃满眼的泪水，再也不敢出声。

江桃就那样伫立在原地，忽然感到肚子一阵疼。

她弯下腰去，冯东揉了揉脸想要过去扶她，却被她一把推开。

江桃满脸的泪水，她却没有哭出任何声音。

这一刻，她只觉得整个世界只有黑色。

沈时南消失了。

所有都在找他，但是他的手机关机，人也两天没去学校。刚刚买回来的沈家老宅没人，连他最好的兄弟林邵也不知道他在哪儿。

没有人知道那天他从楼顶跑出去以后去了哪儿。

而在所有人着急的时候，沈时南正坐在一个有些破旧的院子里。

这是一座不大的疗养院，就在W市的郊区，因为年久失修，显得有些破旧。这里住的病人，也只是一些家境不太好的孤寡老人。

这个疗养院其实是当初沈青山为了给沈时南母亲养病特意投资建设的。但此时沈时南之所以来这里，并不只是怀念母亲。

当年出事以后，沈时南就被沈青山以静养的方式关在了这里。而等他出来以后，所有的事已经处理完毕。

沈时南旁边有一棵枣树，就是当年他和母亲一起种下的，如今早就成了一棵大树。

蔡院长年事已高，两天前沈时南出现在这里时，她一眼就认出了他。但她看到他的神情，没有多问，只是给他准备了一个房间，还有一些吃的。

这两天，沈时南除了将自己关在房间里，就是出来坐到那棵枣树下。蔡院长记得，沈时南还是一个孩子的时候，就常常将他的妈妈从房间里推出来，在那里晒晒太阳。

沈时南不会想到，最先找到他的人会是慕晚晚。

不过看到慕晚晚的出现，他并不意外。那年出事以后，几乎是慕晚晚昼夜不分地在这里陪着他，度过最艰难的时光。

“小南哥哥，”慕晚晚轻轻地走近沈时南，像早就预料到他会在这里一样，平静地坐在他旁边的石凳上，轻轻地唤他，“我买了慕斯蛋糕，你吃一点吧。”

慕斯蛋糕是沈时南妈妈以前最喜欢吃的甜食，九年前沈时南住在这儿的那段日子，慕晚晚便常常买来慕斯蛋糕给他吃。每次吃着那些蛋糕的时候，原本胸闷的他情绪就会渐渐平静下来。

沈时南看了一眼石桌上的慕斯蛋糕，还是和以前一样的包装盒，却没有吃，也没有看慕晚晚一眼。

“你知道吗？虽然这些年我去过天南海北，但是我最喜欢的地方其实是这里。”慕晚晚环视了一下这有些落败的小院，不疾不徐，“我记得那时候我才十四岁，你十七岁多一点，我们还那么小，觉得一辈子都会在一起。”

“如果你来这里是说这些废话的，说完你就可以走了。”沈时南还是冷冷地开了口。

“我不会走的，我说过，我会永远陪在你身边的。”慕晚晚往沈时南身边挪了挪，拉住了他的手，“小南哥哥，我知道你恨我，但是我还是要向你解释一下，我那天已经找了冯东，我告诉他如果再敢威胁你，我不会放过他的。我没想到他……”

“别再演戏了，慕晚晚！”沈时南终于忍无可忍地打断她，“从你告诉了他一切开始，你就知道会是今天这个结果，对吧？”

“我承认，我是想过。可是那天当我看到我爸爸那样对你的时候，我就知道这不是我想要的结果，我不想逼你。我承认我忘不掉你，可是如果你是真的和江桃在一起很幸福，我是不会打扰你的。但……”

“慕晚晚，我不想看到你，你还是走吧。”沈时南再次打断她，一句话也不想听她说下去。

慕晚晚咬了咬嘴唇：“我可以走，那你呢？你打算一辈子就躲在这里吗？”

“我的事不用你管。”沈时南甩开她的手，站了起来，有些冷漠，“别再烦我就行了。”

沈时南起身回房间，没有再多说一句的意思。

慕晚晚看着沈时南的身影，下意识地咬了咬嘴唇。

一直到沈时南回了房间，慕晚晚才掏出手机发了一条信息：他在疗养院。

“找到了，南哥在这里。”林邵盯着手机，兴奋地对言夏说。

言夏一把抢过林邵的手机，看了一眼发过来的地址，立马上了车。

言夏将车开得飞快，林邵看着她冰冷的眼神，有些紧张："夏姐，其实南哥就是想冷静冷静，他该出来的时候不用我们找的。"

"是不用找，还是找不着？"言夏的语气很不高兴，"你作为他最好的朋友，不是还要靠慕晚晚才能找到他？"

林邵有些尴尬："其实晚晚挺喜欢南哥的，不，是爱。他们俩从小一起长大，青梅竹马，要不是晚晚是慕成鹤的女儿，也许他们不会……"

"所以江桃就活该被伤害？"言夏打断林邵。

"当然不是，南哥这么爱桃子姐，瞎子也看得出来啊。"林邵说，"可能他就是一时之间不知道怎么面对桃子姐。"

"老实交代，你是不是也一开始就知道桃子就是……"

"没有没有，我这不是也才知道的吗？"林邵急忙说，"那件事对南哥当年影响挺大的，我也没想到。"

看着林邵不像说谎话，言夏也没再计较。

"不是让你走吗？"沈时南被不断响起的敲门声弄得不耐烦，打开门以后，话还没说完，迎面就看到了言夏，还有她身后的林邵。

"你浑蛋！"

还没等沈时南反应，言夏已经一把将沈时南推到了房间里。

"夏姐，有话好好说。"林邵急忙拉住言夏，又看了看沈时南，"南哥，你没事吧？"

"你躲在这里做什么？"言夏不给沈时南任何说话的机会，很是愤怒，"你怎么能这么伤害桃子！"

"夏姐，你先别激动，你让南哥好好说。"林邵继续拉了拉言夏。

林邵看向沈时南，示意他说点什么，可是他完全没有要开口的样子。

“南哥，这是不是一场误会啊？”林邵有些不忍地看向他，但林邵也知道，事情到了这一步，又怎么可能是误会呢。

“我真的替桃子感到不值，亏她那么爱你。”言夏依旧很愤怒，在沈时南面前踱步，“你知不知道她上次拉我一起去C市做什么？她约了几个昌茂集团的股东到C市密谈，要高价收购他们手里的股份，想帮你从慕成鹤手里夺回属于你们沈家的昌茂集团，打慕成鹤一个措手不及！为此她不但变卖了在言氏集团的股份，也变卖了自己所有的资产和这些年的个人投资。可是她换来的是什么？”

原来江桃之前并不是去C市出差，而是秘密约了昌茂集团的几个股东，想要收购他们手里的股份，这样加起来就是昌茂集团的大股东，到时候将昌茂集团从慕成鹤手里夺去。变卖一切资产，加上言夏和傅墨森出手相助，交易终于谈成，就等股东大会召开那天，给慕成鹤一个重击。

“你在说什么？”听到言夏的话，沈时南这才震惊地看向她。

“我说你就是一个浑蛋！你老实告诉我，从一开始你是不是就认出了她才故意接近她？你究竟想要干什么？”

“夏姐，你先别激动。”林邵赶紧拉住了言夏，生怕她控制不住自己。

“她现在是不是特别恨我？”沈时南答非所问，说话时有些有气无力。

“如果你是她呢？”言夏坐到旁边的椅子上，“说吧，这件事你打算怎么办？”

沈时南怔了半晌才缓缓抬头：“我会离开，永远消失在她面前。”

“这就是你作为一个男人负的责任？逃避？”言夏没有想到沈时

南会这样说，顿时更加气愤，“沈时南，我真是瞎了眼了，想把桃子这么好的姑娘介绍给你！她现在为了购买昌茂集团几个股东手里的股份，已经一无所有了。你知不知道！”

沈时南抬了抬眼。

言夏有点恨铁不成钢：“我就问你一句，你到底是不是真的爱她？”

“我当然是真的爱她。”沈时南恨不得将心掏出来给他们看。

“那你为什么不回去乞求她的原谅，躲在这里算什么？”

“我不敢面对她。”

言夏直视着他：“那你敢不敢面对你的孩子？”

沈时南满眼的震惊：“你说什么？”

“你知不知道，桃子怀孕了！她有了你的孩子！”

第十三章
CHAPTER 13

让我赔给你一个家

GUO | MING | XI

NAN | YOU

听完言夏的话，沈时南突然一拳打在门上，言夏看到他咬紧了牙，神情异常痛苦。

“是一个男人就不要躲在这里让两个人一起痛苦。”言夏生气地看着沈时南。

“南哥，虽然这件事……”林邵张了张嘴，犹豫了一下，也跟着说，“我们都知道你是真的喜欢嫂子，我觉得嫂子会原谅你的。你还是认真地和她说一说吧。”

江桃会不会原谅自己，沈时南不知道。但听到她怀孕的消息，他只觉得心跳得特别快。

心跳得特别快的，其实还有江桃。

那时候江桃坐在客厅的沙发上，这两天她对前来安慰她的言夏和其他人一概不见，只说冷静一下。可是只有她自己知道，她冷静不下来。

茶几上摆放的是前几天她查的验孕棒，两条红色的杠，异常醒目。她下意识地揉了揉肚子，视线还是转到了旁边那张全家福上。

江桃十九岁的时候，曾经有一个愿望——以后要赚很多很多钱，给爸妈买一个大房子。那时候她刚上大学，结识了言夏，陪言夏去过几次其家里，看着言夏家的大别墅，才知道人和人之间的差距原来这么大。

江爸和江妈都是普通的工厂工人，一辈子挤在一个老式小区的一室一厅里，江桃从小到大都是睡在客厅的。

当时江桃告诉爸妈，要给他们买一个大房子的时候，江爸还笑着说：“也不用太大，有三个卧室的就行。咱家人不多，太大了就太空了。”

但江桃怎么也没有想到，江爸说完这些话还不到一年，他和江妈就彻底离开了。

江桃还记得很清楚，那时她在C市的外婆突然中风，江妈心急想快点赶回C市去看看，江爸便借了同事的汽车，连夜开往C市。

后来接到警察的电话赶往C市医院的急救中心时，江桃都没来得及和他们说最后一句话，他们就因为抢救无效离开了。当时江桃记得，警察说是一个喝了酒的中年男人参加地下赛车，意外撞到他们的车。

江桃摸了摸眼角不知道什么时候流出来的眼泪，伸手将那张全家福抱在了怀里。那张照片就贴在她的心脏上，好像他们此时正拥抱在一起。

江桃并没有抱着那张相片很久，就听到了敲门声。她原本是不想开的，想也知道来人是谁。但她也了解言夏的性格，知道言夏不见人，不会罢休，所以最终还是打开了门。

但她没有想到，站在门外的会是沈时南。

“桃子，”沈时南看到江桃的瞬间，就一把拉住了她的手，“不要赶我走，你先听我说，你打我骂我，报警抓我，都可以……只要别不理我。”

“报警抓你，我父母就能活过来吗？”和沈时南想象的不同，江桃的眼神很平静。

“当年都怪我不懂事，”沈时南说着，一巴掌拍在了自己脸上，“出了事只知道逃避。对不起，是我害死了你父母。”

江桃看着沈时南满脸痛苦的模样，沉默了半晌才开口：“那你现在呢？现在也只知道逃避吗？”

“我不是逃避，我是不知道怎么面对你。”沈时南急忙解释。

“难道当你开始准备接近我的时候，没有想过这个问题？”江桃的声音依旧平静。

“那时候，我……我只是想赎罪。”

“如果你只是因为愧疚，可以现在就走。”江桃第一次打断他，挣开他的手作势要关门。

沈时南却眼疾手快地再次抓住了她：“不，我爱你。桃子，我爱你，比我想象中还要爱。”

在回来的路上，沈时南想了很多，他有很多很多话想说给江桃听。告诉她，他对她家人的愧疚；告诉她，他当年年少犯下的错误；告诉她，这些年来他的后悔。可是当他看到她平静地看着他的时候，他却什么话也说不出口。

他没有想到江桃会如此平静，平静到让他不知所措。

他情愿她打他骂他，让他滚。

可是她就这样静静地看着他，一句话都不说话。

“你是不是很恨我？”沈时南一刻也不愿松开她的手。

不等江桃说话，沈时南握紧了拳头，咬了咬牙，又说：“桃子，我爱你，其实我一直想找一个机会和你好好解释，但我害怕，我害怕我说出来以后，我们就……我愿意为我曾经做错的事付出任何代价，只要……还能和你在一起。”

江桃看着有些不知所措的沈时南，最终还是挣开了他的手。

“沈时南，你觉得我们还能回到过去吗？”

“我希望能。”沈时南咬了咬牙，视线移向了江桃的肚子上，轻轻地说，“桃子，我希望你给我一个机会，让我做一个好爸爸。”

江桃的眼泪终于在沈时南说完这句话的时候，忽然涌在了眼眶里。她伸手抹了抹眼泪，声音再也无法平静。

“为什么是你啊，为什么会是这样……”

“桃子，对不起。”沈时南一把抱住了江桃，再也控制不住眼泪，“对不起，都是我的错，对不起……”

这是沈时南第二次觉得这样无助，上一次还是在他十岁那年，眼睁睁地看着妈妈在病床上闭起了眼睛。

他想对江桃说很多话，可是到了嘴边，除了对不起，他说不出任何的话来。

见江桃没有说话，沈时南有些慌乱。

“桃子，是我毁了你的家，让我赔给你一个家，好不好？”沈时南一边说，一边低头亲吻江桃脸上的眼泪，他的声音轻柔，像用尽了所有的温柔。

江桃依旧没有说话，她的眼泪只是不停地流，不停地流。

最后，她忽然挣开了沈时南的怀抱，退回了房间，拿起了手机和包包就要出门。

“桃子，你要去哪儿？”沈时南有些慌。

“去医院。”

像意识到了什么，沈时南彻底凌乱了。

“桃子，桃子，我求求你，孩子是无辜的。”沈时南紧紧地拉住江桃的手，不让她走。

江桃却恢复了平静，站在原地，看向沈时南：“你不是说要赔给我一个家，想做一个好爸爸吗？不去检查一下宝宝的情况，我怎么给你这个机会。”

沈时南不敢相信自己的耳朵，满脸的震惊：“桃子，你说什么？”

“如果你是因为爱我，才回来，我给你这个机会。”江桃静静地说，“我已经失去一次我的家人了，现在我不想再失去第二次。”

沈时南在江桃的话刚说完时，就将她紧紧地搂在了怀里。

他无法形容自己的心情，这一刻，他觉得自己像从垂死的地狱又走回了人间，整个世界升起了彩虹。

“恭喜你们，已经有两个月了，宝宝很健康。”医院里，医生将B超单子递给江桃时，微笑着对他们说。

“谢谢医生。”沈时南在医生转身后，有些激动地看向江桃，“桃子，我一定会好好守护你们母女俩。”

“你怎么那么肯定是一个女孩？”江桃看着B超单子，也是满脸的激动。

“因为我希望是一个女孩，将来她长得像你，漂亮。”沈时南说着，还是有些不安起来，“桃子，如果你没有怀孕，还会……”

“我不知道。”江桃知道沈时南要说什么，她抬起头认真地看向沈时南，“但是我知道，我也爱你。”

沈时南终于一把紧紧地抱住了江桃，他低头亲吻她的额头，她的眼睛，她的鼻子……他想把自己所有的感情都以这样的方式给她。

可是他还没有亲到江桃的嘴巴，一个熟悉的声音就响了起来。

“我没看错吧？桃子，他撞死了你的爸妈，你居然还和他抱在一起？”沈时南扭头看去，冯东不知道什么时候出现在了这里。

他的脸上有些青肿，胳膊也吊着，似乎刚刚被人殴打过。

就是因为冯东，这一切才发展到失控的地步。

所以沈时南看到他，眉头便拧了起来：“你想干什么？”

“干什么？”冯东冷笑一声，却看向了江桃，“还真是冤有冤报，我弄成这样，全靠你的恩赐。如果你让他把钱给了我还了债，我怎么会像一条狗一样被人追着打成这样？”

“喂，你的伤口还处不处理了？”走在前面的小护士见身后没了人影，朝冯东高喊，但此时冯东早已双眼充血，充耳不闻。

“我现在这样，都是你造成的。”冯东走向江桃，却被沈时南一把推开。

“冯东，我警告你，再在这里啰唆，我让你另一只胳膊也抬不起来。”

冯东却无所谓地看着沈时南："你是开心了，把人家父母害死了，还能抱得美人归。可是我呢？"

"冯东，我当初真的瞎了眼，你现在怎么变得这么无耻！"江桃没想到冯东的嘴脸越发令人生厌，满脸的嫌弃。

"对，我就是无耻，"冯东大有破罐子破摔的架势，"反正我已经一无所有了，你怎么说我都不在乎。可是谁不让我好过，我也不会让谁好过！"

"啪！"

一声脆响，冯东的话刚说完，沈时南就已经忍无可忍伸手扇了他一耳光。沈时南好不容易和江桃重归于好，可不想再次被他毁坏。

"你在说什么废话呢，给我清醒一点。马上从我眼前消失，不然我现在就让你另一只胳膊也抬不起来。"

"来啊来啊。"狗急跳墙的冯东伸着脖子，对着沈时南同样怒吼，"谁不给我打断谁就不是人！"

沈时南没想到冯东这么厚颜无耻，这几天的悲愤情绪积压在心中太久，他一把擒住冯东的脖子，将冯东抵到了身后的墙上。

江桃见情势不妙，急忙拉住了沈时南："时南，不要和他一般见识，不要冲动啊。"

孕检报告就是那个时候从江桃手里掉到了地上。

当沈时南最终松开了冯东的第一时间，眼尖的冯东看清了报告上的内容时，顿时愣了愣。

"桃子，你怀孕了？"

江桃急忙弯下腰捡起报告，企图拉着沈时南离开，可冯东却像想到了什么，冷笑一声："怪不得你会选择原谅杀害你父母的凶手，原来是为了孩子。不过你确定是他的，该不会是那次我们……"

"冯东，你浑蛋！"江桃伸手想给他一耳光，却被他一把抓住。

"上次你打过我一耳光，我还没和你计较，怎么，你还想再打一次吗？”

“啪！”

一声清脆的响声，沈时南早就忍无可忍，当冯东的话音落下时，沈时南又给了他一耳光。

“就是要再打你一次，又怎么样？”

红着眼睛的冯东这一次终于朝沈时南冲了过来。

“我弄死你！”

“你们不要打了，快停手。”江桃一边喊着，一边去拉开沈时南，可是冯东早就死死地扑上来扯着沈时南的衣服，江桃根本就拉不开。

“冯东，你快住手！”江桃又去拉扯冯东，但刚刚挨了沈时南一拳的冯东彻底打红了眼，他一把将江桃推开，“你给我起开！”

说完，他又朝沈时南挥拳而上。

“啊！”只听见江桃一声惨叫。

沈时南猛然扭头，也是在这回头的瞬间，冯东一拳打在了他的脸上。

沈时南彻底蒙了，不是因为冯东的这一拳，而是他发现江桃正好从身旁的长椅上掉到了地上。

“桃子，桃子，你没事吧？”沈时南扑过去抱住江桃。

“疼……”江桃说着看向了自己的下身，沈时南顺着她的目光望去，只见她的大腿裤子边上似乎有血……

“医生，医生，快来救人啊！”沈时南抱起江桃，看着她疼得直掉眼泪，“你别吓我啊，桃子，千万别吓我。”

江桃的额头瞬间冒着豆大的冷汗，她艰难地开口，声音却异常的小。沈时南只听她虚弱的声音似乎在说两个字：“孩子。”

“冯东，你这个该死的浑蛋！”沈时南一拳打在了冯东的脸上，

“要是孩子有个三长两短，我一定废了你！”

当江桃被推进抢救室的时候，沈时南一拳一拳打在冯东的脸上，似乎要将所有的不甘都发泄在他身上。

可是不管沈时南如何用力，心里的愤怨却丝毫没有消减。

直到一个小时以后，医生从急救室出来。

“医生，怎么样？”沈时南激动地走上前去。

“没事。”医生说，“大人和孩子都没事，不过现在病人需要静养，情绪也不能太激动。”

“好，谢谢医生，谢谢。”听到医生的话，沈时南这才松了一口气。

此时江桃刚好被护士推了出来，沈时南急忙迎了上去，紧紧地握住了她的手。

“桃子，没事，没事了。”

“时南，”江桃的脸色有点苍白，“不要再打了。”

“好，好。”沈时南急忙点头，“我向你发誓，以后我不会再打架。”

冯东不知道是被沈时南打得没有力气，还是也被吓到了，他沉沉地看了一眼江桃，扭过头去，终于跑开了。

昨天被四五个要债的围堵殴打的时候，冯东疼得龇牙咧嘴，无法忍受。可是今天被沈时南这样暴揍，他却丝毫感觉不到疼。

因为心更疼，江桃怀孕了啊。

她怀孕了。冯东也说不上来为什么脑海里都是这句话，他只是觉得这一刻在江桃面前，自己就像一个十足的小丑。

“饿了没有？你想吃点什么，我给你做。”病房里，沈时南依旧保持着握着江桃手的姿势，生怕松开了她就会跑掉一样，“我已经给言夏打电话了，一会儿让她来陪着你，我去给你做点好吃的。”

“我什么也不想吃。”江桃的声音有点虚弱，目光却一直看向沈时南，“你知不知道我刚刚特别害怕？”

“我知道，”沈时南亲吻了一下江桃的手背，“现在没事了，没事了。”

江桃终于没有再说话，只是手同样紧紧地握住了沈时南的手。

窗外微风吹过，此时两人都没有再说话。这一次的惊险，似乎都在提醒着他们什么。

江桃想起前几天自己在听到沈时南才是撞死自己父母的真凶时，她难以控制的紧张和慌乱。她无法形容自己当时是什么感觉，只觉得浑身冰冷。

时间已经过去了九年，父母当初离开时的悲痛和绝望早已消失殆尽。可是自己爱的人却是那个亲手毁坏了她整个家庭的人，她想到这里，整个大脑只有一片空白。

江桃当然明白为什么从遇到沈时南的那一刻起，他就开始缠着自己。

就像他自己说的，他确实是为了赎罪。

但沈时南不知道，她更害怕他只是赎罪。

可能正因为从二十岁开始就比别人失去得多，江桃比任何人都懂得珍惜的道理，所以她才在当初冯东连一句分手的理由都没有就抛弃她的时候，宁愿花了五年等待他。

她知道，眼前从来都比过往更重要。

她愿意为了眼前，不去计较过往。

她已经失去了太多太多了。

想到这些，江桃再次看向沈时南，发现沈时南的目光从来没有离开过自己。

“你还在我身边，这种感觉真好。”沈时南的声音有些哽咽，“我以为我会永远失去你。”

“时南，什么都不要说了，都过去了。”江桃说，“你记不记得我曾经和你说过，我从来不祭拜他们，因为我觉得他们从来没有离开过。所以，你也不要再自责了。现在最重要的，是我们的宝宝。”

“对，对，是我们的宝宝，还有你。”沈时南想到自己要当爸爸，有些紧张，“你说我们给她取个什么名字？就叫沈画眉好不好？不是有句话说‘让我一生为你画眉’……”

江桃看着沈时南紧张的样子，嘴角终于浮现一抹微笑：“你就那么喜欢女孩儿？”

“我们的孩子我都喜欢，但要是男孩儿，我怕他长大像我一样浑。”

“你哪里浑了，”江桃抬起双手搂住他的脖子，“在我眼里你是最完美的。”

如果在以前听到江桃这样说，沈时南一定乐得找不着北。但现在江桃越这样说，沈时南心里反而越发愧疚难安。

他低下头亲吻了一下江桃的额头：“你快躺好休息，医生说你现在需要静养。我去看看言夏什么时候到。”

“已经被你们当成空气很久了。”熟悉的声音响起，沈时南和江桃同时望向门外，只见提着大包小包的言夏正倚在门口，一直在看着他们。

“你什么时候到的？”

言夏走到他们身边，却答非所问：“看到你们这样，真好。”

沈时南当然知道她指的是什么，但他接过东西没说什么。

言夏已经坐到了床边，她拉起江桃的手，满眼的担忧：“桃子，你怎么样，没事吧？”

江桃摇了摇头：“没什么，医生说只要静养几天就好了。”

“那就好。”言夏这才放下心来，“你安心休息，别的事就不要多想了。公司有我，你的任务就是休息好，养好身体。沈时南，你可要把桃子给我照顾好了，她的一日三餐都要你亲手来做，千万不要省心买饭店的。对了，你家里我已经买了很多补品。”

“那现在让言夏陪着你，我现在就回去给你炖一些滋补汤过来。”沈时南说完，对言夏点了点头便赶了回去。

沈时南一离开，言夏就紧紧地抱住了江桃。

“桃子，看到你们这样，我就放心了。这些天，我真的很担心你会做傻事。”

江桃也终于收起了在沈时南面前的坚强，瞬间湿了眼眶：“我爸妈应该会原谅我的吧？”

“他们更希望你能幸福。”言夏轻轻地抚摸着她的肩膀，“只有沈时南能给那种幸福。如果他们看到你的选择，一定会很欣慰的。”

言夏见江桃没说话，认真地看着她：“如果要你离开他，你真的做得到吗？”

那一刻，江桃的脑海里全是沈时南的脸。

他骑着摩托车载着她在校园中穿行的样子。

他在摩天轮里紧紧抱着她的样子。

他系着她的粉色围裙为她做饭的样子。

他拉着她的手在雨中奔跑的样子。

他的脸，他的笑，就像一个魔咒一样，这些天来一直在她的脑海里像灯光一样闪耀。

“我做不到。”

江桃知道，所有的一切都抵不过她爱他。

她爱他。

江桃是在三天后出院的。这三天里，她分别喝了沈时南亲手煲的黄芪炖鸡汤、萝卜鲤鱼汤、莲子猪肚汤、大豆排骨汤……她觉得自己再不出院，就会变成一个汤罐子。

最主要的是，沈时南还不要她自己喝，全程亲手喂。

江桃每次看着沈时南小心翼翼地吹着勺子里的汤时，心里总会升起一丝甜蜜的温暖。

他们经历了最艰难的时刻，但最重要的是，他们谁也没有想过要分开。

“首先声明，我不喝汤了！”这天刚回到家里，江桃就对沈时南笑着声明。

沈时南勾着嘴角一笑：“那你答应我，永远不要离开我。”

江桃这几天已经习惯了沈时南的这种要求，所以她什么也没说，就亲了沈时南一口。

沈时南这才满意地给江桃做了一桌营养餐，没有汤。

还是那个厨房，还是那个餐桌，再次和沈时南坐到这里的时候，江桃却有一种恍然如梦的感觉。也是这一刻，江桃才知道，这种平凡的二人世界其实有多不易。

吃了饭，两人便坐到了沙发上看电视。江桃依偎在沈时南的怀里，她才发现沈时南一直望着自己。

“你是不是有什么话想对我说？”

沈时南拉起了她的手，声音很轻：“言夏说，你变卖了所有资产，秘密购买了昌茂集团的股份。”

“昌茂集团在重组初期，现在购买是最划算的，也是唯一的时机。”江桃说话的时候很认真，就像在和她的员工开会一样。

沈时南却心里一酸：“你为什么那么傻？”

“昌茂集团是你爸爸一辈子的心血，原本就是你们沈家的资产。别的我帮不了你，这是我唯一能为你做的。”江桃说着站了起来，“还有一个月，慕成鹤就会正式召开第一次股东大会，到时候，你就可以光明正大地重新回到昌茂集团，以第一股东的身份。”

“这么大的事，你为什么一直没有告诉我？”沈时南说，“你知不知道，如果出现意外，你将会一无所有的。”

江桃却没说话，她打开茶几的抽屉，拿出一张卡放在沈时南面前，答非所问地笑笑，“那你先告诉我，林邵说你只找他借了一百万，还有一百万你哪儿来的？你不会也背着我藏了这么多私房钱吧？”

沈时南看着那张卡，目光沉了沉：“这钱是我妈当年离开的时候留给我的。”

那时候沈时南还太小，在去疗养院之前，沈妈妈将他叫到了自己的房间，给了他这张卡，并告诉了他以后有过不去的坎时，就用它救急。可是他父亲吐血身亡，慕成鹤趁机霸占了所有昌茂集团名下的资产，让他变得一无所有时，他都没有用它。

“那你要拿你的全部身家，又借了巨额外债给别人，怎么也不让我知道？”江桃用着责怪的语气，却已经环上了他的脖子，“沈时南，谢谢你，谢谢你从来没有想过离开我。”

“只要你不离开，我永远都不会离开你。”沈时南说着，将江桃放到了身边的沙发上，吻住了她的嘴。

江桃迎着他的吻，紧紧地搂着他的背，感觉着他熟悉而热烈的气息。

“我还是失算了。南哥，我对你一万个服气。原本我还想着我先来个真订婚，要赶在你这个假结婚的前面，没想到你直接当爸爸了。真是千算万算不如天算啊。”知道沈时南和江桃重归于好，林邵第一时间来表达他的失落，“我不管，你必须要安慰一下我受伤的心灵，赶快请我吃饭。”

“你的心灵有你的清河好好弥补，别给我捣蛋。”沈时南说着要挂电话。

“等等，不给我弥补，那你和嫂子恩爱如初，你说是不是值得庆贺？”

听了林邵的话，沈时南这才没挂电话。可以不安慰林邵的心灵，但这件事情确实值得庆贺。

“现在我有事，你晚上等我电话。”

“你有什么事啊，比请我吃饭还急吗？”

林邵的话还没说完，电话里就没声音了，这次沈时南是真的挂了。

消失了一周的沈时南再次出现在学校时，同办公室的程老师很是激动。

“沈老师，你去哪儿了？打电话也关机，你知不知道贺校长找你找疯了？”

沈时南却无所谓地对他笑笑：“是吗？我也正要找贺校长。”

“嗯？你找他干吗？”

沈时南拍了拍他的肩膀，却答非所问：“慕晚晚不适合你，换个人喜欢吧。”说完，当他一脸茫然的时候，沈时南就转身离开了。

沈时南直奔校长办公室。

贺校长看到他出现，刚刚还是晴天的脸上立马转阴。

“沈时南，你眼里还有没有一点规矩，还有没有我这个校长？你知不知道你连假都没请就消失了一周，这可是旷工，旷工是要……”

“对不起，贺校长，我认识到自己的错误了。”沈时南说着将手里的文件放到贺校长的办公桌上，“所以我惩罚自己。”

“这是什么？”

“这是我的辞职报告。”

“什么？”

“你本来不是也要开除我的吗？正好，我要回家专职照顾老婆。”

“你……”贺校长没想到沈时南会直接辞职，更加生气了，“你这是胡闹。你当学校是什么地方，说来就来，说走就走？”

“感谢你两年前看在和我爸曾经是同学的分上收留我，我知道我不是一个合格的老师，这两年给你添了不少麻烦。这样吧，等你来参加我的婚礼时，我请你多喝两杯。”

沈时南说完，不等贺校长开口转身就走了。

贺校长看着他的背影，又看了看桌上的辞职报告，最终只是叹了一口气：“沈青山啊沈青山，他是你亲生的吗？你们的性格怎么差别这么大？”

不知道是不是程老师多嘴，沈时南准备收拾一下东西离开，结果刚走到办公室门前，他就看到围了一堆学生。

“沈老师，你真的要走了？”一直是他跟屁虫的学生会主席十分不舍地看着他。

“沈老师，为什么啊？怎么这么突然呢？”

“是啊是啊，沈老师，你走了，我们体育课该多无聊啊。”

大家也纷纷表达自己的不舍之情。

“你们这样说，程老师会伤心的啊，别以为我不知道，你们就是觉得上我的课自由。”

“真不是，沈老师，虽然平时我们和你没大没小的，但我们心里都特别喜欢你尊重你，在我们眼里，你就是我们的哥哥一样。”

“好了好了，不要拍马屁了。”其实两年的相处，他又何尝不是把他们当作弟弟妹妹一样看待，但他害怕这种煽情的场面，所以急忙摆了摆手，“我只是离开学校，不代表你们以后都看不到我了。我告诉你们，我会不定期出现在这里，要是到时候发现哪个又惹是生非，可别怪我不客气。”

“真的吗？沈老师，你一定还会回来看看的是吗？”

沈时南没想到，说话的是人群后面他没注意到的萧晓芳老师。

萧老师说完，从人群后面走到他面前，满脸的不舍和悲伤。

沈时南尴尬地笑笑："会的，一定会的。时间不早了，你们快去上课吧，下次我回来，我们再一起吃饭。"

沈时南说完，随便收拾了一下东西急忙离开。

身后的一干同学默默地看着他的背影，突然齐声高喊："南哥，我们会想你的。"

萧晓芳老师没喊，可是她比谁都想他，她现在就已经开始想了。

沈时南没想到会以这样的方式离开，原本他以为自己会离开得很潇洒，毕竟这两年在这里，他只是混日子。可是听到同学们这样高喊时，他的心里还是一软。他站在原地，没有转身，然后慢慢地给自己点了一根烟。

"我也会想你们的。"沈时南说完，嘴巴里飘出一阵烟雾，飘散又聚起。

沈时南离开办公楼，直奔江桃所在的教研楼，但他才下楼没几步，就看到慕晚晚也从校长办公室方向出来。

"小南哥哥，等等我。"慕晚晚也看到了沈时南，见他要走，急忙边跑边喊。

"贺校长说你刚刚辞了职，这么巧，我也是来和贺校长辞职的。你说我们是不是很有默契？"慕晚晚跑到沈时南身边兴奋地说。

慕晚晚这个职位，原本就是为了学校一年一度的跑步赛事临时招收的，现在比赛结束，她离开学校也无可厚非。不过沈时南对此时在这里遇到她还是皱了皱眉头，他一点也不想再看到她。

"恭喜你，遇到了一场情比金坚的爱情。"见沈时南没有想搭理自己的意思，慕晚晚又甜甜地对着沈时南笑笑。

听到慕晚晚这样说，沈时南还是很意外。他淡淡地看了看她，还是开了口："谢谢。晚晚，你是一个好姑娘，也会遇到自己的幸福的。”

沈时南说完转身就要走，慕晚晚急忙拉住了他。

“小南哥哥，我听说了，听说你很快就要当爸爸了，恭喜。我知道你不想再和我有什么瓜葛，我也尊重你的选择，所以以后也许我们就没什么再见面的机会了，能不能最后一起吃顿饭，也算是一个正式的告别？”

看着慕晚晚期待的眼神，沈时南原本是想拒绝的。但想到以前她对自己无怨无悔的付出和感情，最终还是点了点头。

告别的晚餐，他确实应该和慕晚晚有一个正式的告别。

GUO
|
MING
|
XI

第十四章

CHAPTER 14

生命中有了更好的意义

NAN
|
YOU

沈时南没想到慕晚晚带他来的是繁花。

这个餐厅是W市有名的高档餐厅，更重要的，也是以前他和慕晚晚常常约会的地方。

“小南哥哥，你不要多想，我没别的意思，只是这里有你最爱吃的糖醋鱼。”看到沈时南脸色有点难看，慕晚晚急忙解释。

沈时南到底没有再说什么，毕竟慕晚晚没有选以前他们常坐的位子。

“我从美国回来也有一段时间了，小南哥哥，这还是我们第一次这样坐下来吃饭。”点完了菜，慕晚晚对沈时南笑笑。

沈时南发现今天的慕晚晚和先前有些区别，具体说不上来是什么，但她望向他的时候，没有了先前的炽热。

这让沈时南放下了最后的戒备。

“晚晚，你能放下过去就好。”沈时南不想和她闲扯，还是将话题转移到正事上来，“不过我还是要提醒你一句，离冯东远一些。”

“小南哥哥，对不起，我不该把那件事告诉冯东，后来我就后悔了，我真的后悔了。”

“过去了就不要再提了。”虽然沈时南一开始对于慕晚晚这件事很生气，但好在他和江桃如今还是恩爱地在一起。

“不管如何，现在看到你和桃子姐姐这么幸福而坚定地站在一起，我也替你们感到高兴。你不知道，听到桃子姐姐已经怀了你的孩子时，我有多替你们高兴。”慕晚晚说着，无奈一笑，“我知道你肯定不相信。我承认刚开始我羡慕她，但当我知道她没有介意这些时，我才知道自己的思想有多龌龊，居然想用这样的办法来拆散你们。小南哥哥，我知道她是真的爱你。”

“对，她爱我，我也爱她。”沈时南说，“所以晚晚，这将是我们最后一次见面，以后我们就是井水不犯河水。”

“小南哥哥，谢谢你没怪我做的这些傻事。”慕晚晚没有正面回答沈时南，忽然从包里掏出一份文件，“既然是最后一次见面，那我就把该说的一次性说完。我爸爸将公司重新启动的事，我想你应该知道了。还是叫昌茂集团，一个月后就要召开第一次股东大会，正式开始运营。他给你留了一份股份，这份文件我一直带在身上，请你务必要收下。”

沈时南看着眼前的股份赠送协议，刚刚还很平静的眼神瞬间沉了下来。

“慕成鹤是什么意思，是想弥补还是来侮辱我？”

“小南哥哥，我知道那件事你认定了是我爸爸做的，我再怎么解释你也不相信。沈叔叔的离世……”

“不要再提我爸爸！”沈时南一把将桌子上的文件推开，“晚晚，如果你是来当慕成鹤的说客，我劝你死了这条心。”

沈时南说完站起身就要离开，眼疾手快的慕晚晚急忙拉住了他的手。

“好好，我不说了，小南哥哥，你不要生气，既然你不想提这些，我就不再说了。不要走好吗？菜还没有上齐。”

慕晚晚说话的同时，另一只手也将文件收了起来。

沈时南看着慕晚晚期许的眼神，皱了皱眉，还是重新坐了下来。

“小南哥哥，我们喝一杯酒吧。”慕晚晚第一时间倒上了酒，“恭喜你，要做爸爸了。”

“喝酒怎么能没有我呢？”

慕晚晚的酒杯还没有举起来，一个熟悉的声音就打断了他们。

慕晚晚回头，就看到林邵朝他们走了过来。

慕晚晚没想到林邵会突然出现："邵哥哥，你怎么也来了？"

"晚晚，这就是你的不对了，自从你从美国回来，还没请我吃过一次饭。要不是今天南哥刚好答应要请我吃饭他让我过来，你的这顿饭我还不知道要等到什么呢。"林邵说着，毫不客气地坐了下来。

原来刚刚林邵又在微信催沈时南答应的饭局，沈时南便发了一个位置让他直接过来。

"我原本正打算忙完这阵就请你吃大餐的。"慕晚晚说着又往后看了看，"怎么就你一个，你的小情人呢？"

"什么小情人，是未婚妻，我们已经订婚了。"林邵说，"她今天带她弟弟去香港玩了，所以我才没饭吃。"

林邵看了看沈时南依旧很难看的脸色，朝慕晚晚努了努嘴："怎么回事？你又惹南哥生气了？"

"没有，我正要恭喜小南哥哥要当爸爸了。"慕晚晚说着，急忙给林邵也倒了一杯酒，"来，我们一起恭喜小南哥哥。"

"我不，我才不恭喜他呢。"林邵傲娇地自己喝了一口酒，"你知不知道我就是因为这个才让他请我吃饭的。你说我抓紧和清河订婚，正寻思着可以超过他的，结果他直接要当爸爸了，让不让人生气？"

慕晚晚笑了笑："邵哥哥，你有没有听过一个成语叫亡羊补牢啊？"

"什么意思？"

"你要是现在也抓紧早点当爸爸，到时候要是一男一女，你们就定个娃娃亲。要是你家是女儿，小南哥哥的儿子就是你女婿。要是你家是一个男孩，小南哥哥的女儿就是你家儿媳妇……"

"哎哎，这还真是一个好主意啊。"慕晚晚的话还没说完，林邵就已经激动起来，"到时候，我这个老丈人还不是让南哥心服口服，哈哈哈，好好，就这么办了。"

“不对，”林邵忽然一想，“那要都是男孩子，他们俩到时候那个啥了怎么办？”

但林邵的这个问题还没有得到答案，就见沈时南突然站了起来：“好了，饭该吃的也吃了。我还有事，就先走了。”

“哎哎，别走啊，这酒才刚倒上还没开始喝呢。”见沈时南脸色不好，林邵急忙皱起眉头，假装训斥慕晚晚，“晚晚啊，作为哥哥，我可要好好说一下你，你之前办的事真的太过分了。你怎么能拿南哥那件事开玩笑呢？还告诉冯东那个浑蛋。你说要真是因为这个，南哥和桃子姐分开了，南哥会恨你一辈子的。你们一家人，就不能让南哥省省心吗？”

“邵哥哥，我真的错了，刚刚我还在给小南哥哥道歉。”慕晚晚说着走到沈时南跟前，端起刚刚倒的酒一饮而尽，不等沈时南说话，她又给自己满上了一杯，“小南哥哥，我自己惩罚自己，一直罚到你原谅我。”

沈时南看着慕晚晚再次仰头将酒一饮而尽。

沈时南知道，慕晚晚是不胜酒力的，以前他们在一起玩，她最多只能喝一杯就浑身不舒服，还都是一小口一小口抿几个小时的那种。

见沈时南不说话，慕晚晚喝完又给自己倒了一杯，但这一次当她再次仰头喝下时，沈时南终于伸手拦住了她。

“我说了，都过去了就不提了。”

“南哥，晚晚还小，她也是急昏了头，现在也认识到自己的错误了，你就别和她一般见识了。”林邵急忙将慕晚晚手里的酒杯拿开。

“我真的还有事，我老婆还等着我回家给她做饭吃。”沈时南要走的心意已决，看了看慕晚晚，沉沉地说，“晚晚，你以后的路还长，希望你好自为之。再见。”

他认真地和慕晚晚说了一句再见，像来时的初衷那样，算是彻底告别。

说完这些，不管林邵怎么喊，沈时南都像没有听到一样，走出了餐厅。

他没有回头，所以没有看到身后的慕晚晚眼神有多难过。

江桃原本对沈时南辞职的决定是不同意的，但是这天当她下班回来看到家里被收拾得干干净净，四菜一汤也已经做好，她的脸上情不自禁地露出了甜蜜笑容。

“没看出来，你有当小媳妇的潜质。”江桃用手拿了一块肉放进嘴巴里，味蕾瞬间被征服，“还有呀，我发现你的厨艺又进步了。”

沈时南像没有听到她的夸赞一样，拉起她的手让她坐到椅子上，异常认真地看着她说：“桃子，你也辞职吧？”

“啊？什么？”

“辞职，安心在家养胎。”

沈时南的样子不像开玩笑，江桃听了更加甜蜜一笑。

“这么关心我啊，可是这才两个多月，连肚子都没起来呢，根本就像没怀孕一样。”

“我害怕再出什么意外，而且最重要的是，我不想你这么辛苦。”沈时南紧握着江桃的手，将头侧耳贴到江桃的肚子上，轻轻地说，“画眉小姐姐，你是不是也不想你的妈妈这么辛苦？”

江桃听了沈时南的话，心里一暖。一想到差点失去这一切，她紧紧地搂着沈时南的头。

“好，不过现在还不行，等一个月后我们重新拿回昌茂集团的时候我就辞职，在家里安心做你的小媳妇。”

听到江桃这样说，沈时南站起身来，眉眼一抬：“怎么，现在就开始不听老公的话了？”

江桃一把扑到他的怀里，嘴角挂着笑意：“时南，你一定不知道，我每一天都在庆幸，我们还在一起。”

"我们不但现在一起，下辈子也会在一起。"沈时南低头亲吻了一下江桃的头发，"在这个世界上，我就你们两个亲人了。"

听到沈时南这样说，江桃心一酸，她又何尝不是呢。

"你是不是想把我弄哭？"江桃抬头看着沈时南，"我还是喜欢你以前的气质，这么温情，我害怕我会把你扑倒。"

沈时南张开怀抱笑笑："求之不得。"

吃了饭，两人就躺在沙发上看电视。沈时南将水果洗好切成块放到茶几上，江桃想要伸手去拿，还被沈时南抢先一步，直接喂到她的嘴巴里。

窗外微风吹来，夕阳西下，霓虹渐明，江桃心满意足地躺到沈时南的怀里，嘴角始终挂着微笑。

细细想来，他们已经很久没有过过这种平静而普通的生活了。

"时南，如果没有遇到我，是不是现在你正和慕晚晚这样生活着？你们从小一起长大，她又那么漂亮……"

但她的话还没说完，就被沈时南严肃地打断："桃子，不要开这种玩笑。"

"时南，我都不介意，你介意什么？"江桃笑笑，"我只是遗憾，陪你一起长大的不是我。"

"我们可以一起陪画眉长大。"沈时南又喂了江桃一块水果，扭头才发现江桃那张一直摆在沙发旁边的全家福不见了，取而代之的是江桃和沈时南的合照，而且那张合照还是P成的。

"我才想起来，我们还没有一起拍过照。"江桃发觉了沈时南的视线，迅速掏出手机，搂起了他的脖子，将自己的脸紧紧地贴在他的脸上，对着镜头笑成了一朵花，然后只听见"咔嚓"一声，他们的第一张合照终于完成。

但是看到照片之后的江桃却不太满意，因为沈时南的脸色不太高兴。

“不行不行，你笑一个嘛，这可是咱们的第一张合照。”江桃说着再次打开了镜头，又搂起了他的脖子，这次不是将脸紧紧地贴在他的脸上，而是主动亲住了他的脸。

江桃正准备按拍摄，就发现沈时南扭头看向她说：“为什么把它收起来了？”

江桃知道躲不过去，只得同样认真地看着他：“我不想你看到它有什么负罪感。时南，我也不希望你有什么负罪感。这件事已经过去了九年，不管真相是什么，它都已经过去了。你明白我的意思吗？”

沈时南躲在疗养院的那些天，林邵过来和她求情时说过，那件事发生以后，沈时南因此承受的煎熬和痛苦，至今还会因为想起那些事感到胸闷和头疼。

江桃从一开始就知道沈时南的负罪感，那天在楼顶被冯东当面揭穿时，她就看到沈时南满眼的慌乱和失控，她知道那不是装出来的。

就像她说的，她不希望沈时南再因为这件事有任何的负罪感，所以她将那张最喜欢的全家福收了起来。

沈时南看着江桃温柔的眼神，终于一把紧紧地抱住了她。

“桃子，谢谢你，谢谢你。”

“我们之间，以后不许说谢。”

鉴于江桃怀了孕，以防万一出现意外，沈时南把钱还给林邵以后，还是动用了妈妈留给自己的钱，买了一辆奥迪，不再骑摩托车每天接送。知道沈时南每天不但接送江桃，还给江桃做好饭洗好衣服，言夏这天在楼下碰到他，笑着调侃：“恭喜你，正式成了江桃的专职司机兼保姆。”

沈时南看着身边的江桃，勾起嘴角：“我乐意。”

“你就不怕别人说你是被包养的小白脸？”言夏继续打趣。

听到言夏这么说，江桃心下一紧。她知道沈时南有些大男子主义，生怕沈时南不高兴。可是她正要开口，却听到沈时南深情地看着她，嘴角勾起一抹邪邪的坏笑：“小白脸可不是人人能做的，他们这是羡慕嫉妒我有一个这么漂亮的媳妇。不过我这个小白脸可不是随便就能包养的，要包养，得一辈子起包。”

说完，沈时南还将江桃搂在怀里，亲了一口。

“哎哟，太辣眼睛了，我还是赶快闪人，省得眼睛受不了。”言夏说完，开着自己的超跑离开了。

言夏一走，江桃立马低头回吻了一下沈时南：“老板，包养一辈子没问题，不过你价格贵吗？”

“贵，贵得你得用整个人才包得起。”沈时南一把将江桃抱上车，“不过别怕，要是一会儿你让我满意，我可以给你打个折。”

沈时南发动车子，江桃才注意到不是回家的方向。

“嗯？你要带我去哪儿？”

“去一个好地方。”

不知道车子开了多久，江桃只知道下车的时候，看到眼前的场面完全震惊了。呈现在她眼前的是一大片薰衣草的花海，无边无际，一眼望不到边。

晚风吹起一层一层的花浪，扑面而来的花香让人心旷神怡。

“时南，你什么时候发现的这个好地方？”江桃像一只小鸟一般扑到他的怀里。

沈时南抚摸了一下她被风吹乱的头发，笑笑：“怎么样，喜欢这里吗？”

“嗯嗯。”江桃难掩兴奋，“我好想拉着你一起躺倒在花海里啊。”

她刚说完话，就被沈时南拦腰抱起，然后他朝前走了几步，便将她轻轻放在花丛中。

沈时南也随即躺到了她的身边。

“是这样吗？”沈时南侧过头温柔地看着江桃，江桃感受到他扑面而来的气息，只觉得脸上痒痒的。

这一刻，她恍然发觉自从那个真相被揭开以后，沈时南似乎变得更加温柔了。

察觉到江桃一直盯着自己看，沈时南笑了笑：“你干吗这样看着我？”

“时南，你有没有发现自己变了？”

“嗯？”

“变得……”江桃说着，伸手抚摸着他的脸庞，突然调皮一笑，“变得更加帅气了。”

沈时南将她搂在怀里，语气却异常认真：“桃子，我从来不敢奢求你会原谅我。”

看着沈时南认真的眼神，江桃也认真了起来：“时南，其实我很害怕你一直以这样愧疚的眼神看着我，我原谅你，重新和你在一起，是因为我爱你。我希望，你也只有这一个理由。其实还有一件事，我没有告诉你，从我发觉你刻意在接近我的时候，我就知道了你。”

“知道我？什么……什么意思？”沈时南神经一紧。

江桃抿了抿嘴，终于还是轻轻地开口：“那件事发生过后的几个月，你是不是偷偷来看过我？还偷偷给过我钱？”

听到江桃的话，沈时南皱了皱眉：“你看到过我？”

江桃没有说话，只是脑海里又想起那个曾经不远不近地跟着她三天的少年。

那时候她已经重新回到学校，父母的事情也过去了几个月，生活于她而言依旧还要继续。她刚刚上大学，原本就一心扑在学习上，失去了家人以后，她就把所有的精力都花在了学习上。

她是偶然发现自己身边有个少年的。

原本她没在意，但她去小卖部买东西时，那个身影就会在离小卖部不远的梧桐树下望着这边。她去课堂上课时，偶然抬头，会发现窗外有他的身影。她和朋友逛街，会发现他也会在不远处的男装店里……

江桃想过报警的，她以为自己被什么人跟上了。

直到她意外在一面镜子里看清他的脸。

江桃才发现，他长得很好看，不过是一个只有十七八岁的少年。虽然他戴着鸭舌帽，但眉宇间有一股强烈的忧伤。

江桃也不知道为什么被那股忧伤深深地感染，没再多想。

沈时南没想到江桃居然在那个时候就发现了自己。

那时候他刚被父亲沈青山从疗养院接回来，他也发现所有的事情都已经处理好了。当他知道那对夫妻有一个正在上大学的女儿时，他无比想要去看一看她。

所以他背着所有人来到了她的学校。因为有照片，他很轻易就在人群里看到了她。

江桃长得不高，但看上去很可爱。沈时南远远地跟在她身边，看着她和朋友们一起去小卖部买冰淇淋，在课堂上认真地上课，他还在学校的宣传栏上看到了名列前茅的她的证件照。

沈时南很想走过去对她说一声对不起，可是他不敢。

直到九年以后，他没有想到会再次遇到她。

在体育室器材室那次，他并没有认出她来。

九年的时间，她的变化太大了。可是当林邵将她详细的资料给他的时候，他才恍然发觉，知道她是谁。

他知道，他终于逃不掉。

“一开始我并没有认出你来，毕竟已经过去了九年。”江桃的声音忽然再次响起，“我只是觉得好像在哪里见过你，有一点熟悉。直到那次在我家里，我看到你看着我那张全家福的照片时的眼神，我才想起来我见过你。我想过你和我父母出事有关，但那时候我以为你是那个赛车司机的孩子。”

“那个时候，你为什么没有……”

“我知道你想弥补些什么，所以我才拒绝你。”江桃说，“但那个时候我就知道，不管你是谁，我已经原谅你了。你知道吗？只有失去过的人，才懂得拥有的时候有多么不易。只是我没有想到，和你接触得越久，才知道爱情和那些事都没有关系。当看不到你的时候，我会想见你。我想听你说话，想你深情地看着我。虽然我努力克制，可是我失败了，所以我才决定和你在一起。”

说完这些，不等沈时南说话，江桃紧紧地抱着他，将头埋在他的胸前：“时南，你知道我对你说这些话的意思吗？我们在一起，只是因为我爱你，只是因为你爱我。我不要你有什么负罪和愧疚，如果是那样的话，不如我们分开。”

“不要，”沈时南打断江桃，紧紧地搂着她，“我永远都不要和你分开。分开了，我再去哪里找这么好的老婆。”

江桃没有说话，她抬头亲了亲沈时南的下巴。

这一刻，有风吹起，扑面而来的花香再次盈满他们的整个身心。

江桃发现沈时南忽然松开了她站了起来，还没等她说话，只见沈时南从口袋里掏出了一个漂亮的盒子并打开，单膝跪地的同时，一枚钻戒便呈现在她面前。

“桃子，虽然我们一起经历了假扮情侣到假结婚，甚至都已经有了孩子，但是我还没有真正正式地向你求婚。余生还有很长，我想陪你永远走下去，嫁给我，让我一直照顾你，好吗？”

江桃看着沈时南深情的眼眸，又看了看他手里的钻戒，重重地点了点头：“好，好，我愿意。”

沈时南掏出戒指给江桃戴上，又在她的戒指上低头吻了一下。

“那这个怎么算？”江桃伸了伸左手，中指上还戴着和沈时南假结婚时的“道具”。

沈时南弯下腰轻轻地将它摘掉，又摘掉了自己那枚，然后看了看江桃，温柔一笑的同时，将戒指扔向了花海。

“哎，怎么扔了？”江桃遗憾地看着沈时南。

沈时南却紧紧地拉着她的手：“我们不需要假的，从此我们都是真的。”

听了沈时南的话，江桃的嘴角才重新浮上笑意。

“那走吧。”沈时南说着，拉着江桃朝车子的方向走去。

“去哪儿？”

“去登记。”

“啊？现在？”

“我看了看时间，现在赶过去，民政局还不会下班。”

“可是我户口本什么的都没带。”

“我早就偷偷放在车上了。”

江桃没有说话，她安心地跟着沈时南一步一步走出薰衣草地，她的裙摆被晚风吹起，她的嘴角有笑。

她知道，从这一刻起，在这个世界上，她的生命中有了更好的意义。

因为沈时南在民政局下班前及时赶到，所以在桃子三十岁生日这天，两个人将结婚证真实地摆在众人面前。

看到那两个红本本，所有人都炸开了锅。

“南哥，你这是什么意思？”林邵翻了翻结婚证，“你找人做的假的？”

“没什么，我就是想趁此机会向大家宣布一下，我和桃子已经领证结婚了，是真的结婚，不再是假扮的。”沈时南搂着身边的江桃，眼里是藏不住的幸福。

“南哥，以前我怎么没发现你这么喜欢炫妻？不过幸好我们昨天也已经领了证，所以一点也不羡慕，哈哈。”林邵说完亲了夏清河一口。

言夏感触最深：“桃子，看来以前是我多想了。还总担心你三十岁都嫁不去，想着办法给你介绍男朋友，现在你不但嫁出去了，还有了宝宝，真的恭喜你。”

言夏说完，将江桃从沈时南身边拉到了自己的怀里，紧紧地抱了抱她。

言夏身边的小西瓜也拉了拉江桃的衣角，一脸天真：“舅妈，我是不是很快就会有一个小弟弟了？”

“不要乌鸦嘴，是小妹妹，像你舅妈一样漂亮的小妹妹。”沈时南一把抱起小西瓜，“以后你身为哥哥，要好好保护你的小妹妹好吗？”

小西瓜一脸不高兴：“可是舅舅，我想要一个小弟弟嘛。这样我就可以带着他一起踢球一起玩了。”

沈时南无奈，凑到小西瓜的耳边小声说：“你要是实在想要一个小弟弟，可以让你爸妈给你生一个。”

听了沈时南的话，小西瓜急忙跑到傅墨森身边，一边将他拉到言夏身边，一边大声说：“爸爸妈妈，你们快回家吧，我想要一个小弟弟，你们快点给我生一个小弟弟吧。”

“哈哈哈……”小西瓜的话一说完，惹得众人哄堂大笑。

言夏脸色一红，有些害羞。傅墨森却一把淡定地抱起小西瓜，轻轻地说：“那你先让你舅舅亲一下你的舅妈。”

听了傅墨森的话，沈时南一愣：“墨森，你学坏了。”

小西瓜已经从傅墨森的怀里下来，拉着沈时南的手又牵上江桃的手，仰头对沈时南笑着说：“舅舅，那你就快先亲一下舅妈吧，就像刚刚你在走廊那样亲就行。”

众人又是一阵哄堂大笑。

江桃顺手抱起了小西瓜，摸了摸他的小鼻梁：“你这个小偷窥狂，是不是在你的学校里也经常这样亲你的女同学啊？”

“没有没有，才没有呢，都是她们亲我，而且她们的口水好臭啊。”

“哈哈哈……”

看到小西瓜这么可爱，沈时南都忍不住想生一个儿子了！

江桃过生日，就在霆皇包了一个包厢，叫了几个朋友。原本江桃只是想和沈时南两个人过一下二人世界就行，用她的话来说，现在她只要一家人平安在一起，就是最幸福的生活了。

但沈时南不同意。

当时江桃还以为沈时南喜欢热闹，直到沈时南当众拿出结婚证，得意地宣布他们正式结婚，江桃才扑哧笑了起来。

果然，他又变成了那个有点幼稚的小狼狗了。

她很喜欢。

“江桃，许个愿吧。”当江桃深情地看着沈时南时，言夏说完亲自在蛋糕上点上了蜡烛。

蜡烛点完以后，所有人都安静下来，静静地看向她。

特别是沈时南，烛光摇曳在他的眼睛里，江桃甚至能从他的眼睛里看到他的所有柔情。

她最好的朋友和最爱的人都在身边，过往已去，未来可期。所有不愉快的事都该烟消云散，彻底消失在她的生命中。

所以江桃闭上了眼，轻轻地说：“感谢老天，让我……”

“等等，嫂子，愿望说出来就不灵了。”林邵急忙打断她。

江桃尴尬一笑："太高兴了，我忘了。"

她重新闭上眼睛在心里许愿的时候，没有看到沈时南一直深情地注视着她。林邵凑到沈时南耳边小声酸他："我说南哥，都领证了，盯这么紧，还怕跑了？"

沈时南一改往日让他滚的样子，目不转睛地看着江桃点头："嗯，特别怕。"

林邵："……"

在秀恩爱面前，你真是第一名。

"好了，大家可以吃蛋糕了！"江桃吹灭蜡烛，睁开眼对大家说，不过她说完话还没来得及给大家切蛋糕，包厢的门就被推开了。

看到来人，大家的脸色顿时一黑。

"冯东，你又来干吗？"

和上次看到鼻青脸肿的冯东不同，今天的他虽然干净，看上去却有点狼狈。

面对沈时南的质问，冯东没有理会，他只是站在门口对今晚的主角江桃笑了笑。

"今天是你三十岁的生日，祝你生日快乐。"

说完，他才看向沈时南："别紧张，我没有恶意，我……我是来向大家告别的。"

"告别？谁需要你的告别？"沈时南想起冯东上次在医院差点害得江桃流产，眉头就拧了起来，他正要走上去赶走冯东，傅墨森却拉住了他。

"阿东，你要去哪儿？"傅墨森之所以这么问，是因为他听说了冯东的事。

在美国因为欠下巨额赌债而过了最后的期限，美国那边已经对冯东发出了追杀令。他接下来的日子，不会好受。

"去哪儿？"冯东无奈地笑了笑，"我这辈子自作自受，还能去哪儿。谢谢阿森，还肯叫我一声阿东。”

冯东说完，又看向江桃，满眼的愧疚：“桃子，我知道你很恨我。对不起，一直以来对你的伤害，不管是五年前的不告而别，还是这段日子我对你的骚扰，特别是上次在医院我太过激动差点酿成大祸……对不起，我不请求你的原谅，只是希望你不要恨我。”

冯东说完，不等江桃开口，转身就走。

所有人都不知道冯东这唱的是哪一出，沈时南拉起了江桃的手，发现她也一脸茫然地看着冯东的背影。

“对了，”站到门口准备关门走人的冯东突然停下了脚步，他头也没回地说，“沈时南，我真羡慕你，羡慕两个女人都那么爱你。”

冯东说完这句话，将自己关在门外。

沈时南不知道冯东突然说出这种话是什么意思，他真正明白冯东的这句话，是在昌茂集团的股东大会召开的这天。

第十五章
CHAPTER 15

一生为你画眉

昌茂集团的股东大会召开是在江桃生日过去的第二个礼拜。

按照江桃事先和被购买股份的四个股东的约定，她和沈时南一开始不会出面，等到慕成鹤以第一股东定性拍板正式运营的时候，她再和沈时南走进会议室。

沈时南知道，江桃这样做是为了要对慕成鹤以牙还牙。

当年沈青山就是因为慕成鹤突然出现宣布沈氏集团的股份已经全部在他的名下，而无法承受这种沉重的打击才吐血不治而亡。

大概也正是因为知道有这个风险，所以这次选定的股东，全部是他的心腹。

为了降低当年沈青山死亡给昌茂集团造成的影响，他不惜远走美国两年，蛰伏下来。即使是两年以后，他也仍然沿用沈氏名下的昌茂的名字。这不仅是因为昌茂集团是这一行几十年积累下来的影响力，更由此可以看出慕成鹤对昌茂集团占有的野心。

以前虽然慕成鹤是昌茂集团的第二股东，更是集团的副总，但沈青山一直比较强势，大小会议常常是一言堂，所以幕成鹤这个副总的存在感极低。如今他终于光明正大拥有昌茂集团，沈时南甚至可以想象出他在事隔两年以后，真正拥有昌茂集团的得意和张狂。

可是纵使这样，这天在前往昌茂集团的路上，江桃却发现沈时南满脸的沉郁。

“沈时南，你没事吧？”江桃以为沈时南太过紧张，紧紧地握住了他的手。

沈时南看了江桃一眼，又继续开车。

“你怎么了？我怎么感觉你今天有点不太一样，是不是有话要对我说？”

沈时南依旧沉默，直到江桃再次开口前，他才突然把车靠在路边，停下了车。

“桃子，要不然算了吧？”

“算了？什么算了？”看着沈时南认真的眼神，江桃有点蒙。

“其实这些天我想了很多，特别是和你重新在一起以后，我很珍惜我们现在的生活。”

江桃没有想到沈时南会这样说，但她随即欣慰地对他笑了笑。

“你不想报仇了？”

“其实我一直没有想过什么报仇的事，以前我只是觉得慕成鹤这样对待我爸爸太过卑鄙，所以才打了他想出一口恶气。但是……”沈时南忽然紧紧地拉住江桃的手说，“是你教会我，要放下过往。现在对我而言，最重要的是你和孩子。”

“时南，你能这样想，我真的很高兴。”江桃说着亲吻了一下沈时南，“我们是可以算了，但现在股份协议已经签了，我们必须要出现在股东大会上。我们过去，如果那些股东愿意回购股份，我们就还给他们，甚至慕成鹤想要，我们也可以给他。”

听了江桃的话，沈时南满眼的温柔：“桃子，谢谢你。”

但就在他们发动汽车要继续开往昌茂集团的新办公地点时，江桃的电话就响了。

来电是和她秘密交易的其中一个王总。

王总是昌茂集团的第三大股东。而江桃通过持有王总京贸公司的股份，来成为京贸公司的实际负责人。其他三家也是通过这样的方式来完成收购的。

他们约定过除非万不得已，不会直接打对方电话。

所以在这个时候接到王总的电话，江桃有一种不好的预感。

果然，接通电话以后，她就听到王总说：“江总，你快点过来，出事了。”

江桃和沈时南赶到昌茂集团的会议室门外时，就听到慕成鹤歇斯底里的声音。

“好啊，你们这些吃里爬外的家伙，我待你们不薄，你们居然联合外人来对付我。老实交代，到底是谁指使你们的？”

原来，其中一个卖掉股份的唐总因为突然牵扯了一桩经济案件，就在今天早上畏罪潜逃没有来参加会议。心思缜密的慕成鹤马上找人清查，发现他已经卖掉了自己的公司。

在慕成鹤的威胁下，虽然大家还没有出卖收购他们公司股份的人，但也激出了另外两个卖掉自己公司股份的老总。

沈时南可以想象会议室里慕成鹤的愤怒，但听着他的怒吼，这一刻他的脑海里反而是当年爸爸同样在会议室里被慕成鹤逼到吐血的场景。

想到这些，沈时南下意识地握紧了拳头。

江桃察觉到沈时南的紧张，紧紧握住了他的手：“时南。”

然而，江桃还没有来得及开口，只见沈时南突然推开了会议室的门，大步走了进去。

“慕成鹤，你知道什么是报应吗？”

看到沈时南出现，原本就怒气冲天的慕成鹤眉头拧得更紧：“是你？沈时南，是你？”

“对，是我们。”同样走进来的江桃接过慕成鹤的话，“你是不是没有想到自己也有今天？”

“你是谁？”慕成鹤看着江桃愣了愣。

“慕总，介绍一下，这位是言氏集团的总裁，江小姐。”站起来介绍的是王总，“当然，也是我们京贸公司的实际控股人，同时也是唐氏公司、陈氏公司、钱氏公司的实际控股人。”

“简单点说，我就是现在昌茂集团的第一大股东。”江桃接过王总的话对慕成鹤说，“也是沈时南先生的合法妻子。”

“什么？”听完他们的话，慕成鹤一个脚步没站稳，“你是沈时南的妻子？这一切都是你们在背后搞的鬼？”

关于言氏集团，慕成鹤怎么会没有听过。同为W市有名的企业，几年前的昌茂集团和言氏集团也打了不少交道。但为了两年前的局，如今的昌茂集团早就徒有其表，资产早就缩水得不成样子。而言氏集团这几年却如日中天，已经成为W市数一数二的企业，这也是为什么江桃有能力可以买下昌茂集团超过百分之三十的股份。

“我们只是把原本就属于沈氏家族的东西重新拿回来。”江桃冷冷地看着慕成鹤，“慕成鹤，你今天是怎么得到昌茂集团的，虽然警察没有证据，但你心里最清楚。今天我们以牙还牙，对你也算公平。”

“不，不可能的。王成辉，你不可能背叛我的，是不是？”不知道是不是想到了当年自己对沈青山策划的一切，慕成鹤有些慌乱。

“慕总，你待我的确不薄。”王总有些不好意思地对慕成鹤说，“可是你已经离开W市两年了，这里的风水早就变了。我的京贸早就支撑不下去，我要生存啊。江总开的价格不低，我只能对不起你了。”

“对不起慕总，我和王总的情况差不多，现在也急需用钱。这点股份对我而言，真的远水解不了近渴。”陈总也不好意思地对慕成鹤开口。

钱总却对慕成鹤笑笑：“慕成鹤，我和他们不一样，你找我，不过是看中我背后的关系。可是你出手太小气了，你这点股份，你真觉得我看得上？”

不知道是不是信任的伙伴接二连三地跳水，慕成鹤突然双眼有些充血。

“你……王成辉……你们……”慕成鹤聪明一世，没想到会重蹈当年沈青山的覆辙，被自己最信任的人背叛，彻底无法淡定了。

“爸爸，你没事吧？”慕晚晚突然走上前扶住了慕成鹤，沈时南这时候才发现，慕晚晚也在人群当中。

沈时南的拳头一直没有松开，当年沈青山如何被慕成鹤逼到吐血身亡的，他没有及时看到，可是眼前的一幕幕，他却像正在看当年的爸爸。

“慕成鹤，是不是事到如今，你还不承认当年你就是这样逼死我爸爸的？”

“小南哥哥，你一定也要逼死我爸爸才满意吗？”慕晚晚声音带着哭腔。

“沈时南，我真恨当年你命大。”慕成鹤气极反笑，“我真后悔当年在赛车上找人做的手脚太轻，让你活到了今天！”

“你在说什么？！”

“你在说什么？！”

沈时南和慕晚晚同时震惊地看向慕成鹤。

虽然慕成鹤只说出了这一句，可是当年这件事对所有人的人生来说影响太大了，所以他们瞬间就明白了慕成鹤话里的意思。

“爸爸，这到底是怎么回事？你找人动了小南哥哥的赛车？可是……可是当年我也在车上啊！”慕晚晚难以置信地看着慕成鹤。

慕成鹤一把拉住了慕晚晚的手，有些懊悔地说：“你还好意思说！当年我打电话告诉你，你妈生了重病让你赶回来，你都没回！幸好你没事，不然我活着还有什么意义！”

“所以当年刹车失控出现重大车祸，其实都是你搞的？”沈时南说话的时候，已经咬紧牙关走向了慕成鹤，“我一直以为是车子出了故障，原本是你，居然是你！”

沈时南已经无法控制自己的情绪，想到当年那一幕，他整个人像一头失控的狮子。

他不能不失控，如果当年他的刹车没有失灵，桃子的父母也就不会死！

“原来这一切都是你造成的！为什么？到底为什么？你想我死，又害死了我父亲，你到底要干什么？”

“因为我恨他！”慕成鹤双眼充血，“我恨他当年抢走了我最心爱的女人！恨他不知道珍惜，害我最爱的女人那么年轻就离开了这个世界！我忍气吞声这么多年，就是为了报复他，我要让他失去他的儿子，失去他的公司，我要让他知道失去一切的滋味！”

慕成鹤的这些话信息量太大，但沈时南听懂了，慕成鹤嘴里那个所谓的最爱的女人，是他的妈妈。

“可是，是你，是你把这一切都毁了！”慕成鹤说到这里，突然看向门口的江桃，他挣开慕晚晚的手，一步一步走向江桃，“你知不知道我等这一刻等了多少年？我承受了多少苦难和委屈？你为什么要毁了我？”

慕成鹤说完，在大家还沉浸在各自的情绪当中时，突然拿起会议桌上的一支锋利的钢笔直接朝江桃刺去！

“不要！”

“快躲开！”

慕晚晚和沈时南反应过来，同时去阻止慕成鹤。

“爸爸，不要做傻事！”慕晚晚冲到了慕成鹤前面，话还没有说完，她突然伸手朝自己的腰间摸了摸，只觉得有一股温热从自己的身体里流出来。

“啊！杀人了！”

旁边看到慕晚晚腰间流血的人突然大叫。

整个会议室瞬间乱成了一团。

“晚晚！晚晚！”慕成鹤没想到刚刚冲动的自己竟然刺向了自己

的女儿，他的眼泪如泛滥的河水突然喷涌而出，一边紧紧捂着慕晚晚的伤口，一边大叫，“晚晚，你没事吧？”

“爸爸，你冷静一些。”慕晚晚终于感觉到了异常的疼痛，她的脸色瞬间因失血变得苍白，却还是努力向慕成鹤笑笑，“爸爸，别再做傻事了，我求你了。”

“晚晚！”慕成鹤整个人却像完全没有听到她的话一样，反而更加疯狂了，他放下她，突然重新捡回丢到地上的钢笔，朝护着江桃的沈时南冲去，“江桃，沈时南，我杀了你们！”

“快拉住他！报警！报警！”人群中，不知道是谁喊了一声，有胆大的突然冲上来拉住了慕成鹤。

“放开我！你们放开我！”这一刻，慕成鹤虽然被拉住，却像一头发疯的野兽。

“晚晚，你没事吧？”江桃看了沈时南一眼，急忙朝慕晚晚跑过去。

刚刚慕晚晚是为了救她才受的伤，她知道。

沈时南也冲了上去，一把抱住了慕晚晚。

“晚晚，你没事吧？快叫救护车！”

可是他怀里的慕晚晚，这一刻却异常平静，她努力对江桃笑笑：“桃子姐姐，我……我真的好羡慕你啊。”

“快先别说话了，叫救护车啊。”江桃显然也着急了起来。

慕晚晚又看向了抱着她的沈时南，只是这一刻，她的笑容越来越勉强，声音也越来越虚弱：“小南哥哥，对不起，都怪我不懂事，让你讨厌我了。谢谢你，小南哥哥，谢谢你会像以前这样抱着我。只是，只是我有点不甘心……”

“晚晚，没事的，你放心，不会有事的。”沈时南一把抱起慕晚晚，想走出去。

可是他怎么也没有想到，此时慕成鹤突然挣脱了众人，再次拿着锋利的钢笔朝江桃刺了过来。

沈时南眼疾手快，将慕晚晚急忙放到地上去拉江桃。

“桃子，小心！”

沈时南确实将江桃拉到了自己面前，但同一时间，他觉得自己的胸前一热，低头的时候，就看到慕成鹤手里的那支钢笔直直地插到了自己的胸口。

“时南！时南！”沈时南的耳边响起江桃撕心裂肺的尖叫声，还有整个会议室里骚乱的声音。

但渐渐地，他觉得身体支撑不住了，他感到身体在倾斜，身边的声音也越来越小，直到他觉得整个世界突然好安静。

他的耳边再也听不到任何声音。

沈时南醒来的时候，只感觉到胸口异常疼。他低头看了一眼，才发现自己的胸前被包扎得很厚实，手上也打着点滴。

“时南，你醒了！”一直趴在床边的江桃感觉手里一直握着的手动了一下，她急忙睁开眼，看到沈时南真的睁开了眼，立马紧紧地握住了他的手。

“我没事。”看到江桃在身边，沈时南觉得很安心，“我昏迷了多久？”

“一天一夜。你知不知道你吓死我了。”江桃喜极而泣。

沈时南伸手轻轻拭去她的眼泪：“现在我不是醒了吗？桃子，放心吧，我还没有看看我们的女儿，不会有事的。”

“嗯嗯，你一定不会有事。”江桃顺势将沈时南的手贴到自己的脸上。

“沈时南，你终于醒了！”言夏的声音突然从病房外传来，她急忙走了进来。身后的傅墨森提着保温桶，看到他醒来，也松了一口气。

“你感觉怎么样？”

“就是有点疼，没什么大碍。”

“还没什么大碍，”言夏紧张地说，“你知道那支钢笔插到了哪里吗？心脏旁边啊！医生说再差半寸，你就没救了。”

“现在不是没事吗？”沈时南对大家笑笑，“瞧瞧你们一个一个紧张的，我真的没事。”

“你没事最好了，快起来喝点东西吧。”傅墨森说着将保温桶打开，江桃正要接过去，却被言夏一把拉住。

“你干什么？”言夏拉起江桃说，“那是给沈时南的，让墨森喂他就好。你呢，现在跟我回去，你这样一天一夜没休息，你受得了吗？这样对宝宝也不好的。他也说了他没什么大碍，让傅墨森留在这儿照顾他就行了。”

“我不回，就算是回去，我也睡不着的。”江桃再次接过傅墨森手里的保温桶，要喂汤给沈时南喝。

但沈时南听到言夏说江桃一天一夜没休息，还是心疼地握住了她的手：“桃子，听话，回去休息吧。我真的没事，就算不为了你自己，也为了宝宝。”

“可是……”

“病人醒了？”一个陌生的声音打断了江桃，她一转身，看到医生走来。医生检查完以后，认真地对大家说：“病人的情况还算乐观，但是需要一个恢复治疗的过程。这可能是长期的，所以你们商量好，轮流留下一个人来照顾他就好，其他人先回去休息，注意过来换班。”

有了医生的话，江桃没有再坚持。

“时南，那你好好休息。”江桃依依不舍地跟着言夏先回去了。

“你也好好休息。”沈时南朝她挥挥手。

江桃和言夏一走，傅墨森便拿出勺子坐到了沈时南旁边。

沈时南见这架势，立马夺过了傅墨森手里的勺子，一脸惊讶：“干吗，你不会真的要喂我吧？”

傅墨森：“……”

在沈时南自己吃东西的时候，傅墨森没闲着。

“慕成鹤因为故意伤人罪被警察带走，警方也对他嘴里所说的对赛车做手脚的事进行了立案调查。”傅墨森挑重点对沈时南说。

但傅墨森发现这些对沈时南似乎没什么吸引力。

“你是不是想问慕晚晚的情况？”傅墨森站在窗边说，“她的伤在腰间，比你要轻得多。她也在这个医院治疗，而且她来看过你，不过现在她走了。”

“走了？她去哪儿了？”沈时南愣了愣。

“我不知道，不过她走之前，林邵去看过她。下次你问林邵吧。”

不知道是不是太过担心慕晚晚，沈时南在第二天林邵来看他的时候，就开门见山地问了这个问题。

“晚晚去美国了。”林邵说着，把沈时南的手机拿给他，“你看看信息，这里面有她留给你的话。”

沈时南接过林邵递过来的手机，便看到了慕晚晚写给他的话。

“小南哥哥，对不起。我怎么也没有想到，事情会变成今天这样。我知道我再也无颜面对你，我替我爸爸向你道歉。不管是九年前那件事，还是两年前他对沈叔叔做的一切，我们慕家都欠你们沈家的。我走了。我不会再打扰你和桃子姐的生活，虽然我很羡慕她。从美国回来的这段日子，我常常在想，究竟是哪里出了问题，让我们变得如此陌生，以前的我们明明是那么亲密。现在我想我知道了，原来，我自始至终都不是你生命中那个对的人。我会想你的，像以前的每个日夜那样想你。我祝你和桃子姐幸福，真的。只是有一点，我希望你可以不要忘了我。”

“她回美国继续深造心理学了。她没去看慕成鹤，听她的意思，可能要和慕成鹤真的断绝父女关系吧。”提到慕晚晚，林邵很是遗憾，“她身上的伤还没好，我劝她等等，可是她执意要走。她说她害怕，害怕你醒来，她不知道该怎么面对你。”

沈时南听着林邵的话，没有说话。

他望向了窗外，此时一架飞机从窗外飞过，飞机飞得低，声音很响，那声音好像是在告别。

原来慕晚晚真的决定向他告别。

沈时南想起那天她在他怀里说的那些话，心里忽然一酸。

她今天所承受的一切，都是慕成鹤造成的，也许，她自始至终只是一个渴望爱情的小女孩。

不知道是不是慕晚晚的突然离开让沈时南多少有些感慨，沈时南最近很依赖江桃。

这天江桃再来照顾他时，他一看到她就示意她要抱抱。

江桃紧紧地抱着沈时南，嘴角带着笑意：“是不是离不开我了？”

“嗯。”沈时南凑到江桃的耳边轻轻地说，“永远都不要离开我。”

慕成鹤的话虽然揭开了当年江桃父母死亡的真相，但从那天起，他们之间再也没有提起过那件事。

或许就算没有慕成鹤的这个真相，江桃和沈时南之间也早已如他们之间所说，只剩下了爱。

“桃子，等我出院，我们就举办婚礼吧。”沈时南又将江桃抱得更紧了。

“我们不是已经结过婚了吗？”

“领证是领证，婚礼是婚礼。”

“可是，我们双方都已经没什么亲人在。”

“我们彼此不就是对方最亲的亲人吗？”

江桃听了沈时南的话，笑意渐浓。她知道，沈时南总有理由让她不容拒绝。

沈时南不知道，因为他的这一句话，忙坏了所有的人。

江桃从那天开始，便开始着手策划起他们的婚礼，不管是现场形式设计还是亲朋好友的邀请，她都亲力亲为。

所以沈时南出院的时候，被直接接到了婚礼现场。

当沈时南追问前来接他出院的傅墨森和林邵，为什么这么重要的时刻江桃没来时，他们全部一脸严肃地拒绝回答。

“到底是什么情况？你们不带我回去，把我带到这儿干什么？”被傅墨森和林邵带到婚礼现场时，沈时南更是一脸蒙，“桃子是不是出了什么问题？是不是孩子出了什么问题？”

但他仍然没有得到任何答案。

不过当他环顾四周时，却怔住了。

因为在前方，他看到了穿着一袭白色婚纱的江桃正手捧鲜花，笑盈盈地看着他。

“新郎进场，乐队奏乐。”

只见穿着礼服，异常帅气的小西瓜一声高喊，乐队忽然奏起了婚礼进行曲。

沈时南还没反应过来时，忽然走进来两个男人，迅速地给他穿上了黑色的礼服。

沈时南终于明白，眼前的一切是什么意思。他的整颗心剧烈地跳动起来。带着这颗跳动的心，他朝着江桃飞奔而去，似乎一刻也等不了一样。

“桃子，我爱你。”沈时南紧紧地抱着江桃，激动地吻住了她。

“老公，我也爱你。”江桃同样热烈地迎合着他。

也是在他抱住江桃的那一刻，所有的亲朋好友同时鼓起了掌。

“再亲一下！”林邵在人群里吹起了口哨。

“对对，”言夏也跟着起哄，“再来一次，我拍照留作纪念。”

可惜他们的呼声再高，沉浸在幸福当中的当事人也没有理会。

“我没想到你会给我这么大一个惊喜，我都计划好了出院后怎么举行婚礼，没想到你已经提前准备好了。”沈时南仍然不敢相信眼前的一切。

江桃眉眼带笑：“那这婚礼和你想的一样吗？”

“不一样，”沈时南笑着对她说，“比我想的还要完美。”

沈时南的话音刚落，礼花突然满天绽放，牧师站到了他们中间，所有人都注视着他们。

这一刻，他们的爱情才刚刚开始。这爱情比山川还要厚重，比河流还要汹涌，比这岁月还要热烈。

“对了，老公，我再偷偷告诉你一件事。”当牧师宣读爱情宣言时，江桃突然凑到沈时南耳边小声说。

“什么？”

“我偷偷去检查了一下我们宝宝的性别。”

“是女儿吧？”沈时南一脸兴奋。

江桃却神秘一笑：“恭喜你，是一个儿子。”

沈时南叹息：“确定没错吗？”

“我检查了两遍，所以你需要重新给你儿子取一个名字了。”

可是江桃却听到沈时南认真地说：“不改了，也叫沈画眉。”

“啊？那他以后……”

江桃的话还没说完，只见沈时南再次紧紧地握住了她的手打断她，深情地说：“那他以后就陪我一起，一生为你画眉。”

—完—

番外一
EXTRA I

我更喜欢你

“沈总，这是今天要签的文件。”秘书像往常一样把文件夹放到沈时南办公桌上，继续说，“费氏集团的费总已经到了，十分钟以后在会议室会谈。”

“好。”沈时南一边签字一边回答。

落地窗外，阳光明媚，沈时南看着手中的文件，认真的样子看上去比任何时候都要帅气。

这是距离沈时南和江桃正式举行婚礼过去的第二个月，沈时南在江桃的一手策划下，正式从慕成鹤手里重新夺回昌茂集团。

虽然因为江桃的馈赠，沈时南成了昌茂集团的第一大股东。但沈时南是不想接手的，不过这些问题，江桃一句话就让他束手就擒。

“你就不打算给你的儿子多赚奶粉钱？”江桃靠在他怀里，一边说一边轻轻地抚摸着他的胸膛，模样很是动人。

感激的话太多，于是沈时南成了一个努力为儿子赚奶粉钱的总裁。

沈时南签完文件，正要起身去会议室，电话突然响了。

看到是家里的号码，沈时南嘴角浮起笑意：“喂，老婆，想我了？”

“沈先生，江小姐身体不舒服，不知道是不是要早产，您是不是赶快回来一下？”电话里传来保姆紧张的声音。

“什么？”沈时南挂掉电话，飞快地下楼，开车赶回沈家老宅。

一个小时以后，医院的走廊里，沈时南不停地踱步，他的手心有汗，他紧张的样子让赶来的言夏也跟着紧张了。

言夏安慰他：“放心吧，只是破了一点羊水，不会有大问题的。”

就在此时，打开产房门的护士突然高喊：“24床江桃的家属，过来先抱孩子。”

“孩子。”沈时南激动地怔了怔，“孩子出来了……来了来了。”

沈时南冲过去看着推车里哇哇大哭的婴儿，眼角忽然有眼泪：“护士，大人呢？大人怎么还没出来？大人怎么样？”

一连串的问题让护士有点不耐烦：“大人还要等一会儿，放心，都平安。我先和你说一下宝宝的情况。24床江桃，于12点30分生下一女，长50厘米，重6.25斤，健康……”

“等等，女儿？不是儿子吗？”沈时南正要抱起孩子，听完护士的话，一头雾水，说完他急忙仔细看看宝宝，确实是一个女儿，“确定没搞错吗？”

护士：“……”

我不想理你。

这个问题在半个小时以后，江桃从产房里平安出来了他才得到答案。

“我骗你的。”江桃有些虚弱地对着沈时南笑笑，“我根本没去检查宝宝的性别。”

但此时沈时南只是紧紧地握着她的手，不停地亲吻她的额头：“男孩女孩我都喜欢，但我更喜欢你。”

沈时南说着又看看宝宝：“沈画眉，让我看看，嗯，像妈妈，像妈妈一样漂亮。”

站在一旁的言夏一直没有过去打扰他们，因为眼前温馨的画面让她忽然很感动。

“来，让我看看小画眉。”言夏到底还是走过去看了看推车里的宝宝，“嗯，长得确实漂亮。小西瓜肯定也很喜欢，我就先预订了，桃子，以后这小画眉就是我们家的儿媳妇了，你说怎么样？”

听完言夏的话，沈时南神色一紧：“什么儿媳妇，这是我的小宝贝！”

“言夏，他们还有血缘关系呢。”江桃看到沈时南紧张的样子，嘴角一笑。

言夏继续笑笑：“什么血缘关系？沈时南和傅墨森都是八竿子才扯上的远亲，小西瓜和小画眉我看是天生一对。”

“夏姐，你们确实还沾着亲的。”林邵不知道什么时候也和夏清河提着花篮来到了房间里，他走过去看看宝宝，也朝沈时南喊，“南哥，我看小画眉以后是我们林家的儿媳妇。”

听了林邵的话，江桃看向夏清河：“你也有了？”

“昨天刚查的。”林邵抢在夏清河前面得意地回答，“我也要当爸爸了。”

“你们还没出生呢，都不知道是男孩还是女孩。别和我抢啊。”言夏坚决不让步。

沈时南一直没有参与他们的对话，因为当他们说话的时候，沈时南凑近宝宝，一脸宠溺地说：“别怕，谁也不能把你从爸爸身边抢走，爸爸保护你。”

他说话的时候，另一只手一直紧紧地握着躺在床上的江桃的手，从未松开。

说完话，他看向江桃，温柔一笑：“别吃醋，老婆，我也保护你。”

GUO
|
MING
|
XI

番外二
EXTRA 2

我一直都在你身边

NAN
|
YOU

沈时南三岁，江桃六岁。

幼儿园里，一个白白净净的小男孩在大声地哭泣，老师急忙跑过去抱他。

“怎么了，小南？”

“呜呜呜……他抢我的玩具……”沈时南大哭。

“没事没事，老师帮你抢回来好不好？”

“呜呜呜……”沈时南不停地抹眼泪。

沈妈妈此时刚好来接沈时南，看到沈时南在哭，急忙接过来。

“怎么又哭了？”沈妈妈心疼地抱着他，“是不是有人欺负你啊？”

“没事没事，是小朋友之间闹着玩。”老师解释完，把玩具重新拿给沈时南，一边逗他一边和沈妈妈说，“你儿子确实比别的小朋友爱哭一些。让我想起了以前也带过一个孩子，她是一个女孩子，名字我到现在还记得呢。叫江桃，我们都叫她桃子，她特别爱哭，也是一天十哭，不过呀，后来就好了。”

神奇的事就是在那个时候发生的，沈时南像听懂老师的话一样，突然安静了下来，看着老师大声地说：“桃子……我要吃桃子。”

沈妈妈和老师看着突然暴雨转晴的沈时南，同时一笑。沈妈妈说：“好好好，妈妈去给你买桃子。”

沈时南六岁，江桃九岁。

那个穿着白衬衫、小皮鞋，打扮得像一个小少爷的男孩子，跟着妈妈身后好奇地走在校园的路上时，引来不少正在一旁玩耍的同学的注目。

“你们看，那个小男孩长得好漂亮。”

“嗯嗯，我好想过去捏捏他的脸。”

小男孩听到了那些声音，却没有理会，他跟在妈妈身后安静地走路，半晌后才开口：“妈妈，这就是我以后的学校吗？”

“是啊，小南，”沈妈妈温柔地对他说，“这里是不是很漂亮？”

“嗯，”沈时南点头，“我喜欢这里，不过我不喜欢那几个高年级的学姐。”

“嗯？”沈妈妈顺着他的视线望过去，“为什么呢？”

沈时南一脸严肃：“他们说想捏我的脸，我最讨厌别人捏我的脸了。”

“江桃，快一点，别看了，别吓坏小学弟了，快来踢毽子。”一个同学突然高喊。

“来了来了，”江桃和同学不舍地从沈时南的身上移开视线，跑向了他们，“我哪里吓坏他了，我就是想捏捏他的脸嘛，嘻嘻。”

沈时南九岁，江桃十二岁。

张家界的山路上，沈时南一边走一边朝后面喊：“爸爸，妈妈，你们快点啊！”

“小南，你慢点！”沈妈妈提心吊胆地说。

“没事，他已经九岁了，不是小孩子了。你看，他不是比我们跑得还快。”沈青山扶着沈妈妈，“你怎么样，出来走走身体舒服一点吧？”

“舒服多了。”沈妈妈有些憔悴地点头。

这是沈青山第一次有时间带他们一家人爬山，所以沈时南显得很兴奋。

“妈妈，你没事吧？”沈时南又从前面回到沈妈妈身边扶住她，“要不要休息一下？”

“我没事。”沈妈妈看着满头大汗的沈时南，欣慰地笑笑，“我的儿子长大了，我也就放心了。”

“妈妈，你说什么呢。医生说你的病过一段时间就好了。”沈时南扶着沈妈妈往前走，“但是依我说呀，不用过一段时间，等今天你爬到山顶，明天就好了！”

“不好意思，请让一让。”一个好听的声音从身后传来。

沈时南回头，只见一个比自己大几岁的女孩也扶着一个中年男人往上爬。

“爸，再坚持一会儿，我们到前面再休息。”女孩对中年男人说完，又对身后的中年妇女说，“妈，你等我一下，我把我爸扶到前面就来接你。”

身后的中年妇女却已经坐下来，她对着女孩招手，喘着粗气说：“桃子啊，你先和你爸往上爬，我要休息一会儿。”

沈时南将妈妈扶到了一边，对女孩说：“姐姐，我帮你扶你的妈妈吧，你先和叔叔往前走。”

江桃对着沈时南甜甜一笑：“那就谢谢你了。”

“不客气。”

沈时南十二岁，江桃十五岁。

“恭喜你，南哥，你又考了全班第一！”走在去学校门口的路上，林邵一边狗腿地对沈时南说，一边对他朝不远处的游戏厅挤眉弄眼，“是不是该庆贺一下？”

沈时南早就对全班第一没什么感觉，他只是看着游戏厅，也有些手痒：“来就来，谁怕谁。”

游戏厅里，沈时南和林邵放下书包，开始玩游戏。

不知道打了多久，突然屏幕一黑。

“怎么回事？”沈时南和林邵同时抬头，才发现游戏厅里的所有游戏机都黑了屏。

“不好意思啊，各位，停电了。”游戏厅老板站起来一脸歉意地说，“没关系，我退钱给各位，双倍退钱。大家到这边来排队……”

“真扫兴。”沈时南眉头一皱，拎起书包就往后面走。

林邵急忙追上来：“南哥，老板说可以退钱的，你不要了？”

“不要了。”沈时南一脸不高兴。

“桃子，你听见了吗，老板说可以双倍退钱，今天我们赚了！”旁边的女孩子听到老板的话，突然拉起身边的女孩子兴奋地说。

江桃也一脸激动：“嗯嗯，我听到了。今天真是赚了，游戏也玩了，钱还没花。”

沈时南听到他们的对话，头也没回，一脸嫌弃：“没出息。”

沈时南十五岁，江桃十八岁。

天安门前，人群熙攘，沈时南一只手举着手机，一只手拿着一张照片，换着角度试图拍一张更好看的照片。

林邵跑过来疑惑地看着他："南哥，你怎么拿着阿姨的照片拍照？"

"我妈妈说她最大的遗憾就是没有陪我来这里看一看，我想和她留个纪念。"沈时南继续试着换一个好看的角度。

林邵知道沈妈妈走的这几年，沈时南经常想她，也不禁叹息一声。

"南哥，我来帮你们拍吧？"林邵说着去拿沈时南的手机。

沈时南有些不情愿："你那拍照技术我不放心。"

"南哥，我发誓，这一次我一定用我十四年的才华把你和沈阿姨拍得特别漂亮。"

沈时南这才不情愿地将手机给他。

沈时南将照片放在自己的心脏上，用心形的手势托住它，嘴角一笑，画面定格。

"南哥，来看看怎么样？"林邵得意地对沈时南邀功。

林邵这次确实打破了他以往拍照烂的传言，沈时南满意地看着自己和妈妈的合照。

他的全部精力都放在自己和妈妈的身上，所以没注意，照片的角落里，一个穿着白色长裙，笑得灿烂的女孩子也定格成为他的背景墙。

如果他的听力好的话，他会听到一个中年男人此时对着那个女孩子说："江桃，笑一笑，对，好，你和天安门的合照拍好了。"

沈时南十八岁，江桃二十一岁。

Z中学的操场上，沈时南满头大汗地跑了一圈又圈，依旧没有要停下来的意思。

这是沈时南从疗养院里出来的第二个礼拜，距离那件事已经过去了四个月，距离他的十八岁生日，也过去了一个月。这是他唯一没有过生日的一年，他没有心情过。

在疗养院的这几个月他喜欢上了跑步，只有不停地跑步，他才会觉得好受一些。

这所中学不是沈时南的学校，却是距离沈家老宅最近的学校。从疗养院出来以后，他每天都会来这里跑一跑。

当他感觉跑到极限的时候，才坐在了旁边的草地上。

就在此时，一个穿着粉色运动短裤的女生也出现在操场上。沈时南之所以会注意到她，是此时操场除了他们之外，空无一人，而且她明显不是高中生。

沈时南看着她跑了一圈又一圈，不但速度比自己快，耐力也比自己持久。

她应该心里也有事吧。沈时南第一次站起来，准备离开。

“桃子，事情已经发生了，你要节哀。”一个体育老师模样的中年男人加入了女生的跑步队伍，路过沈时南的时候，他刚好听到老师对女生说的话。

“我没事的，老师。”女生满头大汗，却面无表面。

“嗯，多跑跑步也好，锻炼身体，还可以忘记很多事。以后你多回母校看看。”

女生没有再说话，她虽然喘着粗气，脚下却依旧没有要停下的意思。

沈时南二十一岁，江桃二十四岁。

“南哥，这里！”吵闹的酒吧里，林邵在卡座上对刚进来的沈时南招手。

沈时南坐下以后，才看清林邵身边的一个扎着脏辫子的女孩子，这才看向他：“昨天刚喝过，今天怎么又来？”

“今天和我的第十七任女友正式交往，你说值不值得庆贺？”林邵说着，亲了身边的女孩子一口，然后给沈时南倒满了酒，对女孩说，“给你介绍一下，这是我大哥，叫南哥，以后我们结婚，让他给我们包一个大大大大的红包！”

“你先把你的结巴治好！”沈时南端起酒杯却没有看女孩子，因为从他进来，他就发现女孩看他的目光有些热烈。

“邵哥，南哥好帅啊。”女孩说着，端起酒杯对沈时南说，“南哥，我敬你一杯。”

“那当然了，我们十里一条街有名的美男子，”林邵一把搂住女孩，“不过，我不帅吗？”

“你们先喝，我去下洗手间。”沈时南无视女孩的敬酒，说完朝洗手间走去。

“桃子，我也没想到冯东是这种人渣，居然一声不吭地跑了！你放心，等我再看到他，一定替你好好收拾他！”言夏气愤地喝了一口酒，目光有些迷离。

她和江桃也已经喝了不少。

“他确实是一个浑蛋。”江桃再次仰头喝了一口酒，“你等我一下，我去下洗手间，回来我们继续喝。”

“你没事吧？我扶着你。”言夏说着差点也没站稳。

“我没事，今晚说好的不醉不归。”江桃话还没说完，就急忙朝洗手间跑去，她有点想吐。

事实上，江桃真的吐了。刚走到洗手间的洗手台边，她便控制不住地吐到了洗脸盆里。

于是沈时南从洗手间里出来正要洗手，便看到一个女孩子趴在洗脸盆上不停地吐。

沈时南嫌弃地皱着眉，没法洗手了，只得抽一张纸擦了擦手。正要转身，他想了想，顺便多抽了一张纸。

“美女，你没事吧？喝多了就早点回家。”

江桃头也不抬，接过他递过来的纸，回答他的只有一个字：“呕……”

沈时南：“……”

沈时南二十五岁，江桃二十八岁。

医院的走廊里，沈时南坐在长椅上，他的脸色憔悴，他已经一天一夜没有合眼了。

“时南，你还是先回去休息一下，沈总醒来我第一时间通知你。”沈总的秘书担心地对沈时南说。

沈时南靠在长椅上，却没有说话。

昨天在沈氏名下的昌茂集团股东大会上，第二股东慕成鹤突然宣布他拥有了昌茂集团超过51%的股份，正式成为昌茂集团的第一大股东。沈青山当场吐血昏倒，已经一天一夜没有醒来。

沈时南没有在昌茂集团上过班，这些年也一直混沌度日，他不知道究竟发生了什么，他只知道，医生对他说沈青山的状况不太好，要随时做好心理准备。

沈时南知道，沈青山一直有心脏病，以前医生就告诉过他们，沈青山的情绪不能太激动。但是这一次，他在会议室被气得吐了血。

想到这些，沈时南的眉头拧成了团。

“严秘书，他是我最后的亲人了。”沈时南突然开口，声音有些哽咽。

听了沈时南的话，严秘书心头一酸。

沈时南抬头望向重症监护室，沈父做完手术已经过去了十三个小时，便一直处于昏迷状态，因为情况特殊，身边还不能有人陪同。沈时南看着前方，忽然有些头疼。

他想起他的妈妈，最后也是在这家医院走的。

沈时南站起身来，走到重症监护室的门前，他透过窗户看向病床上的沈青山，二十四年来，他第一次觉得无助。

而此时，同一条走廊的另一头，得了急性肠胃炎的江桃正被护士推进手术室。

“你别担心，没事，只是一个阑尾手术，一会儿就好了。”护士安慰她说。

江桃疼得皱眉：“这疼得都受不了了，真不知道以后生孩子该多疼。打死我以后也不生孩子。”

沈时南二十七岁，江桃三十岁。

刚刚哄完小画眉睡着的沈时南躺到床上时，发现江桃已经睡着了。

小画眉快一岁了，为了更好地照顾她，他们没有请月嫂，也没有请保姆，江桃休了一年的假期，坚持要亲自带她。

沈时南想要辞职，将公司交给职业经理人，江桃却说不辛苦。所以他也只有在下了班以后帮忙抱一抱。小画眉又太闹人，不到三个小时就要喝一次奶。

江桃确实累坏了。沈时南轻轻地给江桃盖了盖被子，心疼地亲吻了一下她的额头。

没想到，这小小的动作却惊醒了江桃。

“她睡着了？”江桃抬头看了看婴儿车里的小画眉，轻声地说。

“嗯。”沈时南轻声地回答，“你快继续睡吧。”

江桃缩到沈时南的怀里，幸福地笑了笑：“我睡不着了。”

“为什么？不累吗？”沈时南说着给江桃按了按肩膀，“这段日子辛苦你了。”

“不辛苦。”江桃轻轻地抚摸着他的胸膛，“就是白天不见你，我很想你。”

“我也很想你。”沈时南紧紧地搂着江桃，“明天就是周末了，我们一家可以出去玩了，今天就早点休息。”

“好。”江桃缩回被窝里，却温柔地看了他一眼。

沈时南总感觉江桃今晚似乎哪里不对。

窗外明月皎洁，夜风轻柔。

小画眉熟睡的呼吸声渐重。

沈时南伸手去关灯，他又看到了摆在床头的照片。

左边的，是沈时南在天安门和妈妈的合照，右边的，是之前一直摆在江桃家里的那张她和爸妈的全家福。

他们全部笑意浓浓，像在守护着一家人。

沈时南没想到灯刚关掉，江桃突然又凑到他的耳边来。

“老公，你想不想再要一个儿子？”

“嗯？”

“我们要个二胎吧？”

沈时南终于知道江桃哪里不对了，他突然一把抱住江桃。

“老婆，要是二胎不是一个儿子怎么办？”

“那就……再要一个，嘻嘻。”